小説 医療過誤裁判

証言台の母

佐木隆三
Saki Ryuzo

弦書房

装丁　毛利一枝
カバー写真　田鍋公也

証言台の母

小説医療過誤裁判

久能紹子さんに捧げる

◉目次

第一章　悲劇の始まり

もう何十年も昔のことになるが、沢井健二郎は、中学三年のとき校外学習で裁判所を見学した。地方都市の裁判所だから大きな建物ではなく、教室ほどの広さの法廷で、裁判所の人がいろんな説明をしてくれた。傍聴席にすわっていると裁判がはじまった。

被告席へ連れてこられたのは、三十歳くらいの坊主頭の大男だった。アパートの二階へ盗みに入り、室内を物色しているとき部屋の住人が帰ってきたから、カメラ一台を盗んで逃げた。アパートの屋根を破って天井から侵入したという。ロープ伝いに屋根へ逃げたら、帰宅した若いサラリーマンが「ドロボウ！」と叫んで、たいへんな騒ぎになった。屋根から降りられなくなり、駆けつけたパトカーの警察官に、現行犯で逮捕されたのである。

検察官も弁護人も、ニヤニヤ笑っており、被告人も頭を掻いてみせるなどして、妙にのんびりした公判だった。「間抜けなドロボウもいるんだなぁ」と、同級生たちと笑ったものだが、夜になって沢井は眠れなくて困った。

（あんな大入道が、天井板をはずして、ヌーッと降りてきたとき、助けを求められるだろうか？）
とはいえ、そんな恐怖感など続くものではない。地元の高校から東京の大学へ進み、ふつうのサラリーマンになった。そうして幸か不幸か裁判所というところへ、そろそろ定年を迎える今日まで、一度も足を運ばなかった。

沢井の妻は、内科と小児科の開業医をしている。その静子が、手術ミスで娘を殺されたとして、大病院と主治医を訴えようとしている。沢井としては「医師が医師を訴える」のは、尋常ならざる手段であるから、なんとか止めさせたいとも思う。そんなとき「地下鉄サリン事件」で、医師だった被告人の裁判が大詰めにさしかかっているのを知り、傍聴してみる気になった。民事と刑事の違いはあっても、裁かれるのは医師である。

東京地裁の被告人は、五十歳になる元医師である。濃紺のスーツを着て、ノーネクタイのワイシャツのボタンを、きちんと喉元で留めている。頭髪は七・三分けにして、メタルフレームのメガネを掛け、まっすぐ証言台を向いていた。

弁護人席の前に、被告人がすわっている。このため沢井からは、元医師の端正な横顔がみえる。証言台には、共犯者が背中を向けてすわり、カルト集団（狂信的な信徒によって組織された小規模な宗教）に入ったいきさつなどを、弁護人から尋ねられた。

「あなたが出家したのは、修行に励むことにより、解脱・悟りを得るためか？」
「そうでなく、現実からの逃避かもしれません」
「この被告人は、教祖の教えに導かれ、解脱・悟りをめざしたというが？」

「そうでしょうね。とてもマジメな人なんです」

三十五歳の証人も元医師で、猛毒のサリンを生成した。五十歳の被告人は、サリンを地下鉄の車両のなかで発散させ、多くの死傷者を出している。一九九五年三月、五カ所で起こした無差別テロで、十二人の死者と三千七百九十四人の重軽症者が出た。このテロを計画した者、サリンを生成した者、地下鉄でまいた者、クルマで実行犯を送った者……計十四人が、殺人・同未遂により起訴されている。そのうち医師が二人もいたのだから、沢井はあらためて驚かされる。いま〝元医師〟なのは、二人とも医師免許を返上したからだ。

「ハルマゲドンとは、なにを意味しますか？」

「人類最終戦争のことです」

「それを教団が、起こそうとした？」

「いいえ。ハルマゲドンを阻止して、人類を救済しようとしたのです」

「そうであるなら、なぜサリンのような毒ガスを発散させたの？」

「その事実は認めます」

「だから理由を尋ねているのだが？」

「わかりません」

「教祖の命令では？」

「ちょっと、答えたくないです」

「この法廷の被告人は、神のように信じていた教祖から命令され、地下鉄にサリンをまいたというが？」

「…………」

　証人は黙りこんでしまい、被告人は、ポロポロと大粒の涙を流した。傍聴席の沢井は、あまりの意外さに、わが目を疑う思いがした。

（こんなテロリストが存在するのか？）

　一流大学の医学部を卒業して、アメリカ留学をした心臓外科医は、四十三歳のとき国立病院の医局長を辞め、カルト集団に出家した。そして五年後に、首都の地下鉄で、毒ガスを発散させた。狂信的なテロリストとして、ふてぶてしい態度をとっているだろうと、沢井は思い込んでいた。

　初老の弁護人が、証人に、ていねいに尋問する。

「あなたが出家した理由は、『現実からの逃避だったかもしれない』と証言しましたが、それを具体的にいうと？」

「説明しても、わかってもらえないでしょうけど」

　サリンを生成しただけでなく、教団のインチキぶりを暴こうとした弁護士の一家を殺害した実行犯でもある証人は、投げやりな口調で答えた。

「いろんな神秘体験をして、医療の現場にいられなくなった。たとえば瞑想しているとき、銀色の光が射し込んできて、身体がピョンピョン跳ねるんです」

「いわゆる空中浮遊ですか？」

「その前段階だと思いますが、だれに話しても信用してもらえません」

「それだけなら、医療の現場にいられないということに、ならないんじゃないですか？」

「ええ、それだけなら……。しかし、私が患者さんの治療にあたり、その人が喘息だとしますね。そうすると私が、おなじ症状になるんです」

「患者さんの病気を引き受ける？」

「そのとおりで、患者さんのカルマ（業）を、背負い込んでしまうんです。そうやって次々に、いろんな病気にかかるから、とても身体がもちません。名医といわれる先生が、きちんと診察してくれたんですが、原因がわからない。『仮病じゃないか』とまで言われると、私は病院にいられません」

「ふしぎな話ですなぁ」

弁護人は呆れたような顔で、沢井もキツネにつままれたような思いである。

「被告人が、妻の麻酔科医とともに出家した動機に、思い当たることは？」

「おそらく、医療ミスがあったからでしょう」

すると被告人が、涙を拭いていたハンカチを握りしめて、キッとなったように顔を上げた。五十歳の被告人は、四十三歳のとき麻酔科医の妻と、二人の子（小学生の長女、三歳の長男）を連れ、出家したのである。

「医療ミスを犯したからではないかと？」

「あくまでも推測で、じかに本人から、聞いたわけではありません」

「お互いに医師だから、会話はあったわけでしょう？」

「医療のワークにおいて、会話をすることはあっても、プライベートなことに、踏み込んだりはしないんです。出家するのは教祖の直弟子になることで、いわば個人契約なんですね。チベット密教がそうであるように、それぞれの煩悩に応じて、教祖が修行のテーマを与え、解脱・悟りへと導く。弟子が、修行テーマを他人にもらすことは、タブーとされています」

三十五歳の元医師は、このとき被告席を見て、ちょっと会釈をした。

「この人は、心臓外科医として、名の通った方でした。俗世を捨てて出家したのは、よほど煩悩が大きかったのでしょう」

「しかし、医療過誤で訴訟を起こされるとか、トラブルはありませんけど?」

「そこが医師の良心で、裁判沙汰にならなくても、悩みは大きかったと思います。心臓外科であれば、手術することがストレートに、人の生死に結びつきます」

「ということは?」

「教科書どおりに治療しても、助かると思った患者は死亡して、見込みのないはずの患者が助かることがある。そういうとき、医学を超えたものとして、神の意思を感じないわけにはいかない。マジメで良心的な医師ほど、悩みは大きいと思います」

「その悩みは、医療ミスというわけですか?」

「本人に確かめるべきことで、私が推測を述べても仕方ありません」

やり込められたかたちで弁護人が絶句すると、被告人がなにやらささやいた。その耳打ちを聞いた弁護人は、やや唐突に着席した。

「終了します」

「ご苦労さまでした。閉廷します」

裁判長が宣して、傍聴席の沢井健二郎は、置き去りにされたような気がした。

東京の郊外の団地に、「沢井内科クリニック」があり、妻が院長をつとめている。たいていの人が「奥さんの稼ぎがよくて気楽ですなぁ」と羨ましがる。とはいえ、ふつうの共働きとおなじことで、都心の会社に勤める沢井が、午後七時ころ帰宅するのは、ちょうど妻の診療が終わるからだ。通いのお手伝いさんが、夕食の下準備をしているので、二人でテーブルに向かい合う。

「地下鉄サリン事件の裁判は、傍聴することができたの？」

「抽選に当たって、法廷に入れたよ」

「よかったわね」

「ああ、行ってよかった」

五十七歳の夫と、五十五歳の妻にふさわしい、会話かもしれない。しかし、一年前まで沢井はこんな時刻に帰宅しなかった。有力な重役候補として、出世争いにエネルギーを注ぎ、家庭のことは妻に任せきりだった。それが愛娘に死なれ、百八十度の転換となり、唯一の楽しみだったゴルフも止めて、休日は家に籠もるようになった。妻のことが気がかりで、会社の仕事はどうでもよくなったのである。

ワインの栓を抜きながら、妻が問いかけた。

「公判は、どういう段階なの？」

「サリンを発散させたことをふくめ、すべての起訴事実を認めてきた。いまは弁護側の立証で、次々に証人を呼んでいる。今日の証人は教祖の主治医をしていたそうだ」

「たしか消化器内科だったわね。教祖の取り巻きの一人で、さんざん悪いことをしたヤツよ」

二年前に地下鉄サリン事件が起きて、恐るべき犯罪が、明るみに出た。静子は詳しかったが、沢井のほうは会社の合併問題をかかえ、それどころではなかった。

「どんな証言をしたの？」

「印象的だったのは、被告人が『医療ミスを犯したからではないか』と、あっさり答えたことだね」

「それで被告人は？」

「そのことに触れられたくないらしく、弁護人に尋問をやめさせて、唐突に閉廷してしまった」


結婚したとき沢井健二郎は三十四歳で、静子は三十二歳だった。晩婚かもしれないが、猛烈サラリーマンと大学病院の勤務医の組み合わせとして、収まるところに収まったのだ。

娘の聡子を生んだとき、静子は三十八歳だった。出産をきっかけに大学病院をやめ、三年間を育児に専念してから、「沢井内科クリニック」を開業した。四百平方メートルの土地を求め、マイホームと診療所を建てたのだから、かなり借金をしたが、聡子が高校に入学したころ、すべて返済を終えていた。


そして一年前に、高校二年で十七歳だった聡子を、突如として失ったのである。五十六歳の夫と、五十四歳の妻にとって、掌中の珠というべき一人娘が、この世から消えた。

聡子の病名は、プロラクチン産生腺腫（プロラクチノーマ）だった。脳下垂体の前葉に発生して、性機能障害などをきたすが、痛みなど自覚症状がないのが特徴である。

高校二年の二学期に、娘が母親に訴えた。

「なんだか、左の目がおかしいの。視野が狭くなったみたいで、横が見えにくいのね」

「メガネが合わなくなった？」

「そうかもしれない」

「眼科へ行って、診てもらいなさいよ。お母さんも一緒に行くから……」

このとき静子は、胸騒ぎを覚えて、聡子をせかせて眼科へ行った。中学二年のころから視力が悪くなっており、三年になると肥満気味で、まだ初潮が訪れていない。病院の婦人科へ行くと「少し遅れているだけ」と診断された。高校に入学してから、身体検査で仮性近視といわれ、視力回復センターへ通ったが、視力は右眼〇・二、左眼〇・三のままだった。このころ腫瘍が視神経を圧迫していたらしく、肥満も進むばかりなので、高校二年になってダイエットしていた。

眼科は高校の校医で、ただちに異常が発見された。

「脳内に良性の腫瘍があり、視神経を圧迫しているようです。急いで手術を受けたほうがいいでしょう。二週間ぐらいで退院できますよ」

こうして紹介された大病院の脳神経外科で、開頭手術を受けたことが、命取りになったのである。

ひとりっ子の聡子は、のびのびと育った。赤ん坊のころから、ほとんど手がかからず、幼稚園に通いはじめると、「サッちゃんのことは、サッちゃんがやります」が口癖になった。お手伝いの野添マキの口癖も、相変わらずである。

「私は永遠に、サッちゃんのファンです。ヒマワリの花みたいに明るく、周りにいる者たちを、幸せな気持ちにしてくれます」

東京郊外に生まれたマキは、裕福な農家の長女として、幼少期を過ごしている。しかし、土地ブームが起きたころ、父親がギャンブルに狂って、農地を手放すことになる。小学四年のとき、トラックにはねられて重傷を負い、歩行が不自由になり、そんな不幸のさなかに、両親は離婚してしまった。ひっそりと母親と暮らしながら、沢井家に通うようになったマキが、幼稚園バスを出迎えたとき、いきなり聡子が、男の園児を路上に突き倒した。そうして馬乗りになって、男の子の口にハンカチを押し込み、自分はポロポロ涙を流した。

なにがなんだかわからないままマキは、男の子の母親に平謝りに謝った。家に連れ帰ってから、「どうして乱暴なことをしたの？」と問いただしても、押し黙って答えない。マキは「私がついていながら、なんとも申し訳ない」と、一人で泣くしかなかった。

夕方になって、沢井内科クリニックへ、男の子を連れた母親が来た。

「おたくのお嬢さんと、こんなことがありました」

聞かされた静子は、仰天してしまった。男の子の頬は、赤く腫れ上がっており、乱暴されていることがわかる。

「なんてひどいことを！」

さっそく手当をしようとしたら、男の子の母親が説明した。

「この子をぶったのは、私なんですよ。お手伝いさんに謝らせるために、連れて来ました」

「マキさんに？」

「幼稚園バスから降りるとき、うちの子が、お手伝いさんの歩き方を真似たんです。それを見たお嬢さんが、懲らしめて下さった。悪いのはうちの子です」

五歳のころ、聡子はそんなエピソードを持つ。

沢井は、自宅のダイニングキッチンで、静子に語りかけた。

「きょう裁判所で、検察官と弁護士が襟につけたバッジを見たよ」

「サラリーマンみたいに、社章のようなものをつけるの？」

「検察官のバッジは『秋霜烈日』で、霜の結晶をデザインしたものだ」

「秋の霜は、冷たくきびしい。夏のはげしい日は、おごそかであるということね」

「さすがに文学少女の成れの果てだな」

「成れの果て……はないでしょう」

ワインを口にふくんで、五十五歳の妻は、フフフッと笑った。そのふくよかな顔つきは、大学病院の勤務医だったころから、あまり変わりはない。五十七歳の夫は、一年前までは会社で、〝切れ者〟と評されていた。刀剣の切れ味の鋭さを、「秋霜」にたとえたりするが、サラリーマン社会の出世競争など、もはやどうでもいい。

「弁護士のバッジは？」

「はじめは菊の花に見えたんだが、よくよく観察すると、ヒマワリの花のデザインだった」

「なるほど、ヒマワリの花ね」

このとき静子の頬で、ツツッーと涙が光ったが、沢井は気づかぬふりをした。

「ヒマワリは、太陽の動きを追って、花が回るというけど、本当にそうなのかな？」

「それは俗説みたい。子どものころ、ヒマワリの花を観察したことがあるけど、ちっとも動かなかった」

「弁護士の仕事が、太陽の動きを追うように、クルクル回るのではなぁ」

「少なくとも聡子は、そんな子じゃなかった。ヒマワリの花みたいに明るく、周りにいる者たちを、幸せな気持ちにしてくれたのよ。聡子が弁護士になったら、バッジに恥じないよう、人々の幸せのために働いたわ」

　一人娘は中学生のころから、「将来は弁護士になりたい」と、ハッキリ目標を持っていた。

　高校二年の二学期の終わり、十七歳の聡子が視野狭窄を訴え、眼科医から総合病院を紹介された。外来で受診して、CT（コンピューター断層撮影）を受けたあと、次のような診断だった。

「脳下垂体腺腫で、もっとも考えられるのは、プロラクチノーマです。やっぱり一日も早く、手術をしたほうがいいでしょう」

　ほとんどが女性の病気とされ、性機能障害を中心とする症状が起こる。聡子に初潮が訪れないのに、ブラウスが濡れるなど乳汁分泌がみられたのは、血中プロラクチンが上昇していたからだと、あとになってわかった。腫瘍が大きくなるにつれ、その圧迫症状として、視力低下や視野狭窄など、視力障害をきたす。

　外来の医師は、入院を勧めた。

「おそらく手術は、一回ですみます。ハーディ法で十分でしょうね」

　ハーディ法というのは、鼻の奥あたりへメスを入れ、蝶形骨の内部を切開しておこなうもので、開頭手術とはまったく異なる。

「手術したあとは、薬物療法と放射線治療ですから、一日に十数分もかからない。たぶん入院生活が、退屈でしょうね」

　そのように聞かされて、本人が安心した。

「冬休みに、補習が受けられるかもしれないわ」

　学校を休むのが、なによりも気がかりだった。しかし、簡単な手術と思い込み、入院手続きを取ったのである。

沢井は、聡子が入院することを、その前日に知った。脳神経外科で診察を受けたとき、九州へ出張中だった。このころ会社が、長期にわたる不況を乗り切るために、合併問題をかかえていた。年内に結論を出すべく、綱渡りのようなことをさせられており、家に電話するどころではなかった。

聡子が入院した当日に、出張先の九州から帰った。しかし、本社で重役たちへの報告に時間がかかり、自宅へ戻ったのは深夜だから、沢井は詫びた。

「オレが病院へ送ってやりたかったのに、まかせきりで済まなかった」

「年末年始の入院だから、見舞いに行く時間はできるでしょうね」

「もちろんだよ」

沢井夫婦は、年末年始を都心のホテルで、聡子と水入らずで過ごした。手術が一月七日と決まり、外泊許可が出たからである。高額なスイートルームになったのは、急な申し込みとあって、そこしか空いていなかったからだ。しかし、今となっては、最後の思い出になった。

ホテルで初日に、聡子が打ち明けた。

「お父さんに言っとくけど、手術に成功すれば、私は猛烈に勉強するわ」

「どうするつもりだ?」

「K大の法学部をめざします」

「すごいことを言うもんだ。古都にある旧帝国大学で、T大法学部と双璧じゃないか」

「病院の先生はK大を出た人が多く、とても素敵なんだもの」

「つまり聡子は、ミーハーなんだな」

沢井は笑い飛ばしたが、中学時代から成績は学年のトップで、高校に入ってからは、やや低迷している。その原因が視力障害だから、手術が成功したときは、合格も夢ではなかろう。

夜になって、聡子とはべつの寝室で、沢井は妻に尋ねた。

「あの総合病院は、K大医学部系なのか?」

「ええ」

「それはよかった。一流の先生に執刀してもらえるのなら、大船に乗ったつもりでいられる」

「そのことで、事後承諾してもらいたいけど」

ちょっと口ごもるようにして、静子が告げた。

「主治医の先生は、外来で診断したプロラクチノーマではなく、病名は頭蓋咽頭腫だから、手術はハーディ法ではなく、開頭法でなきゃならないとおっしゃる。そうすると、K大の野見山教授が第一人者だから、コネを使って相談してみたところ、出張手術のオーケーが出たのよ」

病名が「頭蓋咽頭腫」であれば、ハーディ法というわけにはいかない。これは良性の先天性腫瘍で、肥大すれば視力障害などを起こすので、すべて摘出すれば完治する。その方法は、頭蓋骨を開いてメスを入れる。静子は、専門外のことだから、脳神経外科の主治医の診断を、尊重するしかなかった。とはいえ、ハーディ法にくらべて、開頭手術はむずかしく、危険性が伴うことはわかる。やはり主治医に問いただすべきだった……と、後悔することになる。

——外来の先生と、おなじデータにもとづきながら、なぜ病名が異なるのでしょう。どう話し合い、頭蓋咽頭腫になったのか、説明してくださいませんか?

聡子の病名は、結果として、プロラクチノーマである。プロラクチン（下垂体の前葉から分泌される乳腺刺激ペプチドホルモン）の上昇が原因だから、まず血中の値を調べるべきだが、このとき二人の医師は、検査をしていなかった。いずれにしても、静子の頭のなかは、手術のことが一杯だから、脳神経血管外科の第一人者である野見山弘一教授に、執刀を頼むことにしたのだ。

一九九五年十二月三十一日、入院中の聡子に、外泊の許可が出た。ＭＲＩ（磁気共鳴装置）を撮るなど、必要な検査を終えたから、五日間を家族と過ごした。一九九六年一月七日の手術は、執刀する野見山教授のスケジュールによる。沢井が、それまでの経緯を知らされたのは、都心のホテルで迎えた、元日の夜のことである。

「わざわざ野見山教授に出張していただくのは、それなりの理由があるのよ。頭蓋咽頭腫という病名は、いわゆる奇形だから、その開頭手術となると、生易しいものではないとわかったとき、最良の医師を選んで、最高の手術を受けさせてやりたいと思って、知り合いの医師に、やたら電話をかけたのよ」

コネクションを通じて、野見山教授に打診してみると、「病院の要請ということなら、執刀してもかまわない」という返事だった。さっそく静子は、入院先の脳神経外科部長に、そのことを相談した。部長もＫ大医学部の出身で、野見山教授の教え子である。「ぜひ頼んでほしい」と、患者の母親から頭を下げられて、快諾とまではいかないまでもオーケーが得られた。

しかし、若い主治医としては、頭越しの話し合いが面白くなかったらしく、「世の中には権威の好きな人がいますね」と皮肉を言った。有名教授に執刀を依頼するのは、事大主義と言いたかったようだ。

一九九六年一月五日、聡子は五日間の外泊を終えて病院へ戻った。沢井は、ハイヤーで病院まで見送り、会社へ向かった。入院は朝のうちだから、ゆっくり間に合うはずだったが、あいにく高速道路が渋滞して、三十分近く遅刻してしまった。

一月四日が仕事初めで、五日に重要な会議がひらかれる。ミーティングルームに入ると、副社長から厭味を言われた。

「さすがに沢井部長は、重役出勤ですな」

年内ギリギリまで、九州へ出張するなど、沢井が寝食を忘れて働いたのは、不況を乗り切る合併問題をかかえていたからだ。成功すれば、重役昇進は間違いないとみられていたので、反対派の副社長から一発かまされた。

「申し訳ありません」

「とにかく沢井君の意見を聞こう」

社長がとりなして、その場をなんとか切り抜けたから、四月一日の合併は確実になった。そして実現したのだが、いよいよ株主総会で役員に推挙されるというころ、沢井は仕事への情熱を、すっかり失っていた。入院中の聡子が、開頭手術に失敗したことで、二月八日に死亡したのである。

一月五日朝、総合病院の玄関で、娘は笑顔で手を振った。

「サッちゃんのために、大サービスをしてくれて、ほんとうにありがとう」

あのとき聡子は、二週間ほどで退院できると、信じ込んでいたのである。あらかじめ静子は、脳神経外科の部長に、手術への立ち会いを申し出たが、「当院では認めないことになっています」と、あっさり断られている。それなら手術をはじめる前に、執刀する教授に会わせてもらいたかった。しかし、その点については、前日に部長が説明した。

「野見山教授は、大阪の伊丹空港から、羽田へ向かわれます。空港へは病院のクルマが出迎えて、こちらへ直行していただく。その前に私どもが開頭しておきます。病院に到着された教授は、院長に会ったりして、ただちに手術室に入られ、私どもと交代なさる手順です。そういうわけで、事前にお会いするのはムリでしょう」

これまで何度も来ているから、スケジュール的に問題はないという。四時間か五時間を要する手術だから、このような手順になるのは、やむをえないことらしい。静子としては、事前に会えないと言われると、引き下がるしかなかった。

手術の当日に、早朝から静子は病院へ行き、沢井は夕方に病床へ見舞った。この日は朝から、ゴルフ場へ出かけている。いよいよ合併が、タイムテーブルに上ったので、相手方とゴルフ場で落ち合い、最後のツメをおこなった。

このとき沢井は、自分に弁明した。

(開頭手術の第一人者が、わざわざ聡子のために執刀してくれる。サラリーマンの父親が側にいて、どうなるものでもない)

それでもコンペが終わると、病院へ駆けつけた。静子の話だと、午前九時に聡子は、ストレッチャーに乗せられ、手術室へ向かった。エレベーターのところで見送ると、Vサインを出したという。午後二時ころ、手術を終えた野見山教授が、背広姿で静子のところへ来て、「だいじょうぶですよ」と語りかけた。

「すべて摘出するのはムリなので、右動眼の神経と接するところは、残さざるをえなかった。あとは薬物と放射線などによって、腫瘍が小さくなれば良いのです」

「学校へ行けるでしょうか？」

「視力さえ守られたら、だいじょうぶです」

「守られましたか？」

「十分に守られたと思いますよ」

「そうすると、再手術の可能性は？」

「十年とか二十年とか、長期にわたって腫瘍が大きくなれば、必要になるかもしれない。しかし、今のところは考えられません」

短い問答だったが、静子はホッとする思いだった。午後三時四十分ころ、聡子は麻酔から醒めて、静子が話しかけると、頷いてみせた。そのとき脳神経外科の部長が、愛想よく告げている。

「手術の様子は、ビデオに撮っていますから、お見せしてもいいですよ」

午後七時三十分ころ、主治医が沢井夫婦に説明している。

「腫瘍はプロラクチン値１８００で、プロラクチノーマでした」

「そうすると、病名の頭蓋咽頭腫は、否定されたのですか？」

「はい。完全に否定されました」

「すべての腫瘍を、摘出するのはムリだったと、野見山先生はおっしゃいましたが？」

「右動眼神経、内頸動脈、静脈などに腫瘍が食い込んでおり、たいへん危険な状態でした。したがって、ほかの神経障害を避けるために、ムリをしなかったのです」

「視力は守られたのですね？」

「右目の視力を守ることが第一の目的で、内容物を抜いており、視野の約八〇～九〇パーセントは、取り除いています。圧迫しているものは、現在のところありません。うまくいけば、左目も視野が広がると思います」

「お蔭さまで、娘は助かりました。こちらへ入院させていただいたことを、感謝しています」

手術翌日の一月八日に、聡子は元気よさそうに会話し、両親を安心させた。しかし、右目を開けることができず、逆に左目は閉じられないようだった。

手術後の三日目から、病床の聡子は、微熱が続くようになった。

「左の頬が、なぜか痛くないのよ」

そう訴えて、自分でつねったり、叩いたりしていたが、痛覚がないようである。そういえば、左手や左足の動きも、鈍くなっていた。夕食に大好きな握り鮨を食べさせると、あまり口が開けられずに、米粒をポロポロとベッドにこぼした。しきりに喉の渇きを訴え、ミネラルウォーターや茶を、いくらでも飲みたがって、ずいぶん体がだるいようだった。

沢井が会社の帰りに病院へ寄ると、静子が深刻な顔つきで告げた。

「なんだか主治医が、あまり親身になってくれないみたいなのよ」

「若い医師はクールだから、そんなふうに見えるのだろう。お前だって三十歳のころ、お高く止まった女医さんに思えたからな」

「冗談を言ってる場合じゃないわ」

静子は声をひそめて、入院して四日目と五日目に、二日間に分けて撮ったＭＲＩの写真を見ながら、主治医が言ったことを明かした。

「かなり大きな腫瘍で、存在する部位も、ハッキリとわかりました。うちの部長は、手術について定評があるから、わざわざ野見山教授に来てもらうのは、止めたほうがいいんじゃないですか」

このとき静子は、主治医に答えている。

「野見山先生にお願いすることは、すでに決まったことです。いまさら変更できないので、どうかよろしくお願いします」

「世の中には、権威の好きな人がいますね」

地方の国立大医学部を卒業した主治医は、皮肉っぽく笑い、それ以上は言わなかった。この話を聞いたとき、沢井は感想を漏らした。

「実はオレも、ちょっと気になってはいた。しかし、医師ともあろうものが感情のおもむくままに、患者に対処するとも思えない。お前は医師として先輩なんだから、どっしり構えるべきなんだよ」

とはいえ、母が娘を〝人質〟として、病院に取られていたのだ。


沢井健二郎は、一部上場企業の調査役として、東京駅の近くにある本社ビルへ、郊外の団地から通勤している。かつては重役候補の総務部長として、超多忙な日々だった。しかし、いまは閑職の身であるから、定時に出勤して、定時になると家に帰る。それどころか、勤務時間中に裁判所へ行って、「地下鉄サリン事件」の裁判を傍聴したりする。会社の業務とは関係ないことだが、〝調査役〟を拡大解釈すれば、それほど後ろめたくもない。

（どうせ三月末には、きちんと辞表を出すんだから、窓際族として過ごそう）

午後から雪がちらつきはじめて、退社時間が近づいたころは、本降りになってきた。文字通りに窓際のデスクで、ぼんやりと外の景色を見ていると、受付から電話があった。

「お客様ですが、いかが致しましょう?」

「約束など、していないけどね」

とっさに沢井は、なにかの間違いだろうと思った。総務部長のころは、受付から秘書に知らせてきたので、居留守を使うこともできた。しかし、調査役になってからは、めったに来客もないのだ。

「お客様としても、『通りかかったついでだから、会えなくてもかまわない』と、おっしゃっておられます」

「なんて人なの?」

「お名刺には、ルポライター・綱島左衛門とありますけど」

「ああ、白髪の六十年配の人?」

「左様でございます」

「わかった。応接にお通ししてくれ」

あまり総会屋らしくない、風変わりな総会屋……。そんな綱島がなつかしく思えたので、沢井は帰り支度をして降りて行った。総務部長などしていると、政界の黒幕といわれる大物とも、それなりの付き合いを余儀なくされたが、飄々とした人物の綱島からは、イヤな思いをさせられたことがない。

「左衛門さん、久しぶりですなぁ」

応接室に入って声をかけると、満面の笑顔で応じた。

「こんなところでナニですが、頼まれた物が手に入ったので、お知らせに来たんですよ」

「私が頼んだ物ですか?」

「ええ。実弾入りのピストルです」

若いころ綱島左衛門は、純文学の登竜門といわれるA賞の候補に、二回ほどノミネートされたが、受賞には至らないまま、小説を書くのはやめたという。名刺に刷り込んだ名前が、ペンネームではなく本名というので、部下に図書館で調べさせ、ホラ話ではないことを知った。

「左衛門さん、どういうことですか?」

「おやおや……。お忘れのところをみると、早トチリだったようですな」

ダンディな綱島は、苦笑して頭をかいてみせると、葉巻をゆっくりとくゆらせた。その表情を見ながらハッと思い当たったのは、聡子の四十九日の法要を済ませたころ、たまたま会った綱島と銀座界隈をハシゴ酒して、気がついたら家のベッドで、記憶が途切れていた。

「いや、待ってください」

沢井は急いで口にした。

「おっしゃったような物を欲しいと、私が願っていたのは、まぎれもない事実です。しかし、左衛門さんに頼んだことは、まったく忘れておりました」

「それならそれで、いっこうに構いません。こんな物騒な話は、なかったことにしましょう」

竹を割ったような性格というのは、綱島のような人物を指すのだろうと、かねてより思っている。そんな相手に、酔余のためとはいえ、「実弾入りのピストルが欲しい」と頼んだのなら、責任を取らなければならない。なによりも、一部上場企業の総務部長が、このような依頼を総会屋にしたこと自体、スキャンダルなのである。

「左衛門さん、とにかく外へ出て、イッパイやりましょう」

「いや、やめておいたほうがいい」

「そんなことを言わないで……。この雪ですから、電車もタクシーも走らなくなる。いまのうちに適当な店を見つけて、もぐり込んでおくべきです」

「しかし、今日のところは、素直に帰らせてもらいます」

このとき綱島は、手提げカバンを、意味ありげに持ち上げた。

「かんじんの物が、ここに入っている。れっきとした不法所持で、バレたら迷惑をかける」

「そうであるなら、私の責任です」

沢井はキッパリと告げて、綱島を急かせて会社を出た。

沢井は、綱島を周辺にある酒場で、もてなすつもりだった。しかし、会社を出たころ本格的な降雪になり、夜には交通網がマヒして、帰宅できないかもしれない。そこで早めに部屋を取って、ルームサービスで飲むことにした。

「娘が手術を受ける前に外泊を許されたとき、このホテルの三十二階で、新年を迎えたんです」

「そうでしたか……。このホテルでねぇ」

二十八階のツインルームで、窓の外に目をやりながら、綱島はしんみりと相槌を打った。二月八日に聡子が死亡して、葬儀に綱島は参列してくれた。そんなこともあって沢井は、四十九日の法要を済ませたころ、街でばったり顔を合わせた綱島と、ハシゴ酒したのである。したたか泥酔して、沢井の記憶は途切れているが、そのとき綱島に、「実弾入りのピストルを手に入れてほしい」と、涙を流して懇願したという。なにしろ当時は、「聡子を殺した主治医を、このまま生かしてはおけない」と、本気に考えていたのだ。

「酔っていたとはいえ、約束は約束ですから、私に引き取らせてください」

ホテルという密室を選んだのは、やはり好都合だったと思い、沢井は切り出した。

「代金については、数日中に振り込ませていただきます」

「しかし、高くつきますよ」

ブルーチーズをかじりながら、赤ワインを味わっている綱島は、からかうように言った。

「あまり高い買物は、しないほうが身のためです」

「そんなに高価ですか？」

「実弾六発を装填して三十万円だったから、仕入値としては高くない」

「そうすると左衛門さんに、いくら払えばよいでしょう？」

「五十万円で手を打ちます」

「だったら、安い買物です」

このとき沢井は、すぐにでも引き取りたかった。なによりも綱島に、危険なものを持たせて、申し訳ないと思ったからだ。すると相手は、布にくるんだものを取り出した。

「レーム22口径でしてね。もっぱら婦人の護身用だから、至近距離で撃たなければ、命中しませんよ」

そう言って綱島が、黄色い布を広げると、小型ピストルが黒光りしていた。

「22口径というのは、〇・二二インチのことで、銃口の直径が、わずか五・六ミリ。弾丸の重量は、一・九グラム弱ですな」

その昔に、純文学の若手ホープとされた綱島は、ニヒルな六十男の顔つきで、小型ピストルを掌に載せ、沢井に説明した。

「制式ピストルの口径は、〇・二二インチから、〇・四五インチまでに限られる。最大の45口径は、銃口が一・一四センチで、猛獣でも急所に命中すれば、一発で仕留められる」

「22口径の殺傷能力は？」

「弾丸の発射の初速が、毎秒三百メートルくらいだから、人間の顔面に命中したとき、部位によっては致命傷になる」

「ピストルを使用した犯罪で、凶器が22口径というのは、あまり聞かないような気がする」

「おっしゃる通りで、あくまでも護身用です。暴力団などが、38口径のピストルを使うのは、離れたところから相手を撃って、すぐに現場から逃げる必要があるからです。しかし、確信犯というべきか、懲罰として撃つときには、逃げ隠れすることはない」

「そうですね」

「だから小生は、22口径を求めたわけで、必殺の凶器ではありません」

「ありがとうございます」

思わず礼を言ってしまったのは、それなりに配慮してくれたことが、よくわかったからである。ひとりっ子の娘に死なれて、妻の静子は、「私が医師でありながら」と自らを責めた。猛烈サラリーマンとして、家庭を省みなかったことに気づいた沢井は、「娘を殺した主治医を、このまま生かしておけない」と、思い詰めたのである。

「もし娘が、性的に凌辱されたようなとき、その男が裁判にかけられていたとしても、自分の手で殺したいと考えるのが、父親というものです。医療ミスで死亡させられて、病院や医師に責任逃れをされたとき、おなじことを考えますからね」

そう言って沢井は、ピストルに手を伸ばした。

銃把には「RG10」のマークがあり、西ドイツのレーム精密工具機械製作所の製品で、六連発ダブルアクション型回転式という。重量は三百三十三グラム、全長は十三・三センチ、銃身長は四・四センチで、右手に載せてみると、掌にすっぽり収まる。弾倉に入っている実包は、重量三・三五グラム、長さ一・七三センチである。

綱島は、ピストルの握り心地をたしかめる沢井に、穏やかに説明した。

「一九六八年秋に起きた連続射殺の『広域重要一〇八号事件』で、四人の犠牲者が出ているが、いずれも凶器はレーム22口径ですよ。犯人の永山則夫は、当時十九歳の少年で、横須賀のアメリカ海軍基地へ盗みに入り、下士官の住宅で、婦人の護身用ピストルを見つけたんですね」

「これと同型だったんですか？」

「函館のタクシー運転手を殺害したとき、車内から弾丸が発見されなかったので、初めは『キリのような凶器で刺した』と、警察は誤認している。日本で22口径が、犯罪に使われた前例がないので、ムリもなかったんですよ」

「なるほど……」

子どものころ、空気銃でスズメを撃ったことはあるが、本物のピストルを手にするのは、むろん初めてのことである。沢井の胸は、少年のように高鳴った。

「試しに撃ってみますかな」

このとき綱島が、なんでもなさそうに言うので、沢井は冗談だろうと思った。しかし、そのまま窓際へ行き、ハンドルに手をかけたのである。この高層ホテルの客室の窓は、ハンドルの操作で、わずか十センチほど開く。そうして自然の風を入れると、密閉された感じがなくなるので、人気の一つになっている。むろん十センチ以上は開かず、飛び降りることなどできない。

「綱島さん？」

あわてて沢井は止めようとしたが、窓を開けた総会屋は、銃口を雪の降りしきる外へ向けて、ニヤリと笑った。

「たいした音はしません」

「とはいえ、隣室に人がいます」

「こんなときに、窓を開けている物好きが、ほかにいるとも思えない」

そう言いざま、綱島は引金に指をかけて、パーン、パーン、パーンと、連続して発射した。乾いた発射音が三発したので、沢井は胆をつぶした。

「左衛門さん、なんてことをする！」

思わず叫んだら、相手はニヤリと笑い、こちらへ銃口を向けた。

「沢井さんこそ、このピストルを使うことを、本気で考えたね？」

「………」

「考えるのは勝手だが、実行してはいけない」

ふたたび窓の外へ銃口を向け、またしても三発続けて、パーン、パーン、パーンと発射したのだ。

沢井は思わず、部屋の出入口へ駆け寄り、ドアスコープから廊下を覗いてみたが、物音を怪しんで、人が飛び出す気配はなかった。ホッとして窓際へ戻ると、綱島はピストルを包んでいた黄色い布で、ていねいに銃身を拭い、指紋を消したようだ。そうして無言で、六発を撃ち尽くしたピストルを、窓の外へ勢いよく投げ捨てた。

「ちょうど真下は、錦鯉の泳ぐ池ですよ。何年かあとで浚ったとき、発見されるかもしれないけど、たいした騒ぎにはなりませんや」

「………」

「このホテルには、外国のＶＩＰも泊まることだし、なにかのはずみで護身用のピストルを、池に捨てることだってあるでしょう」

平然として言うと、ハンドルを操作して窓を閉め、肩をすくめる仕種をして、帰り支度をはじめた。

「小生の言い値の五十万円を、もし払う気があるなら、いつもの口座に振り込んでください」

「とはいえ、かんじんの物を捨てられた」

「いいじゃないの。そのうち小生に、感謝するときがくるからさ」

ニヤリと笑った総会屋は、いつものように飄々と、目の前から消えて行った。残された沢井は、急にガタガタと体が震えだし、電話機に飛びつくと、自宅の番号をプッシュした。

「はい、沢井ですけど」

妻の声を聞いたとき、五十七歳の夫は、大声を上げて泣きだした。

「あなた、どうしたの？」

「裁判を起こそう。病院と主治医が聡子を殺したことを、法廷で主張すべきなんだ！」

切れ切れに言いながら、沢井は不思議な感動を覚えて、あふれるように出る涙を、抑えることができなかった。

沢井健二郎は、東京の私大法学部卒だが、まったく裁判所とは無縁だった。勤め先の会社に、渉外部というセクションがあり、法務課には何人もの弁護士が出入りしている。その一人で、国際法に詳しい若手弁護士が、いつか話していた。

「私は法曹資格をとってから、一度も裁判所というところへ、足を向けておりません」

いくらなんでも、弁護士が裁判所へ行かないはずはない。冗談だろうと思ったら、そうではなく本気だった。

「司法試験に合格すると、二年間は研修しなければならないので、裁判所へ何ヵ月か通って、裁判官の見習いをさせられましたが、あれほど退屈なものはなかったですね」

「検察官の見習いもするんでしょう？」

「ええ。捜査検事のフリをして、おっかない被疑者と向かい合い、取り調べをさせられます。そうしてクロだと思ったら、起訴状の起案をするわけです」

「すごい経験じゃないですか」

「いやいや、私にはつまらなかったなぁ」

つまり彼は、初めから裁判官や検察官になるつもりはなく、弁護士をめざしていた。ふつう弁護士といえば、ヒマワリのバッジを胸につけ、弱い者のために働くイメージがある。しかし、そんなものは視野に入っておらず、〝渉外弁護士〟になった。

「沢井さんは、〝裁判をしない裁判官〟を、ご存知でしょうか？」

「それは初耳です」

「司法行政というのは、裁判官自身がおこなうわけだから、エリート裁判官ともなると、裁判所の法廷よりも、そっちのほうで活躍します」

「たとえば、最高裁人事局長とか……」

「そういうことです。ケチな犯罪者に振り回されるよりも、あの裁判官はどこに回そう、この裁判官はヒヤメシを食わせてやろうと、将棋のコマのように動かす仕事が、おもしろいに決まっている」

なんだか聞いていて、胸がわるくなったけれども、英語がペラペラの渉外弁護士は、〝裁判所へ行かない弁護士〟であることを、自慢したいのだった。そうして実際に、渉外事務所の弁護士になりたてのころから、年収一千万円以上の高給をとっている。しかし、中学生のころから、「将来は弁護士になりたい」と、弱い人たちの味方になる目標をもっていた聡子は、十七歳で死亡した。いや、病院と主治医によって、〝殺された〟のである。

静子は聡子に死なれてからは、おなじことを言いつづけた。

「私なんかに、もはや医師の資格はない。それがわかっていながら、患者さんと向かい合うのが、毎日つらくて仕方ないのよ」

「お前はどうして、そんなふうに自分を責めるのか。聡子が死んだことと、ムリに結びつけて考えているんだろう」

沢井は口を酸っぱくして、静子をなだめてきた。しかし、一方では自分が家庭をないがしろにしたことに、原因があるように思えてならない。

「悪いのはオレで、聡子が入院して手術を受けるときも、父親として何もしてやれなかった」

「あなたに何ができたというの？」

「たとえば、あの病院に任せてよいのかどうかを、事前にリサーチするなど、それなりに努力するべきだった」

「私が医師なんだから、どこの病院を選ぶかは、あなたが口出しすべきことではないでしょう」

「…………」

「あなたは何も悪くない。あくまでも私が、医師という専門家でありながら、あんな病院に入院させたことに責任がある」

「そんなふうに自分を責めないでくれ」

「おためごかしを言わないでよ。あなたの本心は、ちゃんとわかっているからね。聡子の母親が、なまじ医師であったばかりに……と、私を憎んでいるに決まっているんだ！」

このような不毛な会話を、何度くりかえしたかわからない。自分を責める妻をみていると、自殺でもするのではないかと気がかりで、会社の仕事などは、どうでもよくなった。


東京に大雪が降った翌朝、ホテルから会社へ出勤した沢井健二郎は、その日の仕事を終えると、まっすぐ帰宅した。

「お帰りなさいませ。奥様のリクエストで、今夜は鍋物を用意しました」

通いのお手伝いの野添マキが、愛想よく出迎えたので、沢井は誘ってみた。

「マキさんも一緒に食べないか」

「そんな野暮な……。お二人で召し上がってください」

「二人じゃ寂しいから、たまには付き合ってもらいたいんだよ」

「せっかくですが、母が待っています」

四十二歳のマキは、七十過ぎの母親と、ひっそり二人で暮らしている。彼女は小学四年のとき、トラックにはねられて重傷を負い、歩行が不自由になった。そんな不幸のさなかに両親が離婚したのは、父親が酒を飲むたびに、「お前のしつけが悪いから事故に遇ったんだ」と、母親を責めたからだという。なんとも理不尽な話だが、世の中に転がっている不幸は、こんなものかもしれない。しかし、沢井が救われる思いがするのは、マキの明るさと優しさである。

「それじゃ旦那様、お二人でしっぽりと、雪見酒で濡れてください」

「どういう意味だい?」

「アハハハ、そんなこと知りません」

高笑いしながら、マキが勝手口から出て行くと、入れ替わりに静子が、敷地内の「沢井内科クリニック」から戻った。

「なんだかマキさん、楽しそうだったわね」

「お二人でしっぽりと、雪見酒で濡れてください……だってさ」

「カゼを引くじゃないの」

「それもそうだ。アハハハ」

さっそく沢井は、日本酒の燗をつけることにした。以前は家にいるとき、ヨコのものをタテにもしない不精者だったが、娘に死なれてから、せめて妻の負担を軽くするため、自分のことは自分でしようと、家事を手伝うようになった。

沢井は妻に、ホテルにおける前夜の出来事を、くわしく説明した。

「そういう次第で、裁判を起こして法廷で主張するしかないと、素直に思うようになった」

「ありがとうございます」

このとき静子は、和室のコタツで向かい合って、じっと頭を下げていた。涙をこらえるためとわかっているから、沢井は黙って酒を飲んだ。

「それであなたも、損害賠償請求の原告になってくれますか?」

「もちろんそうする」

沢井にしたところで、大学は法学部だから、民事裁判の「原告」は提訴した当事者で、「被告」が受動的当事者であることを知っている。「被告人」は刑事訴訟の受動的当事者で、その対立当事者は、公訴を提起した検察官(国家機関)になる。

「危うくオレは、ピストルをぶっ放した殺人罪で、刑事被告人になるところだったが、やっぱり裁判所へ行くときは、原告のほうがよさそうだよ」

「あなたって、こんなときも冗談が言えるのね」

「いや、悪かった」

「そうじゃないの。そんなあなたが付いてくれているから、私はここまで頑張ってこられた。そのことはわかってください。心から感謝しています」

静子は笑顔になると、熱燗の徳利に手を伸ばして、夫の杯を満たした。

「私一人が原告になるのでは、聡子も賛成してくれないでしょう。あなたと連名でないのなら、私は提訴しないつもりでいたわ」

「それで実際問題として、なにをすればいい?」

「じつは私も、五里霧中なのよ」

裁判を起こすのは、やはり大変なようである。

一九九六年年二月八日に聡子が死亡して、四十九日の法要を済ませたあと、静子は所属する医師会へ、法律相談をしている。

「娘が入院していた病院で、どのような治療を受けたのか、事実をたしかめるために、カルテを取り戻したいのです」

この日まで待ったのは、もしかすると病院の部長か主治医が、四十九日の法要に参列するかもしれないと、心待ちにしていたからだ。しかし、なんの連絡もなかったので、行動を起こしたのである。

「私は母親として、そうせずにはいられません」.

「ちょっと待ってください」

医師会の顧問弁護士は、思わぬトラブルを持ち込まれたと受け止めたらしく、冷たい反応を示した。

「こちらの法律相談は、病院の経営に関するものか、医師の業務にかぎられています」

「医療ミスの疑いがあるから、カルテを見たいのですが、病院側が応じてくれません。そのことについて、医師会に調停していただければ……」

「むろん医師会は、医療ミスについての相談も受けますが、あくまでも訴えられた場合です」

「私は医師会のメンバーですけど？」

「そうおっしゃられても、沢井先生のご相談は、医師としてではなく、患者の立場からでしょう。そこのところを、間違えないでください」

四月初め、あっさり顧問弁護士に断られ、静子はショックを受けて、途方に暮れてしまった。医師には守秘義務があり、診療録（カルテ）の検査などについて、知り得た業務上の秘密や個人の秘密を漏らしたようなときは、一年以下の懲役または罰金に処せられる。ただし、患者本人や家族にオープンにすることは、この規定に違反しない。それなのに病院側は、静子にカルテを見せることを、かたくなに拒んだのである。

頼りにしていた医師会から、思いがけない扱いを受けて、静子は医師としての自分の無力さに、絶望的になったという。それでも気を取り直して、知人に弁護士を紹介してもらったのは、「証拠保全」という法的な手続きにより、裁判所の許可をえれば、コピーできることを知ったからだ。しかし、医療ミスに関して、病院と事をかまえる弁護士は、見つかりそうで見つからない。ましてや知人は、医師仲間が中心である。五月になって、ようやく引き受ける弁護士があらわれ、聡子に関するカルテ、医療記録のすべてを証拠保全できた。

死後三ヵ月後に、弁護士に依頼して、裁判所を通じて「証拠保全」の手続きにより、カルテ、看護日誌、集中治療室のデータ記録、CT（コンピューター断層撮影）写真、MRI（磁気共鳴装置）写真などを手元にそろえた。しかし、カルテのページを開いて、静子はショックを受けたという。

「あなたも覚えているでしょう。手術から四週間目に入ったとき、ICU（集中治療室）のカウンターのようなところに、聡子のカルテが無造作に置いてあったことを？」

「ああ、覚えているとも！　主治医が大きな字で、真っ白な空白のページに、なぐり書きのように記入していた。オレの記憶では、『父親は絶望的と理解している』と」

「それが証拠保全されたカルテでは、『父親はいまの時点で、気管切開には抵抗がある。しかし、これまでの経過をみると、ほぼ絶望的であると理解している』と、明らかに書き加えられているのよ」

「そんなバカな！」

初めて聞くことなので、沢井は驚いてしまった。ICUでカルテを覗いたことは、盗み見にあたる行為である……と、主治医から非難されたが、「父親は絶望的であると理解している」という文言のほかは、なにも記載されていなかった。

「お前はあのとき、人工呼吸のための気管内挿管のチューブを、いつまでも肺に入れておくのが心配だから、『早く気管切開をしてほしい』と、あれほど主治医に頼んだじゃないか」

「それを無視して、余計な口出しをするなと怒った主治医が、聡子の死後にカルテを改ざんし、『父親はいまの時点で、気管切開には抵抗がある』と、親が反対したように見せかけている」

「なんという卑劣な！」

夫婦で鍋物をつつきながら、熱燗の雪見酒どころではなく、またしても沢井は声を荒らげた。

「カルテが改ざんされているようなことを、お前はこれまで一度も言わなかった。いったいどういうことなんだ？」

「そんなふうにあなたが、激怒することが目に見えているから、とても怖くて言えなかったわ」

第二章　生命の値段

一九九六年一月七日の開頭手術が終わったあとで、静子は主治医から「腫瘍はプロラクチノーマです」と、初めて告げられた。そうであるなら、危険度が高いとされる開頭手術ではなく、ハーディ法で十分だったはずだ。

一月十日、CTでわかったのは、右の大脳が黒っぽくなり、脳梗塞が起きていたことだ。手術のとき血管を切るとか挟みつけるとかして、血の流れに障害が生じ、脳組織が壊死したとみられる。一月十一日から、「気持ちが悪い」と身悶えし、十二日には「右の頭が痛い」と暴れるようなことがあって、十三日から意識がなくなり、顔は風船のようにふくれあがり、口から泡を吹くようになった。CT検査をしたところ、脳梗塞の部分がひろがっていることがわかり、頭蓋内圧を下げるために〝減圧開頭手術〟がなされた。このときから頭蓋骨は開けたままで、人工呼吸に切り換えて、気管内挿管がつづけられた。

一月二十二日、レントゲン撮影で左の肺が真っ白になっていることがわかり、「左無気肺の肺炎」と診断された。これは気管から入れたチューブが右の肺に深く入りすぎて、左の肺に酸素が行かず、機能しなくなったのである。主治医の説明を聞いて、静子は懇願した。

「肺炎については、内科か小児科の先生に診てもらってください。気管内挿管のチューブは、長く入れておくとよくないから、早く交換してください。もう十日も経っているのだから、気管切開に切り換えてください」

しかし、主治医は「必要ありません」と一蹴してしまった。手術当日から聡子は、ICUに入れられている。ふつうの病室とは違い、面会はきびしく制限され、一回三十分ということで、昼と夕方の二回しか会えない。

「もっと娘の側にいさせてください」

「自由に面会できる病院へ移ったらどうですか」

主治医にはねつけられ、静子はICU前の廊下のソファで、二十四時間ずっと待機するほかない。

一月二十五日、若い当直の医師が、気管内チューブの交換に手間取り、「無酸素性脳症」になる。二月五日、ようやく気管切開がおこなわれて、明らかに最終的な延命措置である。沢井は、はじめて主治医を怒鳴りつけた。

「あれほど家内が、お願いしていたじゃないか！」

「だったら、病院を変えればいいでしょう」

主治医に言い返されて、沢井は絶句した。

二月五日は、聡子が息を引き取る三日前だった。首のあたりで気管を切開し、気道をたもつ措置とはいえ、もはや延命のためでしかない。ICUのベッドの娘を見たとき、沢井は、あふれる涙を抑えられなかった。

「なんという、変わり果てた……」

一月七日の開頭手術を受けるために、十七歳の聡子は頭を剃られた。スキンヘッドは、一ヵ月におよぶICUでの闘病中に、毛髪が一センチメートルほど伸びている。K大教授の執刀と決まり、「なんてラッキーなんでしょう」と、聡子は素直に喜んだ。そうでなければ、若い娘がツルツル頭になるのは耐えられなかっただろう。しかし、結果として手術は失敗して、脳梗塞を起こしたばかりか、数々のアクシデントに見舞われ、かろうじて生命を保っている。

沢井は、妻にささやいた。

「思い切って、病院を変えようじゃないか。さっき主治医は、『病院を変えればいいでしょう』と、ハッキリ言ったぞ」

「そんなことなんか、できっこないと思って、脅しをかけたのよ」

「できないのか？」

このとき念を押したのは、静子の母校の大学病院から、恩師である名誉教授をはじめ、知り合いの医師たちが、ひんぱんに見舞いに訪れているからだ。その医師たちは、もはや絶望的な状態とわかり、ICUの前から動かない静子を、「自分の体のことも考えなきゃダメだ」と、励まして帰っている。

「この病院の医師に、最後の診断書を作成してもらって、お前は納得できないだろう」

「ええ。それが耐えられないんです」

睡眠不足で血走っている静子の目に、ようやく光がさしたのは、ひそかに考えていたことが、夫に通じたからだった。

「あなたが許してくださるなら、お願いしてみます」

「ぜひ、そうしてくれ」

事態が絶望的なときこそ、妻の思いどおりにさせてやりたかった。そうして二月七日、静子の母校の附属病院の救急救命センターに、聡子は引き取られた。

午後五時ころ、都心の大学附属病院から、サイレンを鳴らして救急車が到着した。沢井と妻は、このとき顔を見合わせて手を握った。

「これで聡子は助かる！」

もはや容態は絶望的で、搬送中に息を引き取るかもしれない。しかし、この病院で味わった苦痛と屈辱から解放される。そう思って、二人は救急車に乗り込んだ。

「サッちゃん、安心して休んでいなさい」

内科・小児科医の静子は、薄目を開けたような状態の左右の瞼を、絆創膏で軽く閉じさせた。

「そうとも、安心していなさい」

沢井は、涙ぐんで見守った。午後六時すぎ、救急車は大学病院へ到着し、様子に変わったところはなかった。午後八時ころ夫婦で面会して、「お任せください」といわれた。このあと沢井が、「ちょっと用がある」と勤め先に出かけたのは、会社の浮沈にかかわる合併問題で、やむをえなかったからだ。

二月八日午前零時四十五分ころ、総務部長席の電話が鳴り、ホテルから静子が、「心マッサージを受けているので病院へ行きます」と知らせたので、沢井は急いで仕事を片づけることにした。午前一時三十五分ころ、「いま聡子は息を引き取りました」と、静子から電話が入った。

こうして一年前に、娘が十七歳で死亡し、沢井健二郎は五十七歳、妻は五十五歳になる。ふと静子が、問いかけてきた。

「あなたはこれまで、ドクターズ・ファミリー症候群という言葉を、聞いたことがある？」

「いや、初耳だな」

「アメリカあたりでは、医師の家族に生じる障害という意味で、よく使われるらしいのよ。聡子の医療ミスは、私が医師だったことも、原因の一つでしょうね」

「だれがそんなことを言う？」

「私がそう思うの。ドクターズ・ファミリー症候群とは、言い得て妙だわ」

「ドクターが患者の母親で、どんな障害が生じたというのか？」

「まずK大の野見山教授に、出張手術をお願いしたことです」

このとき静子が、他人事みたいな言い方になったのは、自分のしてきたことを、客観的に分析したいからのようだ。

「あなたには、事後承諾を求めましたね？」

「そういうことになるかな」

一月七日の手術は、病院の「術中記録」によると、午前十時二十五分に開始し、午後三時五分までおこなわれている。静子が教授に会ったのは、このときが初めてで最後だという。

「すると教授は、手術が終了する前に、さっさと帰ったのか？」

「病院のドクターが、開いた頭蓋を閉じるから、そのことに問題はありません」

「いつ謝礼を渡した？」

「短い説明を、廊下で聞かせてもらい、お礼を申し上げたときだわ」

教授にいくら謝礼を包んだのか、沢井は聞いていなかった。そのことは、「沢井内科クリニック」の院長である妻が、〝常識の範囲内〟で決めるべきだからだ。その金額を、初めて静子が口にした。

「お渡ししたのは百一万円です。いや、百一万円だったかな」

「なんで百一万円なの？」

「お札を数えるとき、なんだか手がふるえて、九十九枚だったり、百枚だったりするのね。そうすると、万が一にも不足するといけないから、念のために一枚足しておきました」

クールな静子が、紙幣を数えるとき手をふるわせたというのは、ちょっと意外な気がする。しかし、手術が成功してほしいと、母親としての願いを込めて、そうなったのだろう。

「お前の気持ちは、よくわかったよ」

「多すぎたでしょうか？」

「そっちの業界のことは、オレにはわからない」

「病院の部長さんに聞いても、なかなか金額をおっしゃらない。こちらから百万円という数字を出したら、笑顔で領かれたので、そうしたのです」

ドクターズ・ファミリー症候群とは、「医師の家族に生じる障害」で、アメリカ辺りでは、医療ミスの原因にあげられる。出張手術を頼んだ医師に、高額な謝礼を払うことなども、その一つらしい。

「むろん領収書はもらっていないんだろう？」

「それはそうでしょう。国立大の教授で、れっきとした国家公務員ですよ」

「お前にしたところで、もらった領収書を、医師の必要経費として、税務署に出せるはずもない」

「恥ずかしいことかもしれないけど、こういうカネの使い方は、私たちの世界の常識でもあるのね」

「いや、余計なことを言わせてしまった」

なにしろ沢井は、一部上場会社の総務部長として、領収書をもらえないカネを捻出するために、同僚にも明かせないことをしてきた。しかし、静子は首を振った。

「その〝余計なこと〟を、あなたに聞いてもらいたいんです。私は患者の母親として、医師である立場を利用し、たった一人の愛娘のために、最高の治療を受けさせようとしました。コネも使えれば、カネも使えますから」

「それが医療ミスに、どうつながる？」

「治療にあたる医師は、家族に医師がいるとわかると、失敗できないという気持ちになり、必要以上のことをしてしまう。一般的にいって、それは当たっていると思います。出張した野見山教授は、手術のとき念には念を入れ、ていねいに仕事をなさった。そのことが結果として、裏目に出たのかもしれません」

「脳梗塞が起きたのは、手術のとき触りすぎて、血管を切るとか、挟みつけるとかして、血の流れに障害が生じたからだろう？」

「ええ。病院のドクターたちも、第一人者の手術はどんなものかと、目をこらしています。そんな状況のなかで、ミスが生じた可能性もあるでしょう」

「そうだとすると、だれの責任になるんだ？」

「いま私が、その責任を問おうとして、あれこれ詮索してもはじまらない。なぜこんな結果が生じたのか、自分がしたことをふくめて、トコトン問い詰めてみたいんです」

「そのための裁判なんだよな」

あらためて沢井は、妻の気持ちがわかった。

静子の反省は、患者の母親として、医師の立場を利用し、最高の治療を受けさせるために、コネとカネを使ったことである。しかし、たった一人の愛娘が、頭頂部の骨をはずして器具を入れ、下垂体が収まるトルコ鞍の腫瘍を、取り除く手術を受ける。この〝顕微鏡手術〟は、K大の野見山弘一教授が、第一人者とされる。執刀してもらいたいと願うのは、親として当然だろう。

「前提となるのが、聡子の病名を、頭蓋咽頭腫とされたことでは？」

「ええ。その通りです」

「ところが病名は、はじめに診断されたプロラクチノーマだった。そうであるなら、開頭する必要はないだろう？」

「外来の先生から、『おそらく手術は、一回ですみます。ハーディ法で十分でしょうね』と言われ、ホッとしたんですよ」

「それで入院すると、若い主治医から、違うことを言われた？」

「ハッキリ覚えています。『もっとも考えられるのは頭蓋咽頭腫で、プロラクチノーマほど簡単にいかず、手術は開頭手術になります』と」

ハーディ法は、「経蝶形骨手術」といわれ、口の裏側からメスを入れ、蝶形骨の内部をひらいて、眼球の裏あたりにある腫瘍を取り除く。この方法に比べ、「経頭蓋手術」といわれる開頭手術は、上から下へアプローチする。シロウトが考えても、ハーディ法のほうが、安全性が高いことがわかる。

「ボタンの掛け違いは、主治医が誤診し、開頭手術と決めつけたからではないのか？」

「なぜそうなったかは、今でもナゾです」

静子が唇をかんで、悔しそうな表情になる。主治医は五年前に医師免許を取得して、三十歳になったばかりだった。外来の医師は、同窓の先輩でベテランであるのに、若い後輩の診断をすんなり認めたことになる。

「いずれにしても病院側は、インフォームド・コンセント（説明義務）に、違反しているんだよ」

言いながら沢井は、あらためて憤りを覚えた。医学について無知だが、会社の総務部長として、さまざまなトラブルに出合い、修羅場をくぐっている。それなりの経験から、妻の説明にもとづき、次のように考えてみた。
①プロラクチン産生腺腫か否か、血中プロラクチンの検査でわかるのに、病院がおこなったのは十二月三十日で、手術前日の一月六日、測定値が１８００（正常値は15以下）と判明した。
②血中プロラクチンの異常がわかれば、頭蓋咽頭腫でないことは明らかなのに、ハーディ法に切り換えることなく、一月七日に開頭手術をしている。
③入院患者には、病名（ほかに考えうる病名）、病状、治療計画、検査内容と手術内容、その日程と、推定される入院期間、その他（看護、リハビリテーションなどの計画）を、患者に説明する義務があるが、きちんと説明していない。
④文献によれば、プロラクチノーマの手術死亡率は一パーセント以下であるのに、手術のあと脳梗塞を起こしたりしたのは、医療ミスがあったとみられる。
⑤手術後の管理が十分でなく、気管内挿管のチューブを右肺に入れすぎて、左肺の肺炎を併発した。そのあとで未熟な当直医師が、チューブの交換ミスで、脳に酸素が行かない状態により、致命的な脳

損傷を受けている。

およそ右のような点で、病院側の「責任」が考えられる。法律的にいうと、その責任は、「医療契約不履行」と「不法行為責任」になる。沢井は、静子に語りかけた。

「民事訴訟を起こすときは、〝損害〟を明らかにしなければならない。これを具体的にいうと、①逸失利益、②慰藉料、③葬祭費、④弁護士費用などだ」

「おカネなんか欲しくないのに、請求しなければならないのよね」

静子は、不意に泣きだした。

手術の成功を祈り、百万円を渡したのが〝生命の値段〟なら、相手方に請求する金額も、〝生命の値段〟ということになる。

「損害賠償請求事件には、『訴訟物の価額』が不可欠なんだよ。提訴すると決めたからには、メソメソするわけにはいかん」

妻を叱りつけながら、沢井も涙を流した。


沢井健二郎は、東京の私立大法学部をへて、大会社のサラリーマンになり、やがて定年を迎えようとしている。そんな五十七歳の男が、五十五歳の妻とともに、大病院と主治医を相手取って、民事訴訟を起こすことにした。これは「医事紛争」であるから、司法判断を求める前に、話し合いによって、解決する方法があったかもしれない。

たとえば、手術のときに体内にハサミを置き忘れたようなミスは、なんら争いの余地がない。すみやかに示談(和解)をおこない、病院側は損害賠償金を支払って、患者側は今後の請求権を放棄することを約束し、それで終了する。とはいえ、当事者による話し合いで、どうしても解決できないこともある。そのときは、一方の当事者が、裁判所に調停を申し立てる。ベテランの調停委員により、妥協案が示されて、いわゆる〝落とし所〟で、なんとか成立する。

一般的なケースとしては、このような流れがある。しかし、聡子の容態が絶望的とわかったときに、「この病院の医師によって、最後の診断書を作成してもらうのは、どうしても納得できない」と、あえて転院させたのだ。その翌日に、聡子は息を引き取った。手術をした病院から、だれ一人として葬儀に訪れていない。感情的にこじれにこじれ、「示談」や「調停」の余地は、もはや残されていなかった。

死亡した聡子は、十七歳の高校二年生だった。性格は明るく、頭脳も明晰で、将来は弁護士になる希望をもっていた。その一人娘が、手術の死亡率は一パーセント以下とされる、良性の腫瘍の手術で、死亡させられたのである。

「だからこそ、オレたち夫婦は、提訴することにしたんだよ」

大学時代の友人の法律事務所で、このようないきさつを、沢井は説明した。

「なんとか君に、引き受けてもらいたい」

すると弁護士は、苦笑いをした。

「せっかくだから、話は聞くけど、ムリだと思う」

弁護士の藤之江昇一は、沢井と学生のころ親友で、よく安酒を飲んだ。ある女子学生を、同時に好きになり、取っ組み合いのケンカまでしたが、二人ともふられてしまった。それで一緒にヤケ酒を飲み、なんとなく仲直りした。

「トラックの運転手は、大型車を走らせるから、危険な業務といえる。だから難しい試験に合格して、特定の免許をもっている。しかし、交通事故を起こしたとき、その内容によっては、免許を取り消されることになる」

「それが法的な責任だろう?」

「民事責任を問われると、原則として損害賠償であって、生じた損害の負担をさせられるか、させられないかだ」

「オレが訴えるのは、医療機関と医師であって、トラックの運転手ではない」

沢井としては、訴訟の代理人を、引き受けるのか、引き受けないのか、ハッキリしてほしい。

「病院側の責任としては、①不法行為責任、②医療契約不履行になるはずだ」

「これがなかなか一筋縄ではいかない」

都心の一等地のビルに立派な事務所をもっている藤之江は、民事が専門である。そのことを確かめて、沢井は訪ねたのだ。しかし、昔の親友であっても、ビジネスになると話はべつらしい。

「不法行為が原因であっても、契約不履行が原因であっても、要件が備わっていないと、損害賠償の請求権は認められないからね」

「その要件とは?」

「不法行為が成立するためには、それが故意にもとづくものか、過失にもとづくものか、事由が存在しなければならない」

「娘は医療ミスで重症になり、身体権が侵害された。さらに死亡して、生命権が侵害され、オレたち夫婦の親族権が侵害された」

「その死亡の発生にいたる原因が、過失のある医療行為とのあいだに、因果関係があるかどうか。法的な責任を問うときは、もっと絞り込んで、法的因果関係が存在することが、必要になってくる」

「法的因果関係？」

「結果の発生に、もっとも有力な条件関係に連鎖するものを、法的因果関係とする」

こうなると、沢井にはチンプンカンプンである。そこで弁護士報酬のことにふれた。

「オレたち夫婦にとって、これからの生き甲斐は、裁判そのものになってくる。ワイフは開業医をつづけるし、オレには退職金が入り、経済的な不安はない。そのようなわけで、報酬は出来るだけのことをする」

「その点については、こういうものがある」

藤之江は、B４判のプリントを取り出した。「弁護士報酬早見表」と表題がついている。

「今回の『訴訟の価額』は、いくらにするつもり？」

「それこそ弁護士に相談しなければ、決めようがないからね」

「仮に一億円としようか」

こともなげに言うと、「経済的利益の価額」という項目の、「一億円」の欄を示した。

「着手金のところに、標準額があるだろう？」

「三百六十九万円とある」

「その隣に、増減許容額とあるね？」

「二百五十八万三千円から、四百七十九万七千円までとある」

「すなわち、一億円を請求する訴訟を受任するときは、着手金は二百五十八万三千円から四百七十九万七千円の範囲内で、標準額は三百六十九万円と、弁護士会から指導されている」

「報酬金という項目もあるが？」

「それは、事件が終了したときの成功報酬で、一億円については、標準額が七百三十八万円、増減許容額が五百十六万六千円から九百五十九万四千円まで。したがって、一億円の事件を弁護士に委任したら、ある弁護士は、着手金プラス報酬金の下限で、七百七十四万九千円を請求する。ある弁護士は、上限で一千四百三十九万一千円を請求するだろう」

「なるほど、弁護士によって違うのか」

「このように、同じ価額の事件を受けても、弁護士によって差があるから、世間の人の弁護士に対する、不信感の原因になっている。このあいだ遺産分割事件を、私の事務所で決着してね。依頼者は約二億円の遺産を、取得することができた」

「二億円か……」

さっそく沢井が、「二億円」のところをみると、「着手金」の標準額は、六百六十九万円、増減許容額は、四百六十八万三千円から八百六十九万七千円とある。「報酬金」の標準額は、一千三百三十八万円、増減許容額は、九百三十六万六千円から一千七百三十九万四千円とある。

「そうすると、着手金プラス報酬金の下限で、一千四百四万九千円を請求する弁護士もいれば、その上限として、二千六百九万一千円を請求する弁護士もいるということか」

「そのとおりだが、私の場合は、ちょっと違う計算をした」

五十七歳のベテラン弁護士は、このとき初めて笑顔をみせた。

「依頼者は、二億円の遺産を取得したとはいえ、一億円の相続税を払わなければならない。すると実質的な経済的利益は、一億円ということになる。だから私は、着手金プラス報酬金の下限で、七百七十四万九千円を、弁護料としてもらった」

「それは意外だ……」

沢井としては、同じ弁護料であっても、①七百七十四万九千円、②一千四百四万九千円、③二千六百九万一千円と、ずいぶん差があることを、意外に思ったのである。

「そんなに私のことを、悪徳弁護士と思っていたのかな？」

「いや、そういう意味ではない」

「アハハハ、冗談だよ。私だって結構、これまで稼がせてもらった。この年齢になると、多少なりとも人の役に立ちたいから、弁護料を安くするように心がけている。君の依頼をことわったら、冷淡なヤツと思うだろうが、私は医事紛争について経験がない。友情で引き受けても、無能をさらけだすだけで、まことに申し訳ないが、受任できないんだよ」

そう言って藤之江は、深々と頭を下げた。


高校二年生の聡子は、手術を受けるまで、次のような状態だった。
①視野狭窄をともなう視力障害。②無月経。
このようなとき、治療の目的としなければならないのは、①視力の温存、②月経の開始である。性格は明るく、頭脳も明晰な娘は、中学生のころから「将来は弁護士になりたい」と、はっきりした目標を持っていた。受験勉強のためにも、それまでの視力を温存したかった。また、十七歳の思春期であり、将来の妊娠・出産を可能にするためには、性機能の障害を、取り除いておくべきである。

いずれにしても、プロラクチノーマは、何年もかかってできた病気で、良性の腫瘍であるから、一日を争うような生命にかかわるものではない。しかし、なぜか病院側は、「やっぱり一日も早く、手術を受けたほうがいいでしょう」と、せきたてるようにした。

ここで問題になってくるのが、説明義務（インフォームド・コンセント）違反である。十二月十九日の外来における診断は、「もっとも考えられるのはプロラクチノーマ」で、結果として正しかった。ただ、そうであるとしても、治療法として、手術だけではなく、薬物による内科的なものと、放射線によるものがある。

手術をするにしても、ハーディ法と、開頭手術に分かれる。ふつうは口や鼻からメスを入れるハーディ法が、頭頂の骨をはずす開頭手術よりも、安全性が高いとされる。その説明を受けて、選択肢を示されたとき、やはり患者としては、ハーディ法を選ぶのではないか。

ところが主治医は、十二月二十二日に入院すると、一方的に告げたのである。

「もっとも考えられるのは、頭蓋咽頭腫です。これはプロラクチノーマほど、簡単にはいきません。手術は開頭手術になります」

このとき薬物療法や放射線療法のことは、まったく説明しなかった。開頭手術が一方的に決定されたのであり、ハーディ法との違いなども、患者側には伝わっていない。

沢井は、あらためて思わないわけにはいかなかった。

「インフォームド・コンセントがなされていれば、ほかの病院を選んだかもしれず、頭蓋咽頭腫ではないとわかったら、野見山教授に執刀を頼んでいない」

底冷えがする朝、沢井が通勤電車に乗って、座席に腰かけたとき、コートの内ポケットが、ふくらんでいるような気がした。

(なんだろう?)

目を閉じて探ってみると、封筒のようなものが入っており、急いで取り出したところ、思いがけないことに、「健二郎様へ　静子より」とある。まぎれもなく妻の筆跡で、こんな手紙は、何十年ぶりのことだろう。ドキドキしながら、そっと封を切ってみると、和紙の便箋にペン書きだった。

こんどの提訴は、私の本意とするところではありません。できることなら、このような訴訟など、したくはないのです。このまま何もせずにいれば、時間の流れによって、忘れることはできないまでも、心の平安を取り戻せるかもしれない。提訴することで、あのときの地獄の苦しみを、あらためて味わねばならないのですから、ためらう気持ちが強いことは、申し上げるまでもありません。しかも医師と患者、あるいは医師と患者の家族は、相対して争うものではないのです。闘う相手は共通して、病気そのものでしょう。

現役の医師である私が、病院と医師を相手取って提訴することは、計り知れないデメリットがあると思われます。それがわかっていながら、あえて提訴に踏み切ったのは、このような医療過誤が、二度と起きてはならず、医師に対する信頼が揺らいでいるのを、放置できないからでもあるのです。

医療とは、きわめて厳粛で、素晴らしい行為だと思います。なぜなら、身体的、精神的に病み、救いを求める人々に、手を差し伸べることができるからです。私自身も医師として、長年にわたり誇りをもって、従事して参りました。しかし、厳しくも素晴らしい行為であるはずの医療が土足で踏みにじられるのを、医師である私が、身をもって体験しなければならなかったのです。
聡子の病名は、脳腫瘍としては比較的ポピュラーなもので、誤診だったのでしょうか、術後の失敗だったのでしょうか。私たちの聡子は、あのように苦しみながら、亡くなったのです。このことも大きな問題ですが、それ以上に問題なのは、医療が思うようにいかないときの、医師の人間性欠如でした。

聡子の容態が、日一日と悪化していくなかで、その変化にどう対応すればよいのか、どん底まで落ち込む心を、私は必死に奮い立たせていました。ICU内では、面会を制限されながら、見えぬ目、動かぬ体、出せない声……で、一人で闘っている聡子の姿を思い、私はいたたまれない気持ちでした。少しでも負担を軽くしてやれないものかと思い、口腔内の洗浄や、アセモの清拭などを、気を使いながら医師にお願いしたのです。

このような医師への申し出は、合計すると十数回だったと思います。しかし、その申し出は、ことごとく拒否されてしまいました。彼らには、他人の命を預かっているという意識はなく、「生意気な母親に一泡ふかせてやろう」という気持ちだったと思うのです。そうとしか思えないのは、患者が生死の境をさまよい、生きようと必死に努力しているのに、医師たちが信じられない判断ミスを、次々にしたからです。患者の命を守ろうと真剣に考え、ごく普通に気をつけていたら、絶対にありえない誤りでした。

手術をはじめとする医療のすべてに、肉親よりもかかわっているはずの医療者の認識と、患者本人と私たち家族の認識とのあいだに、あまりにも大きな落差があり、愕然とさせられたものです。経過がうまくいかないとき、苦しんでいる患者や、その家族の悲しみを、医師に理解してほしい、精神的に寄り添っていてほしい……と思うのは、ごく普通の感情でしょう。そうであるにもかかわらず、彼らは密室のなかで、弱者を見下した態度をとり、人を人と思わない治療をつづけていたのです。

このような医療を許しているのは、組織としての内部が、あまりにも非民主的、かつ閉鎖的な体質をもっているからではないでしょうか。したがって、医師と患者の関係が、民主的であるはずもありません。先端医療の研究開発よりも、この点を早急に改革するべきです。

私は声を大にして、このことを医師側に申し上げてきたのですが、誠意のなさはいかんともしがたく、一片の反省の念も伝わってきません。心のこもらない、反省のない医療は、医療そのものの発展を、阻害するのではないでしょうか。医療の名のもとに、隔絶された密室で、犠牲となった娘。そして私のような、地獄の思いを味わう母親。このような家族を、二度とつくってはなりません。私が提訴に踏み切るのは、真に心のこもった医療の発展を、切に望むからです。

満員電車のなかで、和紙の便箋にしたためたペン字を見ていると、沢井の胸は熱くなった。「地獄の思いを味わう母親」とは、手術から死に至る、一ヵ月間にとどまらない。おそらく今日も、なお、同じ思いなのであろう。

あるとき、真剣に訴えた。

「私が付いていながら、聡子を死なせてしまった。そんな母親には、医師の資格などない。いっそ医師免許を、返上しようと思います」

そこまで思い詰めるのは、母親ならではのことだろう。沢井はどうすることもできず、「お前の思うようにしなさい」と、答えただけである。しかし、「沢井内科クリニック」は、今日も続いている。そのかわり、四十九日を迎えて、一週間ほど休診した。それは静子が、四国へ巡礼に出たからだ。

この巡礼は、妻が思いついたのではなく、お手伝いの野添マキが、提案したのだった。そうして彼女も、一緒に行ってくれた。もともとマキは、足が不自由である。小学四年のとき、トラックにはねられて、重傷を負っている。歩行が不自由な身で、巡礼姿になると、静子を励ましながら、バスを乗り継いで四国路をたどった。その思いやりに、妻は救われたのだ。

（こんどの訴訟が、二人の巡礼かもしれない）

そう思って沢井は、妻の手紙をポケットにしまった。

翌年四月初め、原告を両名（沢井静子、沢井健二郎）として、被告を病院（法人）と主治医とする「訴状」を、裁判所に提出した。この訴訟は「損害賠償請求事件」だから、まず明記しなければならない。

訴訟物の価額　金七千三百万円

貼用印紙額　金三十万九千六百円

訴訟代理人は、四十八歳の杉谷新平弁護士である。医療過誤のベテランで、患者サイドからの訴訟を、百件以上も手がけてきた。したがって「訴状」は、弁護士が作成したものである。原告たる沢井夫婦として、なによりも気がかりなのは、「訴訟物の価額」だった。おそらく世間の人は、次のように考えるのではないか。

「娘さんを亡くして、その原因が病院にあるのなら、裁判を起こす気持ちはわかる。しかし、七千三百万円を寄越せというのは、いかがなものか？」

生命を失った娘のことで、損害の賠償を求めるときは、カネに換算しなければならない。そのことが引っかかり、これまで提訴をためらってきた。しかし、そうしなければ裁判にならない。そうである以上は、理解を求めずにはいられない。明日はわが身で、あなたも訴訟を起こすかもしれないのですよ、と。

請求した七千三百万円の内訳は、次のようになっている。

①逸失利益　四千万円
②慰藉料　二千五百万円
③葬祭費　百万円
④弁護士費用　七百万円

十七歳の高校二年生で、聡子は死ななければならなかった。当時の女子の平均年収は、約三百四十万円であるから、専門的な係数で「逸失利益は四千万円を下らない」となる。それを両親が、二分の一ずつ相続したとして、四千万円の損害になるのである。

慰藉料については、訴状に明記している。

「手術死亡率一パーセント以下とされる良性の腫瘍の手術で死亡させられたことで、両親の無念さ、悲しみは深く、主治医らの対応の悪さへの怒りも大きい。聡子は性格も明るく、頭脳も明晰で、弁護士になる希望をもっていたことなどから、金二千五百万円（各千二百五十万円）が相当である」

葬祭費は、実際にかかった金額である。弁護士費用は、日弁連の報酬基準額にもとづいて、ギリギリに抑えている。

采（サイコロ）は投げられた……は、古代ローマの武将で政治家のシーザー（のちに皇帝カエサル）が、ポンペイウスとの戦いを決意して、ルビコン河を渡るとき残した、あまりにも有名な言葉である。それが今も、「事ここに至ったからには、断行するしかない、引き返すことはできない」と、ことわざとして用いられる。四月初めに、裁判所へ「訴状」を提出したことが、沢井にとっては、ルビコン河を渡ったようなもので、もはや引き返すことはできない。

「この訴訟のために、あなたは会社を、辞めなければならなかった」

静子が涙ぐんで言う。

「そこまで追い込んでしまい、申し訳ないと思っています」

「また、バカなことを……」

この三月三十一日付で、沢井は退職した。六十歳の定年を待たずに、〝自己都合〟で辞めるのだから、かなり退職金は低くなる。

「父として夫として、家庭を省みていない。そのことを悔やんで、仕事に身がが入らなくなった。会社にしてみれば、そんな軟弱な社員が辞めて、ホッとしていることだろう」

「これからあなたは、どうするつもりですか？」

「どうすればよいのか、自分でもわからない。ハッキリしているのは、サイコロは投げられた……ということなんだよ」

これがバクチなら、一か八かの大勝負で、全財産を賭けることもあるだろう。しかし、医事紛争のような訴訟は、損害賠償請求が認められるか、認められないかによって、その判決が判例として大きな意味をもつ。

「お前がこのあいだ、手紙に書いていたように、提訴に踏み切ったのは、真に心のこもった医療の発展を、切に望むからだろう」

「私は医師として、そう思います」

「そんな妻を、後方から支援したい」


沢井静子と沢井健二郎が、総合病院と主治医を被告として訴訟を起こしたことは、ニュースとして報じられた。ある新聞は、次のような見出しをつけた。

――女医、医療ミスで病院を提訴／十七歳の愛娘が死亡／七千三百万円を請求
記事が出てすぐ、静子の友人の医師が、さっそく電話をかけてきた。

「昔から、イヌがヒトに嚙みついても、ニュースにはならない。しかし、ヒトがイヌに嚙みつくと、ニュースになるというわね。医師が病院側を訴えたから、マスコミが飛びついたんでしょう」

初めは皮肉な口ぶりだったが、たちまちヒステリックに非難した。

「あなたは医師として許されないことを、とうとうやってしまった。しかも、私になんの相談もしていない！」

この女医は、医科大で静子と同期だった。怒っているのは理由があり、K大医学部の野見山弘一教授を、彼女が紹介してくれた。専門は神経内科医だが、脳神経外科医の野見山教授と、ある病院で同僚だったことがある。そのコネクションで、聡子の開頭手術を、引き受けてもらった。

「迷惑をかけたことは、申し訳ないと思っています」

「だったらなんで、裁判なんか起こしたの？」

「病院サイドからは、一片の誠意すら感じられないからよ。どうしようもなく追い詰められて、こうするしかなかった。そのことはわかってほしいわ」

「わかっていれば、今になって裁判を起こすことはない。そんなに文句があるのなら、自分で手術をすればよかったのよ」

「内科と小児科の開業医だというのに、娘の頭をひらいてメスを入れろと？」

「そういうこと」

「できるわけないでしょう」

「だったら文句を言うんじゃないの。今からでも遅くないから、訴訟を取り下げなさい！」

たいへんな剣幕で、静子にはショックだった。

訴訟がニュースになって、「沢井内科クリニック」と、おなじ敷地内の自宅の電話が、ひっきりなしに鳴る。沢井は会社を辞めたことでもあり、もっぱら電話番をつとめた。ビジネスホンだから、医院の回線にランプが点いても、母屋で取るようにした。

「静子先生に、テレビ出演をお願いしたいのですが」

「どういう番組ですか？」

「朝のワイドショーですけど。番組で主張なさると、反響が大きいですからね。裁判のうえでも、有利になると思いますよ」

「せっかくですが、ウィークデーは朝から診察で、医院を空けることができません」

「とにかく、先生に代わってください」

「いま診療中です」

「あなたはだれ？」

「家のものですけど」

「そうすると、聡子さんのお父さんですか」

「ええ、父親です」

「やっぱり母親として、医師としての立場で、静子先生に出演していただきたい。申し訳ありませんが、お父さんではちょっと……」

この話しぶりでは、「父親が出演してもおもしろくないので、医師である母親でなければならない」と、決めつけているようである。それでも沢井は、ていねいに応対した。

「裁判がはじまるのは、三ヵ月くらい先になると思います。そのとき取材してくだされば、病院側の言い分もわかり、公平なニュースになるのでは？」

「そんなことは、こちらが決めることです。静子先生と話をさせてくれませんか」

「ですから診療中です。裁判を取材していただければ……」

「あんなものは、絵にならないよ」

ぶっきらぼうに言い、ガチャリと電話を切ってしまったが、その後も相変わらずである。

「院長さんを、お願いします」

「ただいま、診療中です」

「あんた、事務員さんなの？」

「そんなものです」

「そんなもの……に、言っておくけどね」

中年と思われる女の声で、なんとも陰湿だから、沢井は悪い予感がした。訴訟を起こしてから、嫌がらせの電話も、すくなくないのである。

「だいぶ昔になるけど、おたくに診てもらって、ひどい目に遇ったことがある。よっぽど訴訟を起こそうかと思ったけど、可哀相だからやめておいた。そしたらなんのことはない、ヤブ医者のくせに、自分のことを棚上げにして、七千三百万円を寄越せと、病院を訴えたんだって？」

「提訴したのは事実です」

「だからさ、ムシがよすぎるというの。自分が医者として出来損ないのくせに、なんで偉そうに訴えたりするのよ」

「すみません、当院にかかられたのは、いつごろのことでしょうか？」

「昔のことだもの。忘れちゃった」

「ひどい目に遇ったのなら、よく覚えておられるはずですけど？」

「女の病気じゃないか。お前さんに、詳しいことを言えるわけがない」

「当院は内科、小児科ですから、女の病気といわれても、よくわからないですね」

「ツベコベ抜かすな、オカマ野郎！」

べつに酒に酔っているわけでもなさそうだが、乱暴な口をききかたをする。こんな電話に、いちいち腹を立てても仕方ないが、〝オカマ野郎〟といわれて、いい気持ちはしない。

「ご用件をおっしゃって下さい」

「ヤブ医者が、なにを偉そうに、病院を訴えたりするんだよ。恥ずかしくないのか！」

「わかりました。伝えておきます」

「いいから、本人を出せ！」

「あとで電話をさせましょう。お名前と電話番号を、教えていただけませんか」

「そんなもの忘れた。ひどい目に遇って、アタシの人生は狂ったんだ」

ガチャリと電話は切れて、世の中にはいろんな人間がいるものだと、苦笑させられるしかない。


庭の桜の花が、そろそろ散りはじめた。沢井は縁側にすわって、ぼんやりと眺めていた。静子は午後の診療中である。

一人娘の聡子は、とりわけ桜の花が好きで、庭にゴザを敷いて寝ころび、本を読んだりしたものだ。ハラハラと花びらが散ると、両手で受けとめて、顔にくっつけて喜んでいた。そんな姿を、もう見ることはできない。そのことを思うと、涙がにじんでくる。

いつか聡子が言った。

「満開の桜の木の下には、かならず死体が埋まっているそうね。そうでなければ、狂おしいまでに美しい花が、一斉に咲くはずはないでしょう」

「どこで聞いた？」

「いつか読んだ小説に、そう書いてあった」

「そんな桜の木の下に寝ころんだりして、お前は怖くないのか」

「美しい花を咲かせてくれるんだもの。サッちゃんは感謝しています。お父さん、お願いね。私が死んだときは、庭の桜の木の下に埋めてちょうだい。そうしたら、もっと美しい花を咲かせて、みんなを慰めてあげる」

「おいおい、冗談じゃないぞ」

思わず沢井は、声を荒らげてしまったが、そんなことなど思い浮かべると、花を見るのが切ない。そっと目頭をおさえていると、電話が鳴ったので、一呼吸して取った。

「はい、沢井です」

「私は熊井と申しますが、聡子さんのお父様でいらっしゃいますか？」

くぐもった女の声で、だいぶ年配のようだが、嫌がらせの類ではない。

「七十二歳の夫が、聡子さんが手術を受けられた病院に、いまも入院中でしてね。やはり脳神経外科で手術を受け、植物状態になっているんです。一昨年の十一月二十日ですから、聡子さんの手術より、一ヵ月半ほど前でした。手術をなさったのは新美部長で、主治医は成田先生です」

「えっ？」

沢井がびっくりしたのは、彼女の夫の主治医が、訴えた相手の成田博正（三十一歳）で、当時の脳神経外科部長は、新美則夫（五十三歳）だからだ。かけてきた電話で、熊井と名乗った老婦人は、どこか遠慮がちに、くぐもった声で話した。

「夫が七十一歳のとき、軽い頭痛がつづくと訴えるので連れて行きました。脳神経外科で診察を受けたら、病名は脳腫瘍といわれて、手術を勧められたんです。日曜大工のようなことが好きで、日常の生活に不自由はないから、『この年齢でもあり、手術は受けさせたくない』と、新美部長に申し出たんです。すると新美先生は、『たいした手術ではない、放置すると出血のおそれがあるから、予防的におこなう』とおっしゃいました」

「入院なさった？」

「はい。手術の前日になって、『やっぱり手術を受けさせたくない』と私が頼むと、新美部長が笑いながら、『三週間もすれば帰れますよ』と言われ、押し切られたんです。そんなわけで、私は〝手術承諾書〟を提出していません。『たいした手術ではない』と言いながら、予定より長く十八時間もかかり、病室へ帰ったとき麻酔を担当した先生に、『麻酔が深すぎたので、覚めないかもしれない。すみません』と、謝られました。でも私には、意味がわからなかったんです」

「それで容体は？」

「覚めないままなので、手術が失敗だったと気づき、主治医の成田先生に、『これからどうなるんですか』と尋ねると、『脳外科の手術は成功したんだけど』という答えです。それで私が、『成功したのなら元に戻してください』と頼むと、『あなた方は、ぼくたちの腕を頼ってきたんでしょう！』と叱られて、なにも言えなくなりました」

「説明はそれだけですか？」

「そのあと成田先生が、『抗生物質を多量に使ったので、いくらか脳にきたのかもしれない』と、付け加えられました。しかし、麻酔に関しては、なんの失敗もないと言われ、納得のいく説明がないまま、現在も入院しているんです」

「一年五ヵ月も？」

「はい。植物状態のようになって、MRSA（メチシリン耐性黄色ブドウ球菌）の院内感染をくりかえしています」

「MRSAですって？」

沢井が驚いたのは、聡子も手術ミスのあと、MRSAに感染して、肺炎を起こしたからだ。この病気は、メチシリンという抗生物質が効かないため、感染すると治療がむずかしく、肺炎や敗血症などを引き起こすから、院内感染の防止が大切とされる。

「手術の五日後から、点滴のたびに引きつけが起き、呼吸困難になってICUへ移されました。その一週間後に、熱が出て肺炎になり、『悪い細菌に感染した』と隔離室へ移されたんです」

「あの隔離室ですか……」

沢井は、うめくように答えた。ICUの奥に、ビニールカーテンで仕切られた隔離室がある。聡子はMRSAに感染して口から膿汁が流れ、肺炎にかかって痰が生じていることが、はじめてわかったのだ。

「一月二十五日、夫がICUから一般病棟に移されたので、『細菌感染が消えておらず、症状も落ち着いていないのに？』と聞くと、成田先生が『新しい感染者が出たから』と言いました。その新しい感染者が、お嬢さんだったんです」

「一九九六年一月二十五日のことは、忘れられません」

MRSAは、人の鼻腔、咽頭、皮膚、腸の中などにある菌だが、手術後に抗生物質を使っている患者が感染すると、肺炎を起こしやすいのだ。この菌をICUに持ち込まぬように、用心しなければならない。

患者の家族が、ICUに入るときは、ドアの外で手を洗う。それから中に入り、クツをスリッパに履き替えて、使い捨てのキャップとマスクを付け、白いガウンを着るのである。しかし、その総合病院では、医師や看護婦が、あわただしくICUに出入りし、入るときは手を洗わず、出るときていねいに手を洗っていた。自分たちが菌を持ち込むとは、まったく考えていないようだ。

ＭＲＳＡに感染した聡子は、隔離室に入れられた日に、若い当直医によって、人工呼吸の気管内チューブを交換され、それが手間取ったことにより、「無酸素性脳症」におちいった。これが命取りになって、二月八日に死亡するにいたる。

電話の相手は、急に涙声になった。

「沢井さん、裁判を起こしてくださって、ありがとうございます。私たち夫婦は、こんな仕打ちを受けながら、今も病院の言いなりになるしかない。力の弱いものは、いつも泣き寝入り……。私たちのためにも、ぜひ裁判に勝ってください」

「ありがとうございます！」

このとき沢井は、あふれる涙を抑えられなかった。

一九九七年七月上旬の月曜日に、第一回口頭弁論がひらかれた。刑事裁判なら初公判で、四月の訴状提出から、ちょうど三ヵ月たっている。代理人の杉谷新平弁護士から、あらかじめ言われていた。

「民事法廷というのは、初めのうちは、書面のやりとりが多く、訴訟の当事者にとって、じれったいというか、あっけないものです。二分間か三分間で終わるから、わざわざ出廷する必要はありません」

しかし、訴訟の原告である以上、やはり法廷へ行くべきだと思った。午前十時と指定されているので、「沢井内科クリニック」の玄関に〝本日休診〟の札をかけ、二人で私鉄と地下鉄を乗り継ぎ、都心の裁判所へ出かけた。

正面玄関から入るとき、金属探知ゲートをくぐらされ、所持品の検査を受けた。まるで飛行機に乗るみたいだが、地下鉄サリン事件などの裁判がおこなわれており、法廷に危険物が持ち込まれるおそれがあるとして、ものものしい警戒ぶりだった。その玄関ロビー内で、開襟シャツのラフなスタイルで、杉谷が待っていた。

「きょうは被告側から、答弁書というのが提出されます。訴状にたいして、向う側の言い分を書いたものを出し、それで終わりですからね」

「はい、わかりました」

静子は濃紺のスーツで、沢井もスリーピースを着込み、葬儀に列席するかのようだ。事実、二人とも弔い合戦にのぞむ思いだ。

「法廷に入って、原告として着席しますか？」

エレベーターのなかで弁護士に問われたので、沢井が答えた。

「家内が原告席にすわり、私は傍聴席にいることにします」

「じゃあ、そうして下さい」

メタルフレームのメガネをかけて、小柄で細身の杉谷は、おだやかな笑顔でうなずいた。緊張して法廷に入ると、四十席くらいの傍聴席は、すでに半分くらい埋まっており、「こんなに注目されているのか？」と、沢井は驚いた。しかし、それは勘違いで、アタッシェケースを持った男たちは、ほとんど弁護士である。この日の裁判は、午前中だけで十件くらい予定されており、いずれも十時からと指定されて、その順番待ちだった。

三人の裁判官が入廷すると、廷吏が読み上げた。

「原告、沢井静子ほか一名……」

一番目に呼ばれて、杉谷と静子が左手の原告席にすわり、左手の被告席に二人の弁護士がすわった。

第一回は、被告側の代理人の弁護士が、「当事者間の損害賠償請求事件につき、左記のとおり答弁する」と、書面を提出して終わった。沢井が腕時計でたしかめたところ、ちょうど二分三十秒である。裁判所の一階には、弁護士が利用するコーナーがある。そこで杉谷が「答弁書」をコピーして、地下一階の喫茶店に入った。

「ざっと説明しましょう」

この答弁書は、訴状の項目ごとに、病院側の主張を述べている。

《請求の趣旨》

原告＝被告は原告両名に、それぞれ金三千六百五十万円を支払え。訴訟費用は、被告らの負担とする。

被告＝原告らの請求をいずれも棄却し、訴訟費用は原告らの負担とする、との判決を求める。

《請求の原因》

原告＝①聡子は、視野狭窄を訴えるようになり、一九九五年十二月十六日、校医の眼科で受診したところ、脳腫瘍と診断され、被告病院を紹介された。

②十二月十九日、聡子が脳神経外科で受診したところ、外来の長谷川医師から、「脳下垂体腺腫で、もっとも考えられるのは、プロラクチン産性腺腫（プロラクチノーマ）です。やっぱり一日も早く、手術をしたほうがいいでしょう。おそらく手術は、一回ですみます。ハーディ法で十分でしょうね」と診断され、入院の予約をした。

③十二月二十二日、聡子が入院すると、主治医の成田医師は、外来で撮ったＣＴ写真などみながら、

「もっとも考えられるのは、頭蓋咽頭腫です。これはプロラクチノーマほど、簡単にはいきません。手術は開頭手術になります」といわれた。

被告＝①聡子が、「視野狭窄を訴えるようになり」「校医の眼科で受診したところ」「被告病院を紹介された」点は認め、「脳腫瘍と診断され」た点は否認する。

②長谷川医師は、下垂体腫瘍(腺腫)を疑い、その旨を説明したが、「プロラクチン産性腺腫」「ハーディ法」には言及していない。

③成田医師が、「頭蓋咽頭腫」を第一に考え、一般的には「開頭手術」となることなど、病状や治療計画の説明をしたことは認め、その余は争う。

喫茶店で杉谷が、おだやかに語りかけた。

「サイコパスというそうですが、ウソつきの天才がいますね。オウム真理教の外報部長は、『ああいえば、こういう』をもじって、ニックネームがついたけれども、あんな〝天才〟はまれであり、ふつうはウソをつくことが、苦しいものなんです」

「それでも人間は、組織を守るためなら、いくらでもウソをつきます」

「この病院側の答弁書が、まさにそうでしょう。しかし、みずからのミスを率直に認め、誠実に対応することによって、医師への信頼が高まるんです。なぜ、そのことに気づかないのか、ぼくはふしぎですね」

「そうしてくれたなら、私たち夫婦も、訴訟を起こすことはなかった」

「わが国の医療事故の半数以上は、〝医原病型〟といえます。医療をしたことで新たに悪結果が発生した、という意味です。クスリを与える、注射を打つ、検査をする、手術をすることは、いずれも危険な医療にあたるわけで、必要不可欠なときにのみ、適応するべきなんです。それを患者も、クスリをたくさんくれ、すぐ注射を打ち、やたら検査をして手術をしたがると、腕のよい医師だと思い込む。たいていの病気が、自然に治癒するものであることに、もっと患者は気づくべきなんです」

「おっしゃるとおりです」

沢井が相槌を打つと、かたわらで妻の静子が、ふたたび溜め息をついた。

「私は医師でありながら、患者の母親として、判断を誤りました。おかしいと思ったことについては、もっと聞けばよかったんです」

「やはり医師として、遠慮があったんでしょうね。誠実な回答がえられずに、どうしても納得できないときは、ほかの医師の意見を聞くとか、転院を考えるとかするべきだと思います」

「お恥ずかしいかぎりです」

「いいえ、責めているわけではありません。今となっては、争いがはじまったのだから、遠慮なんかすることなく、病院側の責任を明らかにして、傲慢きわまりない主治医に、鉄槌を下すべきなんです。しかし、相手がウソをつくからといって、対抗上のウソをついてよいかといえば、それは違います」

そう言って杉谷は、コーヒーを口に運んだ。

「被告側は、外来で診断したとき、『下垂体腫瘍（腺腫）を疑い、その旨を説明した』と、病名がプロラクチノーマで、手術がハーディ法であることなどに、言及していないと主張しています。入院してから主治医が、『頭蓋咽頭腫を第一に考え、一般的には開頭手術になることなど、病状や治療計画の説明をしたことは認める』と」

「そうですね」

「一九九五年十二月三十日に脳血管を撮影するとき、お父さんの名前で、『承諾書』に署名しましたね。その内容は、『このたび、沢井聡子の治療のため、手術、麻酔、検査、血管撮影が必要なことについて説明を受け、了解しました。その処置を受けることについて承諾いたします』というものですが、病名と手術方法は書いてありません。これは承諾書として、きわめて不十分なものです」

「そのとき病名と手術方法が、承諾書に必要なものとは、気づかなかったんです」

「つまり病院側は、プロラクチノーマか、頭蓋咽頭腫か、ハッキリ病名がわからないまま、開頭手術を決めたのかもしれない。そのことについて、次回に出してくる準備書面で、なんと書くつもりなのか……」

「準備書面というと？」

「これは裁判所が、お互いがなにを主張しようとしているのかを、書面にして提出させて、争点を明らかにするためです。口頭弁論がタテマエであっても、書面にしたほうがわかりやすくなります」

「そうすると次回は？」

「八月は夏休みに入るから、九月初めでしょう」

「第三回は？」

「こちらの反論になり、おなじように準備書面を提出します。モタモタしたくないので、期日は十月初めになると思います」

「ずいぶんスローペースですね」

「それが日本の裁判の特徴なんです」

杉谷は苦笑して、率直に付け加えた。

「これまで私は、百件を超える医療事故の訴訟をやってきました。しかし、手数料を百万円以上いただいたのは、今回をふくめて四件だけです。被害に遇った患者さんが、いくら悔しくても、訴訟を起こすために何百万円もかかり、いつ終わるのかわからないのでは、裁判をあきらめてしまいます」

「杉谷先生に出合えて、私たちはラッキーでした」

このような弁護士は、ほんとうに珍しい。

九月に入り第二回で、沢井は静子と二人で、裁判所へ出かけた。裁判長が、前回の打ち合わせを確かめる。

「被告は、陳述しますか？」

「はい。陳述します」

そう答えて、相手方の弁護士が、「準備書面」を提出した。「訴状」にたいする反論を、文書にまとめたものであり、わざわざ読み上げなくても、陳述したことになって、数分間で終わった。

「お茶でも飲みましょう」

弁護士の杉谷が、法廷を出たところで声をかけたら、静子がことわった。

「きょうは、午後から診療します」

第一回のときは、「沢井内科クリニック」の玄関に、〝本日休診〟の札をかけた。それで今回も、書面の受け付けだけとわかり、急いで帰ることにしたのだ。

「じゃあ、コピーを……」

さっそく杉谷が、相手方の「準備書面」を、二通コピーしてくれた。沢井夫婦は、地下鉄に乗り込むと、それぞれ「準備書面」に目をとおした。

《初診から入院まで》

患者の沢井聡子の視力は、眼科医の紹介状に、右眼〇・二、左眼〇・〇三とあった。一九九五年十二月十九日、長谷川一郎医師の初診で、「下垂体腺腫」を疑い、家族に手術の必要なことを告げた。プロラクチノーマについては話さず、ハーディ法のことや、一度で手術が済むとは、言っていない。手術は早いほうがよく、その目的は、視神経を圧迫するものを、取り除くものと説明した。

《入院時の説明について》

一九九五年十二月二十二日、聡子は入院し、被告の成田博正医師が、担当医となった。患者と家族に聞いたところによると、十三、四歳のころから肥満傾向、無月経で、産婦人科では異常を認められず、十四歳ころから視力が低下していた。CT所見などから、頭蓋咽頭腫を考えるが、下垂体腺腫(プロラクチノーマ)も考えうるとの説明を、成田医師がおこなった。原告の静子から、「頭蓋咽頭腫であればどうなるのか」と質問されたので、「一般的には開頭手術と放射線治療です」と、成田医師が説明した。本件については、この時点において、開頭手術と決定したわけではない。

《手術までの経過》

一九九五年十二月二十三日、家族より「K大の野見山弘一教授に手術をお願いしたい」と申し出があり、主任の新美則夫部長が、教授に電話をかけて、了承を得た。部長にとって教授は恩師であり、ことのほか信頼が厚いことでもあり、教授に手術を依頼するのを、不快に思うことはない。しかし、教授の多忙さゆえに、はたして承諾が得られるか、懸念をいだいたことはある。同日、成田医師は、

「頭蓋咽頭腫よりも、下垂体腺腫の可能性が、かなり高くなった」と説明した。

十二月二十六日、成田医師は、ＭＲＩ検査にもとづいて、「総合的に判断すると、プロラクチノーマで、なるべく早く、視神経を減圧するために、開頭手術を要する。そのあと、ハーディ法も考慮する。腫瘍の頸動脈への関連を明らかにするため、血管撮影をしなければならない」と説明した。なお、成田医師が「野見山教授の手術をことわったらどうか」と、家族にすすめたことはない。右のように説明して、「野見山教授に依頼する考えに変更はないか」と、確認したのである。

十二月三十日、血管撮影がおこなわれ、大きい下垂体腫瘍がみられた。それまでに脳神経外科の医局で検討がなされ、「下垂体腫瘍であるが、その大きさと、側方へ腫瘍が発育しているために、視神経の減圧を有効にするには、開頭手術をおこなわざるをえない」と、意見は一致していた。原告らが、「頭蓋咽頭腫という診断のもとに、開頭手術が決定された」と主張するのは、まったく事実に反する。

また、野見山教授にも、右のように連絡して、ＭＲＩ写真をみてもらった。原告らは、「野見山教授も、頭蓋咽頭腫と知らされて、出張手術を引き受けたと考えられる」と主張しているが、「聡子の腫瘍を手術するまで、ずっと頭蓋咽頭腫と認識していた」という意味なら、明らかに事実に反する。なお、手術の予定は、一月九日であったが、野見山教授の都合により、一月七日に変更された。

一九九六年一月六日には、十二月三十日におこなった血中プロラクチン値の検査結果が報告されて、「プロラクチノーマ」との診断が、確認されている。

被告側から提出された「準備書面」は、原告側の言い分を否定して、争点を明らかにしたものである。沢井は帰宅して、無力感にとらわれた。

「まったく過失がないと、全面的に否認している」

「それは予想されたことでしょう」

妻の静子は、むしろ落ち着いていた。

「あちらさんは、ベテランの弁護士を二人もつけて、練りに練った『準備書面』なのよ」

「しかし、『病院としては、聡子の治療に最善をつくしたが、原告らの意向で大学病院へ移され、その夜のうちに死亡の結果になったことは、誠に残念である』と、ぬけぬけと書きやがった」

「あなた、怒ってはダメ」

「怒っているのではない。よくも白々しく書けるものだ……と、人間不信におちいる」

「それがスポークスマンとして、病院側の代理人の仕事だもの」

「三百代言め！」

思わず口走ったのは、弁護士が「代言人」といわれたころ、「三百文もくれてやれば、クロをシロと言いくるめる仕事」と、世間がみていたからだ。

「そんなことを、口に出さないで……。杉谷先生のような方に、申し訳ないでしょう」

あわただしく着替えた静子は、おなじ敷地内の「沢井内科クリニック」へ行った。一人になった沢井は、書面を投げだしたい思いを抑えながら、あらためて「まとめ」の部分に、目をとおした。

《手術する前の診断は、プロラクチノーマであると、確定していた。手術方法として、開頭法を選択したことは、さまざまな術前の検査から、妥当である。術後における脳梗塞の発症は、まったく予期できないことで、その原因を明らかにすることは、きわめて困難である。呼吸の管理において、気管内チューブの位置を、肺炎や無気肺の発生と、結びつけることはできない。経過中における気管内チューブの交換には、時間がかかっている。しかし、脳低酸素症が起きる状況ではなかった。ＭＲＳＡにたいし、すでに院内対策がとられており、当時としては、一般的水準あるいは、それ以上であった》

十月初めに、第三回口頭弁論がひらかれ、原告側が「準備書面」を提出した。被告である病院側は、「訴状」の内容について、ほとんどを否認した。そのうえで、争点を明らかにする「準備書面」を出しているから、それにたいする陳述である。

以下、反論のポイント。

①一九九五年十二月二十二日の入院当日、被告の成田医師は、「もっとも考えられるのは、頭蓋咽頭腫です。これはプロラクチノーマほど、簡単にはいきません。手術は開頭手術になります」と話した。カルテにも十二月二十二日の欄に、「頭蓋咽頭腫がもっとも疑わしい。手術、右前頭側開頭、視神経への圧を減ずる」と、記載されている。

②十二月三十日におこなわれた血管撮影の照射録にも、「頭蓋咽頭腫」と記載されている。原告らは、七月七日の手術終了まで、病名を頭蓋咽頭腫と説明され、そう信じていた。手術が終了して成田医師から「プロラクチン値の結果がきています。１８００で高い（正常値は15以下）です」といわれて、「頭蓋咽頭腫ではなかったのですね？」と問い、「はい、完全に否定です」といわれたことを、原告の静子は鮮明に覚えている。

③十二月三十日の承諾書は、血管撮影のため取られたものだが、病名も手術方法も記載されていない。あたかも、開頭手術が唯一無二の治療法であるかのように、虚偽の説明のもとになされた承諾が、法律的に有効でないことは明らかである。原告らは、薬物療法やハーディ法が、有効な治療法であり、

十分に選択可能であったことを立証する。

④脳梗塞の原因については、血管内壁の損傷や、脳血管攣縮が考えられる。いずれも手術操作のしすぎ、内頸動脈にさわりすぎたことが原因である。

⑤肺炎や無気肺を起こしていたことは事実であり、呼吸管理が不十分で、チューブの位置が深すぎたことが、原因と考えられる。

⑥一九九六年一月二十五日に気管内チューブの交換がなされ、翌日から痙攣が出はじめたのは、低酸素性脳症によるものと考えられる。

⑦被告は、「野見山教授にも、脳神経外科の医局で検討し一致した意見(下垂体腫瘍であるが、その大きさと、側方へ腫瘍が発育しているために、視神経の減圧を有効にするには、開頭手術をおこなわざるをえない)を連絡して、MRI写真をみてもらった」と主張している。そうであるのなら、いつ、どこで野見山教授に、MRI写真をみてもらったのか、明らかにされたい。

十一月初め、第四回で被告側が「準備書面」を提出した。この書面は、原告側の反論（準備書面）に、ふたたび反論したものである。なお、この日の法廷で裁判長は、「第五回から証人尋問に入ります」と告げた。

以下、再反論のポイント。

①一九九五年十二月二十二日の入院当日に、成田医師は、「CT写真から、頭蓋咽頭腫が考えられるが、下垂体腺腫などとの鑑別診断が必要である」と、検査をすすめて診断を絞っていくことを説明した。その後の検査による鑑別診断のなかから、確定すべきものである。

②指摘の内容（十二月三十日におこなった血管撮影の照射録に「頭蓋咽頭腫」と記載）は、十二月二十二日に検査スケジュールを組み、その日のうちに検査を申し込んだ。その時点において、頭蓋咽頭腫の可能性が高いことを示すもので、確定診断ではない。術後の説明では、術中の肉眼所見と、プロラクチン値から、「下垂体腺腫であることは間違いない」といった。しかし、十二月二十六日に、「総合的に判断して下垂体腺腫」と説明している。

③十二月三十日付の承諾書は、父親が多忙とのことなので、十二月三十一日から外泊するとき渡して、一九九六年一月五日に帰院したとき、持ってきてもらった。薬物療法や、ハーディ法についても、一応の説明はしており、そのうえで開頭手術を選択することを告げて、くわしい説明をおこなっている。

④術後の三日目から、急に生じた脳梗塞は、まったく予想しなかったことであり、その原因も不明であった。内頸動脈にふれずに、腫瘍を摘出することは不可能である以上、血管にふれること自体は、当然のことである。

⑤被告は、重症患者の長期にわたる人工呼吸管理において、肺炎を起こすことがあるのは避けられない、と考えている。無気肺は、分泌物によるもので、チューブの位置が深すぎたためではない。

⑥一九九六年一月二十五日午後七時五十五分、気管支チューブを抜去して、午後九時十分に挿管をおこなった。チューブを交換する前後において、意識レベルの変化はなく、脳低酸素症は起きていない。一月二十六日からの痙攣が、気管内挿管の操作と関連があるとは、考えられない。

⑦一月四日、新美部長が京都へ出張した折りに、野見山教授の自宅へ、ＭＲＩ写真を持参した。このとき、教授に写真をみてもらい、意見を伺っている。

第五回の期日が指定され、一九九七年十二月二十二日、原告である静子が、尋問を受けることになった。そのことを、夕方の電話で弁護士に知らされ、沢井はいいようのない思いにとらわれた。

「奇しくも、十二月二十二日か……」

「ええ。二年前のこの日に、聡子は入院したのよ」

妻の静子も、感慨にふけっている。二人で夕食のとき、赤ワインを一本空ける。それ以上は、めったに飲むこともなく、酒びたりだったサラリーマン時代とは、ずいぶん変わった。ワインにしたところで、年代物でなければ飲まなかったが、今は一本千円くらいのものだ。

「この二年間、いろいろあったなぁ」

「気がついてみたら、いつのまにか、あなたは失業者になっている」

「すでに五十八歳だ。会社をやめたとしても、ふしぎな年齢ではない」

「私も五十六歳だわ。いつまで仕事をしなきゃならないの？」

「そもそも天職として、医師の道を選んだのだから、定年はないんじゃないのか」

「そんな勝手なこと、軽々しく口にしないで！」

いきなり大声を上げられ、手にしたグラスを落としかけた。この四月に提訴してから、裁判のことばかりを話し合い、意見の違いはあっても、険しいムードになったことはない。しかし、今夜はどこか違う。

「あなたはぶらぶらして過ごして、いつまでも私を、働かせるつもりでいるのね？」

「そういう意味で、天職といったのではない」

「じゃあ、どういう意味なのよ！」

問い詰められると、たしかに答えようがない。この三月末に会社をやめて、退職金は手取り二千五百万円余りだった。いずれ再就職するつもりで、公共職業安定所へ通い、失業給付を受けている。自己都合退職とあって、三ヵ月の給付制限があり、七月から月額三十万円ほど支給され、来年四月で終わりなのだ。あとは年金が、月に三十数万円ほどになる。とはいえ、訴訟が決着するのは何年先かわからず、意外にカネがかかることを、あらためて思い知らされている。

「いつかあなたは、この訴訟について、『後方から支援したい』と言ったわね」

「ああ、そう思っているけど」

「自分も原告なのに、まるで他人事みたい！」

「そりゃ、違うんじゃないか。後顧の憂いのないように、オレも一生懸命に勉強して、なんとか訴訟に勝ちたいという意味だよ」

「あなたが医学の勉強をすることが、後方からの支援になるの？」

このとき妻は、かつてない目つきで、正面から夫の顔をみつめた。

「これでも私は、三十年余り医師をつとめているわ。その私にたいして、書店や図書館で医学書を読みあさり、にわか勉強をすることが、後方からの支援になるのかしら」

「そうか……。そういう意味なのか」

言われてみれば、その通りである。たとえば軍隊では、後方からの支援といえば、物資の兵站基地をつくって、輜重兵が前線へ輸送することである。訴訟が争いである以上は、物心両面において支えることが、なによりも大切なことだ。それを〝脱サラ〟して、にわか仕込みの勉強をすることが、妻の精神的な支えになると、ずっと思っていた。

「あなたは脳神経外科の知識を、目一杯に仕入れて、その限りにおいては、ドクター以上に詳しいかもしれない」

「そんなことはないよ」

「いや、最後まで聞いてちょうだい。あなたが仕入れている知識は、自分に有利なものばかりで、『現代医療には心がこもっていない』とか、わかったようなことを言う。あげくの果てに、『聡子は手術ではなく、クスリで治ったのではないか』なんて、医師をバカにしたようなことを、平気で口にする。そんな単純な理屈で、なにが後方からの支援ですか？　テレビのワイドショーが裁判のことで取材を申し入れてきたとき、ぶっきらぼうな応対をしたでしょう？」

「若いディレクターが、『静子先生が番組で主張すれば反響が大きく、裁判のうえでも有利になる』と、恩きせがましく言ったからだ」

「その電話に私を出さなかったのは？」

「診療中だったから、仕事の邪魔になると思った」

「邪魔になるかならないかは、私が判断することでしょう？」

「そうかなぁ。テレビのワイドショーは、『他人の不幸は蜜の味』と、おもしろおかしく取り上げるにきまっている」

「その番組をみたことがあるの？」

「どうせワイドショーだ。連中のやることなんか、信用できるわけがない」

「なぜ、そんなふうに決めつけるのよ！」

今夜の静子は、いつもとは違う。どちらかといえば古風なほうで、控え目にふるまって、夫を立てるようにする。しかし、溜まっていた不満を、一気にぶつけるようだ。

「私たちの訴訟は、蟷螂の斧のようなもので、大きな総合病院に向かって、なんの後ろ楯もない夫婦が、丸裸で立ち向かうに等しい。それをテレビが取り上げてくれるのであれば、絶好のチャンスと思うべきじゃないの？」

「それは違うんじゃないか。マスコミの力を借りるまでもなく、正しいものは正しいと、きちんと裁判所が判断してくれる」

「どうしてそんなふうに、浮世離れしたことを口にできるのかしら。しょせんあなたは、一部上場会社のエリートサラリーマンの意識から抜け出していない。大組織の権威に乗っかり、大所高所から世の中を見渡して、『われわれの社会は、公平が保たれている』と、おめでたく思い込んでいる」

「オレが、おめでたい人間というのか？」

「そうでないというのなら、何様のつもりでいるのかしら……」

うそぶくように言われて、沢井はカッとなった。結婚して二十四年になるが、こんな妻の物言いは、初めてのことである。

「オレは聡子の父親で、お前の夫だ。それ以上でもなければ、それ以下でもない！」

つい怒鳴ってしまい、ワインを注ごうとしたら、ボトルは空っぽだった。

「もっと飲みたければ、料理用の日本酒があるわ。私を殴りたければ、その空きビンを、頭めがけて振りおろしたら？」

「お前の頭を叩き割って、犯罪者になることはない。お勧めにしたがい、料理用の酒を飲もう」

キッチンの棚から、紙パックの日本酒を取り出し、赤ワインを飲んでいたグラスに注ぐと、なんとか落ち着いた。

「せっかくの機会だから、言いたいことがあれば、すべてぶちまけてくれ」

「言いたいことは、山ほどあります。ぜんぶ言えばキリがないから、とりあえず必要なことを、聞いていただくわ」

べつに酔っぱらっているわけでもなく、穏やかな口ぶりに戻った妻は、淡々と語りはじめた。

「初七日が終わったころ、新聞記者が取材に来たことを、あなたは知らないでしょう？」

「なにも聞いていない」

「あなたは酒びたりで、聡子に死なれた辛さをまぎらわせようとしていた。しかし、私は病院と主治医を許せない。そんなとき記者が来てくれて、どんなに嬉しかったことか……」

「新聞社に電話した？」

「いいえ。聡子のクラスメートのお母さんが、知り合いの記者を紹介してくださった。そのお母さんは、私がＩＣＵの廊下で、ホームレスのように過ごしているとき、何回もお見舞いに来て、あまりにもひどい病院の仕打ちを知り、怒っておられたのよ。それで死んでから、『言いたいことがあるはずだ』と、新聞記者に話された。私たちが提訴して、いくつかの新聞が記事にしてくれた。あなたは新聞に報じられたとき、当たり前のような顔をして読んでいたけど、一年二ヵ月も前から、ずっと取材してくれていた」

「それは知らなかった」

「だからあなたは、テレビ局の人が取材を申し入れたとき、ワイドショーへの偏見から、ぶっきらぼうな応対をして、せっかくのチャンスを逃してしまった。それでなくても、病院という社会的な権威に、医療ミスの被害者は、泣き寝入りさせられている。マスコミに取り上げてもらうことの重要さを、あなたはわかっておらず、おめでたい人間なのよ。二番目に来てくれた女性記者は、じっくり私の話を聞いて、大学ノート二冊の病床メモを、ワープロ化してくれたわ」

「病床メモ？」

「十二月二十二日に入院して、二月七日に大学病院へ移すまで、聡子に関するすべてを、毎日欠かさずノートに記していた。私は動揺しているから、ミミズが這ったような文字だけど、その記者は正確に、ワープロで起こしてくれた。杉谷弁護士は、裁判のうえで貴重な記録だと、とても評価してくれる。あなたは猛烈サラリーマンで、私が訴訟の準備のため地べたを這い回っているとき、『医師が医師を訴えるのは尋常ならざることだからやめろ』と、ずいぶん冷淡だった」

「冷淡というわけではないが……」

そのころ沢井は、裁判のような迂遠な手段ではなく、娘を殺したに等しい主治医を、自分の手で抹殺しようとして、ピストルを探していたのだ。そして結果的に、レーム22口径を入手したが、愚かしい行為であることに気づき、初めて妻の提訴に賛成した。

「オレは愚か者だった。そんな自分が情けなくて、少しでも医療の実情を知ろうと思い、にわか仕込みの勉強をしたら、おめでたい人間だと謗られている」

「おめでたい人間は、悪党ではないから、世の中にいてもいいと思うわ」

「ずいぶん痛烈だな」

「だってそうでしょう。私たちの裁判は、勝たなければ意味がないのよ。オリンピックじゃないんだから、参加するだけでは仕方ない」

「それぐらいのことはわかっている」

「そうかしら？」

　またしても静子は、挑発的な言い方をする。

「野見山教授に執刀を内諾してもらったとき、脳神経外科の新美部長から、『お礼状を書いてください』といわれ、私は『手紙の書き方』という本まで買い、一生懸命に文案を練った。それを紹介者にみせたら、ずいぶん叱られたのよ」

「どうして？」

「手紙のなかで、『どんな結果になろうとも、先生にお願いする以上は後悔しません』と、書いたのがいけなかった。『結果は術者がきめることで、神様のような野見山先生に失礼だ』といわれて、その部分を削った。そんな〝権威〟と、裁判で闘うのよ！」

　からりと晴れ上がり、とても風がつめたい日に、沢井健二郎は、ハローワーク（公共職業安定所）へ行った。月に一回のペースで、雇用保険給付課というところに顔を出さなければならない。ここの窓口に、「雇用保険の失業給付とは」と掲示されている。
《労働者（雇用保険の被保険者）が、定年、倒産、自己都合などにより離職して、働く意思と能力がありながら、就職することができない場合に、再就職まで一定の期間の生活を安定させ、安心して求職活動をおこない、一日も早く職業生活へ復帰していただくため、支給されるものです》
　沢井は五十七歳で、会社をやめている。離職したとき六十歳未満だった者として、基本手当の日額は、上限の一万円あまりである。二十年以上にわたる勤務者として、一年間の受給期間のあいだに、三百日分を給付されることになる。しかし、自己都合でやめたときには、三ヵ月間の給付制限があって、四ヵ月目からスタートするため、最後の一ヵ月分はカットされる。六十歳の定年まで勤めていれば、退職金は三千万円を超えたはずだった。手にしたのは二千五百万円ほどだから、残り三年分の給料を考えると、ずいぶん差がある。

(やはりオレは、早まったのか？　寄らば大樹の陰とは、よくいったものだな)

ジャンパー姿の沢井は、人でごったがえしている窓口の前で、ついボヤいてしまった。マスコミが〝大失業時代〟と報じるのは、決して誇張ではないことを、あらためて実感させられる。そう思っていると、マイクで呼び出された。

「沢井健二郎さん、中に入ってください」

ハローワークの窓口では、求職活動をつづけて、アルバイト収入がないことなどを、カードに書いて提出する。それで手続きは終わって、およそ一週間後には、三十日分の給付金が、銀行の口座に振り込まれる。しかし、この日は面接室に呼び入れられた。

「お体の具合は、変わりありませんか」

四十代の男の係員は、ていねいな口ぶりで問いかけると、黒縁のメガネ越しに顔を見た。

「お蔭さまで、カゼも引きません」

「奥さんは、内科の開業医でしたね？」

「はい、そうです」

「こういうのも、内助の功というんですか」

「さあ……」

沢井が苦笑させられたのは、妻による〝内助の功〟であるならば、夫たるものが、外で働いていなければならない。その妻に、「気がついてみたら、いつままにか、あなたは失業者になっている」と、皮肉をいわれたばかりだ。

「あなたの求職活動ですが、『友人に相談した』とのことですね？」

「カードに記入したとおりです」

「友人というと？」

「大学時代の友人です」

「その人の名前と連絡先を、ハッキリわかるように、書いてくれませんか」

いきなり切り込まれて、沢井は驚いてしまった。正直なところ、ハローワークで仕事がみつかるとも思えず、雇用保険が打ち切られたら、求職活動をするつもりで、今はなにもしていない。

「ちょっと、手帳がないので……」

「名前だけでもいいです。手帳がないと、就職のことで相談した友人の名前さえも、わかりませんかね？」

「そんなバカな……」

とっさに沢井は、藤之江昇一の名前を、差し出されたメモ用紙に書いた。

「この友人は弁護士で、中央区京橋に事務所をかまえており、顔が広いので相談しました」

「弁護士さんなら、こちらで電話番号を調べることができるので、事情を聞いてみましょう」

まるで刑事みたいに、威嚇するような態度なので、沢井は切り返した。

「職安の人が、仕事をみつけてくれる前に、失業者が求職活動をしたかどうかを、調べるんですか？」

「ご承知のはずですが……」

口ぶりはていねいだが、明らかに怒気をふくんでいる。

「この窓口で、仕事をみつけてくれるものと、あなたは思い込んでおられる。しかし、自分で示した求職の条件が、どんな法外なものかということです」

「べつに法外とは思いません」

沢井は、穏やかに答えた。担当の係員と険悪なムードになれば、どんな結果が待っているかは、目に見えているからだ。

「私の年収は千八百万円だったから、その程度を求めても、構わないのではないですか」

「一部上場企業で、調査役をつとめていた人が、自己都合で退職をしながら、おなじ条件で転職ができるものと、本気に考えている?」

「むろん本気です。調査役になる前は、七年あまり総務部長を経験しています」

「だからといって、それに相当する大企業が、おなじ給与で採用してくれませんよ」

「そうでしょうか……」

係員から視線をそらしながら、さすがに沢井は、自己嫌悪をおぼえた。ハローワークでは紹介できないような条件を提示して、雇用保険をもらえるだけもらおうと、いうなれば悪知恵である。

「ということは、求職条件を書き換えろと、指導なさっているわけですか」

「本気に再就職を考えておられるのなら、希望する年収を三分の一くらいに抑えるのが、常識というものでしょう」

「わかりました。この場で書き換えましょう。条件を年収六百万円にします」

なにがなんだか、自分でもよくわからないまま、沢井は口に出してしまった。妻の静子から、「気がついてみたら、いつのまにか、あなたは失業者になっている」といわれて、ショックを受けているからかもしれない。

「来年の四月初めには、給付が切れるんですから、ムリにとは言いません」

「いいえ。書き換えさせてもらいます」

ボールペンを手にすると、千八百万円と記入していたところを、三分の一の六百万円に改めた。仮にそうなったとしても、月収は五十万円ということになる。仕事がみつかるかどうかはわからないが、再就職しなければならないと、このとき本気に考えた。

第三章　証言台の母

十二月二十二日の第五回口頭弁論から、原告本人にたいする尋問がおこなわれるので、沢井静子が証言台に立った。これまではもっぱら、書面のやりとりだった。しかし、今回からは当事者や証人が、法廷で宣誓をしたうえで、証言をすることになる。

まず、原告の代理人として、杉谷新平弁護士から尋ねる。

——亡くなった聡子さんは、あなたの長女で、十七歳の高校二年生でしたね。

「はい」

——まず異常に気づいたのは？

「一九九五年十二月十六日、本人が『左の目がおかしくて、視野が狭い』と、訴えたときです。視力は中学のときから落ちていましたが、日常生活には支障がない程度でした」

——それで校医の眼科へ行きましたか。

「その日のうちに、私が付き添って受診しました。視神経の図を示しながら、『ここにコブができているから、その圧迫で視野が狭くなっているのでしょう』と、説明なさいました」

――詳しい病名の説明はありましたか。

「それ以上はありません。ただ、『手術は早いほうがいいでしょう。おそらく傷がつかない方法で、三日もすれば起き上がれますよ』といわれました」

――それで本件被告の病院を紹介された？

「そうです。脳神経外科に、紹介状を書いてくださいましたので、十二月十九日に行きました」

――あいだに二日あるのは？

「紹介された病院へ行くべきか、ほかを当たってみるかを、考えたからです。それともう一つ、夫にも相談する必要がありました」

このとき杉谷弁護士が、傍聴席の最前列にいる沢井に、チラリと目を向けたから、もう一人の原告として緊張をおぼえた。

――沢井健二郎さんの意見は？

「そのとき『校医に紹介された病院は、ちゃんとしたところなのか』と問い、私は夫に『だいじょうぶでしょう。先生はこれまで、何人もの患者を紹介して、手術は成功したそうだから』といいました」

――それで納得しましたか。

「はい。『お前がだいじょうぶというのなら、オレが心配することはない』と」

傍聴席の沢井は、妻の記憶力のよさに、あらためて感心した。十二月十六日、深夜に帰宅した沢井が、シャワーを浴びたあと、寝酒のブランデーを飲んでいるとき、「じつは聡子が……」と、静子に切り出された。脳内に腫瘍があるとは、只事ではないけれども、それが視神経を圧迫しているから、手術で取り除けば治ると、すぐに納得したのだ。

——それであなたは、どうしましたか。

「知り合いの医師たちに、紹介された病院について聞いてみると、とくに悪いという話は耳に入らず、学校の近くでもあり、診察を受けることにしました」

——脳神経外科で、診察してくれたのは？

「長谷川一郎医師です。CT（コンピューター断層撮影）、血液検査、一般的な検尿、レントゲン……。眼科の先生とおなじ脳腫瘍で、下垂体腺腫だろうといわれました」

——くわしい病名は？

「説明された内容は、プロラクチノーマでした。症状の一つ一つを聞かれて、肥満している本人に向かい、『肥えてきませんでしたか』とか。それと乳汁分泌と無月経ですから、いま考えてみても、プロラクチノーマとして説明されました」

——そういうことを、一つ一つ聞かれて、下垂体腫瘍といわれたのですか。

「ほぼ断定的に、説明されました」

——治療法については？

「ハーディ法で、おそらく一回で済むだろうと、そのときいわれました」

——ハーディ法といわれ、わかりましたか。

「いいえ。私にはわかりませんでしたが、『口腔の外から鼻の裏側を経由してやるんですよ』と、説明していただきました」

——入院の期間については？

「術後は一週間もすれば歩けるけど、予後のための治療で一ヵ月の入院になり、とても退屈だよと。それで治るという説明でした」

――ほかの病気の可能性については？

「なにも聞いておりません」

――治療法について、たとえば「薬物でも治る」とは？

「いいえ。そういう説明はありません」

七月の第一回口頭弁論において、病院が提出した「答弁書」に、この間のいきさつを記している。《長谷川医師は、下垂体腫瘍（腺腫）を疑い、その旨を説明したが、「プロラクチン産生腺腫」「ハーディ法」には言及していない》

ほぼ満員の傍聴席に、病院側の関係者もかなりいるようだから、沢井は、あらためて怒りをおぼえた。

――初めの診察から、診断が終わって病院を出るまで、どのくらい時間がかかりましたか。

「二時間だったと思います」

――一昨年の十二月二十二日、入院しましたね。

「はい。私が一緒に行き、主治医の成田博正先生から、治療方針について説明がありました」

――外来のカルテと、CTやレントゲンの写真をみて、自分の治療方針を立てたのでしょうか。

「そうです。プロラクチノーマも否定できないけれども、頭蓋咽頭腫がもっとも考えられ、開頭手術が必要だから、簡単にはいかない……と」

――外来で長谷川医師から聞いた病名と、手術方式が違いますね。「話が違う」といいましたか。

「とにかく『簡単にはいかない』といわれ、非常にショックを受けました」

――手術方式が、ハーディ法と違うことは？

「やはり開頭手術は、大変なことですから」

――頭蓋咽頭腫がどういう病気で、どれくらい入院して、予後については？

「くわしく聞いておりません。入院当日に『主治医は成田先生です』と、紹介されたときですから。病院を出てから書店へ行き、医学書で『頭蓋咽頭腫』を引いて、ガーンと頭をなぐられたようなショックを受けました。先天性の腫瘍で、良性のものではあるが、治療上で問題の多い病気である、と書いてあったからです」

――帰宅して、夫に相談しましたか。

「いいえ。九州へ出張中でしたから……」

傍聴席で沢井は、「その日のうちに帰宅したぞ」と思ったが、未明に近い深夜だった。その沢井が傍聴席でみつめる前で、静子の証言はつづく。

――聡子さんが入院した当日、あなたは帰宅してどうしましたか。

「夜になって本人が『私の病気は重いの？』と、心細そうに電話をかけてきたので、『そんなことはないのよ』と励まし、親としてベストを尽くすため、なにができるかを考えました」

――だれかに相談しましたか。

「眼科の先生に病院を紹介されたとき、知り合いの医師たちに問い合わせて、K大系であることを知りました。それで友人の神経内科医が、長いあいだK大系の病院に勤務していたので、さっそく電話をかけたんです。娘が頭蓋咽頭腫と診断されて、開頭手術を受けなければならない、と。すると彼女が、『開頭手術ならK大の野見山教授が日本一だから、お願いするのがベスト』と教えてくれました。『そんな先生が来てくれるかしら』と聞いたら、『入院先の脳神経外科の新美部長は、野見山教授の後輩でもあるし、病院から依頼してもらえばオーケーよ』と」

——野見山弘一教授は、開頭手術の第一人者ということで、アドバイスされたんですね。それでどうしましたか。

「翌日さっそく、新美部長に電話して、昼休みに時間をとっていただき、お願いに参上しました。私は親として、いかなるものを犠牲にしてでも、聡子のためにベストを尽くしたいと、その一心でしたから、K大へ入院してでも、野見山教授の手術を受けたいと思いました。むろん新美部長に、『失礼とは思いますが』とことわりました」

——新美部長は、どう対応されましたか。

「一瞬、ムッとなさった感じでしたが、すぐに態度を一変され、K大に電話をかけて下さいました。そのとき教授は不在でしたが、あとで通じて承諾を得られたとのことでした」

——親としてベストを尽くすため、難しい開頭手術に万が一にも失敗があってはならないと、ムリをしてでも野見山教授に頼んだのですね。

「開頭手術といわれていなかったら、そんなことはしておりません」

被告の病院側は、「準備書面」で述べている。

《原告らは、「野見山教授も、頭蓋咽頭腫と知らされて、出張手術を引き受けたと考えられる」と主張しているが、「聡子の腫瘍を手術するまで、ずっと頭蓋咽頭腫と認識していた」という意味なら、明らかに事実に反する》

そのあたりを意識して、杉谷弁護士は、静子に尋ねた。

——一九九五年十二月三十日付の「承諾書」には、「患者・沢井聡子の治療のため、手術・麻酔・検査が必要なことについて説明を受け、了承しました。父・沢井健二郎」と、署名と押印がありますね。

「はい。夫の署名です」

——承諾書の上に、「血管造影」とあるのは？

「十二月三十日に血管造影をするので、前日の二十九日に『承諾書』の用紙を渡され、私が自宅へ持ち帰って、夫に署名してもらい、三十日に病院へ持参いたしました」

——この「承諾書」は印刷物ですが、「患者・沢井聡子」と記入したのは？

「主治医の成田博正先生の筆跡で、血管造影をすることを、承諾したものです」

——手術について承諾したのでは？

「そういう意識は、まったくありません」

——もう一つの書面は病院の「血管造影照射録」ですが、申し込みが十二月二十二日で、撮影が十二月三十日になっていますね。

「はい。十二月二十二日は、入院当日です」

——書面の「臨床診断、経過」をみると、「頭蓋咽頭腫」となっていますね。

「そのように診断されたからです」

——血管造影をおこなった結果の説明は？

「とくになかったと思います」

——診断や所見、治療法が変わったとかは？

「そういう説明はありません」

——十二月三十一日から、九六年一月四日まで、聡子さんは外泊していますね。

「はい。手術が一月九日に予定されており、正月を家族と過ごすためです」

——そのとき手術を一月七日に変更すると、連絡がありましたね。

「野見山先生の都合で繰り上がったので、一月五日に、聡子は病院へ帰りました」

——それで病名や手術方法を変更した話は？

「一月六日に脳神経外科の新美部長に会いましたが、その点については、なにも聞いておりません」

いよいよ「原告本人尋問」は、一九九六年一月七日の手術当日である。この日に沢井は、会社の合併問題で、相手方とゴルフ場で落ち合い、最後のツメをおこなった。

——あなたは当日、手術に立ち会いましたか。

「いいえ。一月六日に新美部長に会ったとき、私は医師でもあり、立ち会いたいと申し入れたら、『当院では認めないことになっている』と断られ、手術の模様はビデオ録画するから、あとで見せてもよいというようなことを……」

——手術室に入るまで、聡子さんの様子は？

「いつもと変わりなく元気で、あたりまえのように振る舞っていました。お手伝いの野添マキさんや、私に心配をかけないためだと思います」

——何時ころ手術室に入りましたか。

「午前九時に病室を出て、九時半から手術が始まるということでした」

——あなた方は、どこまで行きましたか。

「エレベーターの中までです。私たちは待合室のほうへ降ろされ、反対側のドアが開いて手術室へつながるようでした」

――手術室で待っていた時間は？

「午前九時ころから、午後三時半くらいまで、ずっと待合室にいました」

――そのときなにか気づきましたか。

「考えてみれば『手術承諾書』を書いていません。手術日が繰り上がったので、病院側が忘れたのかもしれないと、ぼんやり思ったりしていました」

――野見山教授が、説明をした時刻は？

「手術中の午後二時ころだと思います。すべて摘出するのはムリなので、眼の神経と接するところは、残さざるをえなかった。あとは薬物と放射線などによって、腫瘍が小さくなればそれでよい。視力は十分に守られたから、学校へ行けると思う。十年とか二十年とか、長期にわたって腫瘍が大きくなれば、再手術も必要になるかもしれないが、今のところは考えられない……と」

――聡子さんが、手術室から出た時刻は？

「午後三時半ころです。手術室からＩＣＵへ移行するとき、私たちは面会して、意識はハッキリしていました」

――言葉を交わしましたか。

「いいえ。こちらの言葉にうなずくだけです」

――主治医の成田医師は説明しましたか。

「夕方には夫も到着しており、午後七時半ころ、私たち夫婦に説明がありました。まず初めに、『非常に危険な手術でした』と。『私たちも左目がつぶれるのではないかと心配したんですが、いまは視神経を圧迫するものはありません』と、苦労した感じの説明がありました。そのあとで、『血中プロラクチン値は１８００でしたよ』と、唐突にいわれました。私が驚いて、『高いですね』と問いかけたら、『正常が15だから、かなり高いです』と。それで私が『頭蓋咽頭腫じゃなかったんですね』と申し上げたら、成田先生は『はい、完全に否定です』と、ハッキリ答えられました」

――そのときまで、「頭蓋咽頭腫で開頭手術を受けた」と、思い込んでいたのですね。

「はい。そうです」

――プロラクチン値については？

「検査をやって、プロラクチン値が低いから、頭蓋咽頭腫として手術をしたものと思いました」

――証拠保全したカルテをみると、血管造影をした十二月三十日に検査に出して、一月六日にプロラクチン値１８００という回答がきていますね。

「ええ。カルテ上は、手術の前日です」

――医学書をみると、「頭蓋咽頭腫とプロラクチノーマは、ＣＴやＭＲＩで鑑別できるが、間違うこともあるので、プロラクチン値の検査をすれば確定的にわかる」とありますが？

「私のクリニックで、プロラクチン値の検査を頼んでみたら、四日間で結果が出ました」

――すると被告の病院は、もっと早く検査することができたわけですね。

「私が……無念でならないのは、十二月十九日に外来で『プロラクチノーマと考えられる』といわれたときに、自分でプロラクチン値の検査に出せばよかった。それを専門家だから当然のことをやると過信したことが、いまさらながら……悔やまれてなりません」

――一月七日に手術が終わってからは？

「一月八日に、ＩＣＵから一般病棟に移され、ずっと私が付き添っております」

――目に関しては、どうでしょうか。

「右目は瞼が下がり、自分で開けることができず、左目は開けたままで、閉じられない状態でした」

――手足の動きはどうでしたか。

「半日ぐらいして、左手と左足の動きが緩慢で、だんだんマヒが増強しています。あとから考えると、脳梗塞の症状です」

――病院側は「一月十日まで明らかな症状はなかった」と主張していますが？

「いいえ。ＩＣＵの一月七日の記録にも、『握手はできるが左手は弱い。両膝立てはできるが左足は弱い』とあるように、脳梗塞の症状は、少しずつ出ていたのだと思います」

――どういう治療が必要だったでしょうか。

「ＩＣＵにいるときは、私どもはドア一つ隔てて、シャットアウトされています。中の様子はわかりませんが、脳梗塞はたいへんなことなので、原因を突き止めてほしかった。それは当然の願いです」

――どういう点が足りなかったでしょうか。

「看護記録に左手、左足が弱いとあるのに、それを無視して、一般病棟へ移している。いちばん望ましいのは、ＩＣＵで酸素吸入することでした」

――輸液なども足りなかったんですか。

「ええ。尿崩症が起きたわけですから、輸液が非常に大切なんです」

――尿崩症というのは、脳の手術をしたあと、尿の調節ができなくて、たくさん出ることですね。

「輸液をしなければ、脱水症を起こして、脳梗塞はより悪化すると思います」

――その後だんだん悪化しますね。

「術後二日目に、ほぼ完全に左半身がマヒし、非常に苦しがって……。いま私が説明するにも、感情的になってしまい、非常にむずかしいところです」

――一月十三日の未明に、聡子さんは、最後の言葉を口にするわけですね。

「この世に発した最後の言葉が、『成田、なんとかせい』と。こんな医療ではなく、自分の人間としての尊厳を、なんとかしてくれ……と」

証言台の静子は、肩をふるわせて泣いた。この日の尋問は、二時間を予定しているので、残り時間がなくなってきた。

――一月十三日に脳浮腫が起こって、減圧のための開頭手術を、再びしましたね。脳がダメになるので、頭蓋骨を取って、脳圧を下げる手術ですか。

「そうです」

――その後の経過は、医師との関係も、いろいろ気まずくなりますが、一月二十一日の出来事は？

「聡子の学校はキリスト教系で、シスターが『ルルドの水』を、持ってきてくださった。それを一滴、口の中に流し込んだとき、膿がこぼれ出ました」

――なにか病気と関係がありますか。

「膿は黄色い液で、サラサラして水溶性でしたから、ＭＲＳＡ（メチシリン耐性黄色ブドウ球菌）だったと確信しています。口の中は、呼吸器、消化器と直接つながっているから、雑菌が多くていちばん汚れやすい。私は主治医の成田医師に、口の中を洗浄してほしいと、何回も頼んだのですが、まったく取り合ってくれなかったんです」

――一月二十五日、MRSAに感染したことがわかり、隔離室に入れられたあと、当直医が人工呼吸の気管内チューブの交換に手間取りましたね。

「一時間二十分もかかり、本人の脳の状態に、非常に悪い影響を与えたはずです。私の主観を述べさせていただけば、かならず気管切開の準備をしておこなうべきでした」

――それから痙攣が起こりますね。

「一月二十六日の昼の面会のとき、私たちは気づきました。これは頭をやられているからです」

――二十六日の昼から起きた？

「いいえ。おそらくその前から起きているでしょう。私たちはICUへ、昼間と夕方の二回しか、入れてもらえませんから……」

――一月二十二日ころから、「気管切開をしてもらいたい」と、何回も申し入れましたね。

「はい。そうであるにもかかわらず、主治医たちは、徹底して無視したのです」

――それでは時間になったので、次回に引き続き尋問します。

こうして、初めての「原告本人尋問」が終了し、次回は、一月におこなうことが決まった。沢井は傍聴席の最前列で、二時間を緊張して過ごし、喉がカラカラに渇いた。しかし、証言台にいた静子は、元気そうな表情なので、「女は弱し、されど母は強し」との格言を思った。

閉廷したあと元気そうな妻の顔をみて、沢井はささやいた。

「お前、なかなか立派だったぞ。ずっと証言台で、落ち着いていていた」

「そんなことない。緊張のしっぱなしだわ」

五十六歳の静子は、怒ったように答えると、目配せを送った。

「あの弁護士が、私を威嚇するような、イヤな目つきをするから、睨み返しているうちに、ファイトが湧いてきたのよ」

「ああ、そういうことか」

沢井は苦笑して、被告側の二人の代理人のうち、ずんぐり太った弁護士に目を向けた。テーブルの上の書類を、風呂敷につつみながら、もう一人の背の高い弁護士と、ニコニコと笑顔で話している。

もっとも、こちら側の杉谷弁護士にいわせると、法廷でことさら笑顔をみせるのは、余裕を示すポーズで、〝臭い演技〟だという。

その杉谷が、廊下へ出るとき告げた。

「まずまずの出来でしたね。次回は反対尋問もあるから、油断をしてはいけません」

それを聞いて沢井は、「せっかく褒めていたのに、なんてことをいう」と思った。しかし、弁護士にとって法廷は、戦場のようなものだから、こんな言い方になるのだろう。

「はい、覚悟しています」

静子は表情を引き締めて、わざわざ振り返ると、相手方の弁護士に、軽く会釈してみせた。睨み付けると思っていたので、「やるもんだなぁ」と感心させられた。

法廷を出たところは、ベンチなどあって、ちょっとしたロビーで、傍聴にきてくれた人たちが、沢井夫婦を待っていた。聡子が通っていたミッションスクールのシスター、同級生の母親、静子の知り合いの医師、新聞記者など十数人である。

「皆さん、ありがとうございます」

静子が頭を下げていると、ちょっと離れて立っていた二人の男が、小走りに近づいた。一目で父子とわかり、父親のほうが太い声をあげた。

「沢井先生、あのときの息子です！」

「………」

とっさに静子は、思い出せないらしく、小首をかしげていると、相手はもどかしげにいった。

「二十二年前、先生が未熟児センターで小児科医長をしておられたとき、死にかけていた賢一が、来春は大学を卒業します。あのとき先生が、ワシを叱りつけてくれなんだら、この世に賢一は、おらんだろうと思います」

職人風の五十男は、法廷の廊下で、野太い声をあげながら、コブシで涙をぬぐった。

「あいにく母親は、この子が小学生のとき、肺炎でポックリいったけど……。お蔭さまで、わずか千グラムじゃった賢一が、こげん立派になりました」

「あのときの寿司屋さん！」

こんどは静子が、相手に負けないくらい、大きな声をあげた。

「その赤ちゃんが、こんな立派な体格をして、ハンサムな青年だこと」

「ハンサムは父親譲りで、褒めてもらうほどのことじゃないです」

男が照れたので、居合わせた人たちが、ドッと笑い声をあげた。すると男は、ペコリと頭を下げて、事情を説明した。

「未熟児センターでウチの賢一が世話になり、女房は付きっ切りでしたが、赤ん坊は泣きもせん。女房が半狂乱になっておると、先生から店に電話があって、『赤ん坊にとって大事なとき、お母さんだけに任せてはダメです。お父さんも来なさい！』と、叱りつけられた。それで客を放り出して、未熟児センターに駆けつけて、ワシにできることは女房を励ますだけじゃったが、お蔭さまで賢一は、ご覧のとおりに育ってくれました」

　こういうところで、あまり大声をあげていると、注意されるに決まっている。そこで沢井が、移動するように促して、男にたしかめてみた。

「寿司屋さん、今日の裁判のことを、どうして知ったの？」

「ウチの客に、裁判所に出入りする人がおって、先生が証言されることを教えてくれたので、賢一を連れて駆けつけました」

「ともかく外へ出ましょう」

「あんたは何者？」

「沢井静子の亭主です」

「ああ、旦那さん。申し訳ない！」

　このとき男は、大粒の涙をこぼしながら、いっそう大声をあげた。

「ウチの賢一は、お蔭で命を救われて、成人したというのに……。旦那さんの一粒種は、ロクでもない病院のむごい仕打ちで、お亡くなりになった。こんな立派な先生が、どうして辛い目に遇われるのか。神も仏もないものかと、ワシは悔しくて、ほんとうに申し訳ない！」

　翌年一月中旬、第六回口頭弁論がひらかれ、沢井静子に、「原告本人尋問」がおこなわれた。原告の代理人である杉谷新平弁護士が、いくつか前回の補充をしたあと、締めくくりの尋問をした。

——こんどあなたが裁判を起こされた気持ち、裁判所に聞いてほしい気持ちを、まとめて述べてください。

「提訴したのは、医療的な責任を追及するとともに、私の心理的な理由があります。おそらく本人にとっては、死ぬ病気ではなかった。平均でも、あと六十年以上は生きたはずの娘が、死ななければならなかったのです。その娘が末期に、人間性と尊厳を奪われ、意思表示のチャンスさえありませんでした。それが心理的な理由で、医療ミスだけならば、提訴しなかったと思います。おなじように提訴した人たちと話し合ってみても、『病院側が誠意ある対応をしていれば裁判を起こさなかった』と、皆さんおっしゃいます」

——ちゃんとやってくれたら、死なずに済んだと思うけれども、病院側の対応が誠意あるものではなかった、ということですか。

「そうです」

——あなたが医師でありながら、裁判まで起こした理由は、病院が非常に冷淡であったと？

「はい」

沢井健二郎は傍聴席にいて、「はい」という妻の答えに、万感がこめられていることを、あらためて思わぬわけにはいかない。夫としては、「医師が医師を訴えるのは尋常ならざる手段である」と、提訴をやめさせようとしたのだ。

その相手方が、やおら立ち上がった。ずんぐり太った六十代の弁護士は、医師会の顧問をつとめている。

――聡子さんは、早くから目に異常があったようですが、あなたは行くまで気づかなかった？

「はい」

――テニスのボールが見えにくい話とかは？

「私と聡子は、ナイターでテニスをするので、もともと光りが低いんです」

――病院の問診で、「テニスのボールが見えにくかった」と、本人が答えているでしょう？

「私はボールが見えにくいのは、施設のせいだろうと思っていました」

――単純な視力低下とは違うことに、気づかなかったんですか。

「それは気づきませんでした」

まず医師である原告の能力を問うところから、切り込んできたのである。病院側の代理人は、「沢井内科クリニック」の院長を、じわじわと責めたてた。

――はじめに外来担当の長谷川医師から、CT、血液検査、検尿、レントゲン検査を受けましたか。

「そうです」

――その程度の検査で、プロラクチン産生腺腫と診断するのはむずかしいが、本当にいわれましたか。

「はい。乳汁分泌があったことを説明したら、下垂体にできる腺腫だろう、と」

――その疑いがあると、説明しただけでしょう？

「プロラクチンという言葉を、使わなかったかもしれないけど、長谷川先生から説明された内容は、プロラクチノーマでした」

――「一ヵ月の入院」といわれたそうですが、カルテに「検査、治療で約三ヵ月要」とあるのは？

「外来通院をふくむものと解釈しました」

――プロラクチノーマで、ハーディ法の手術で一回で済むのなら、

「三ヵ月要」とは書かないのでは？

このとき杉谷弁護士が、「異議あり！」と立ち上がった。

「下垂体腺腫のなかに、プロラクチノーマがあるわけです。本件で問題になっている頭蓋咽頭腫は、下垂体腺腫ではありません。下垂体腺腫といえば、プロラクチノーマをふくむわけで、『下垂体腺腫の疑いはプロラクチノーマと関係ない』というような尋問が、そもそも誤っています」

タイミングのよい異議の申立てだから、傍聴席で沢井はホッとした。静子は証拠保全をしたときから、病院側のカルテ改ざんを指摘しているが、「あくまでも憶測であって、法廷では決して口にしてはいけない」と、杉谷にクギを刺されている。

――ハーディ法の説明も受けたんですか。

「はい。長谷川先生がおっしゃいました」

――しかし、カルテには書いてない。ほんとうに長谷川医師は、そのように説明しましたか。

「下垂体腺腫の手術は、だいぶ前まで開頭手術だったけれども、手術顕微鏡や術中透視モニターの導入と改良で、口腔の外から鼻の裏側を経由してやるようになったと、説明していただきました」

――十二月二十二日に入院して、主治医の成田医師から、診察を受けましたね。この日のカルテに「乳汁分泌」と書いてあるのは、成田医師が確認したからでは？

「カルテには、そう書いてあります。しかし、どういうかたちで確認されたのか、私にはわかりません」

カルテの改ざんを指摘している静子は、落ち着き払って答えた。病院側の代理人としては、十二月

十九日に外来で診察を受けたとき、担当の長谷川医師が、カルテに「乳汁分泌」と書いておらず、入院当日に主治医が確認して、カルテに記載したことを、裁判所に印象づけたいのだ。

このとき沢井は、「下手なシナリオを書いている」と思った。乳汁分泌ホルモン（ＰＲＬ）は、脳下垂体という臓器の前葉でつくられる。この臓器は、鼻の付け根から後頭部へ向かって、六センチメートルほど後方の「トルコ鞍」という窪みのなかにある。脳下垂体そのものは、小指の頭ほどの大きさだが、全身のホルモンのバランスを支配する。

プロラクチノーマは、乳汁ホルモンを分泌する細胞が、腫瘍化することである。このため血液のなかで、プロラクチン（乳腺刺激ペプチドホルモン）が上昇し、女性だけではなく、男性でも乳汁が出たりする。

十七歳で高校二年の聡子は、いまだに無月経だったが、乳汁でブラウスが濡れたりしていた。外来の医師が「下垂体腺腫が疑われる」と判断したのは、「乳汁分泌」があったことを、問診でたしかめたからにほかならない。しかし、原告の代理人は、「乳汁分泌」とカルテに記載していないから、「プロラクチンのことなど、一言もいっていないんじゃないですか」と、平気で尋問する。三日後に入院したとき、はじめて主治医が、「乳汁分泌」を確認したことにしたいのだ。

――十二月二十二日に成田医師は、「頭蓋咽頭腫」と、断定しなかったのでは？

「頭蓋咽頭腫がもっとも考えられる、と」

――下垂体腺腫の疑いがある、との説明は？

「下垂体腺腫も否定できないけれども、と」

――成田医師が「下垂体腺腫？」と記入しているのは、その疑いをもっておられたからですね。

「いや、私にはわかりません」

——カルテには、「下垂体腺腫あるいは頭蓋咽頭腫の疑いの患者」と記載がある。あなたのおっしゃるように、頭蓋咽頭腫と断定しなかったのでは？

「なんども申し上げているように、『頭蓋咽頭腫がもっとも考えられる。下垂体腺腫も否定できない』という説明でした」

——あなたのほうでは、「頭蓋咽頭腫と説明され、あくまでも信じていた」というのですか。

「そうです。『もっとも考えられる』といわれ、頭蓋咽頭腫と解釈していたのです」

——カルテの十二月二十六日のところを見てください。成田医師は、「総合的に判断して下垂体腺腫と母親に説明」とありますね。

「そのときの説明で、『頭蓋咽頭腫がもっとも考えられる』と、いっそう強くいわれました」

——成田医師から、「プロラクチノーマだろう」と説明されたのでは？

「いいえ。違います」

——そう言い切れますか。

「そのときのことは、よく記憶しています」

沢井は、静子が「主治医がカルテを見せてくれない」と、嘆いていたのを思い出した。カルテ（診療録）は、患者がどんな治療を受けているかを証明するもので、きわめて大切な医療情報である。患者の財産のようなもので、その内容を知ることにより、安心して治療が受けられる。

わが国の医師は、「患者がカルテの内容をみてショックを受ける」と、かたくなに開示を拒否する。しかし、患者本人ではなく、親族の医師が見たいというときに、拒否する理由にならないのではないか。いずれにしても主治医は、医師である静子のカルテ開示の求めを、最後まで拒否しつづけた。聡子が死亡して三ヵ月後に、とりあえず弁護士に依頼し、裁判所を通じて「証拠保全」した。そのカルテが改ざんされていたことは、沢井でさえわかる部分がある。まして静子は、医師としての目で、娘を見守っていたのだ。

（病院側の代理人である弁護士が、カルテの改ざんを知っているのなら？）

沢井のなかで、疑念はふくらむばかりである。

次に病院側の代理人が、証言台の沢井静子に示したのは、「血管撮影照射録」である。

——入院した十二月二十二日に、主治医の成田医師が申し込んだもので、「脳腫瘍（頭蓋咽頭腫）」と記載されていますね。

「はい」

——あなたも医師だから、確定診断がついていないときに、一応の病名をつけて検査に出すことは、おわかりではないですか。

「一応の病名ではなく、もっとも考えられる病名を、医師としての良心にもとづいて書きます」

——これをみると、包括的に「脳腫瘍」と書いてある。したがって「頭蓋咽頭腫」は、確信的な病名ではないんじゃないですか。

「もっとも考えられる病名だから、わざわざカッコして記入したのだと思います」

——そうすると、「脳腫瘍」と書くこともないと思いませんか。

「病名をつけなければ、血管撮影をする目的がありません。確信的な病名がなければ、漠然と『脳腫瘍』とするのが常識です。それなのにカッコして、『頭蓋咽頭腫』と記入しています」

――手術をしたあと、酸素吸入が十分でなかったということでしたね。

「はぁ」

いきなり尋問が、術後に飛んでしまったので、証言台の静子は、とまどった様子だった。このとき沢井は、「開頭手術」に変更するいきさつに、病院側がふれたがらない理由が、なんとなくわかるような気がした。代理人の〝尋問シナリオ〟で弱いのは、はじめから病院側が下垂体腺腫でプロラクチノーマを疑っているのであれば、患者の母親である医師が、コネクションとカネを使って、有名教授に手術を頼んだりしないことだ。

――体内の酸素が不足すると、当然ながら、血液中にあらわれますね。

「はい」

――一月八日に血液検査をしたとき、酸素は正常な数値を示しているでしょう。

「そうです」

――前回あなたが、「手術をしたあと酸素吸入が十分でなかった」と述べたのは？

「一月七日に手術を受け、ICUに入れられ、一月八日に一般病棟へ移されました。いま示された『正常な数値』は、ICUで酸素吸入を受けているときの検査です。そのあと一般病棟へ移されてから、酸素吸入はなされていません。私が問題にしているのは、一月七日の術後にICUの記録にも、『握手はできるが左手は弱い。両膝立てはできるが左足は弱い』と、脳梗塞の症状がみられるのに、それを無視して一般病棟へ移し、酸素吸入をやめたことです」

――一月十三日の血液検査でも、酸素は正常な数値を示していますよ。

「その日に、脳浮腫が起きていることがわかり、減圧のための開頭手術をして、酸素吸入をしているときの数値です。一般病棟にいるとき、酸素吸入がなされなかったから、脳梗塞が悪化したのだと思います」

――しかし、「血中の酸素が不足していたというデータ」は、どこにもありませんけどね。

「はい」

沢井静子は、このとき証言台で、大きく深呼吸をした。十七歳の聡子に、脳梗塞が生じることなど、ふつうは考えられない。一月七日の手術にミスがあり、脳動脈の循環に悪い影響をあたえて、左半身のマヒになったとみられる。しかし、その兆しに気づかなかった病院側は、「手術は成功した」と、一般病棟へ移してしまった。したがって病院側が、一般病棟に収容しているときに血中の酸素量を検査するはずもない。「血中の酸素が不足していたというデータ」が、どこにもないのは、いわば当然なのである。

裁判における「証拠提出義務」は、原告側にあるとされる。患者や家族が、そのようなデータを提出することなどは、一〇〇パーセント不可能といえる。そうであればこそ、内科・小児科医の静子は、脳梗塞の悪化は、酸素吸入をしなかったからだと、因果関係についての推測を、あえて示したのだ。

沢井は、傍聴席でドキドキした。

(病院側の代理人は、あまり勉強していない。医療ミスの存在を、むしろ〝自白〟している)

――輸液の不足についても、指摘していますね。

「脳の手術のあと、尿の調節ができない尿崩症が起きて、たくさん出ております。それを補う輸液をしなければ、脱水症が生じて、脳梗塞はより悪化すると思いますが、ICUの記録をみると、明らかに輸液が足りません」

——看護日誌に「口の渇きを訴えた」とあっても、脱水症を示すような記載はありませんよ。

「記載がなければ、脱水症はないのでしょうか」

——異常があれば、ふつうは書きますからね。

「それでは、輸液が十分であったということを、私はどこで判断すればよいのですか」

逆に問い返されてしまったが、病院側の代理人は、かまわず尋問をつづけた。

——病棟へ移ってからは、聡子さんが口の渇きを訴えると、水やジュースを飲ませましたね。だから単純に、輸液の量だけでは、不足していたとはいえないでしょう。

「私が病棟で、ICUを出た聡子に付き添ったのは、一月八日の午後一時からです」

——経口摂取で水分の不足を補った？

「私はそのようにしました」

——脱水症になれば、血液が濃くなりますか。

「そうですね」

——電解質（カルシウム・カリウム・ナトリウム）の検査では、異常は認められていません。

「脱水症を起こして、すぐに電解質に異常があらわれるかどうか、私にはわかりません」

——しかし、輸液する内容をきめるために、電解質の値をみるのではないですか。

「はい」

——異常が認められないのだから、不足していたことにならないでしょう。

「電解質の検査結果を、私はみておりません」

——検査結果に、「異常が認められない」とあるんですよ。

「輸液の量は、私がたしかめたところでは、明らかに不足しています」

――いま必要なのは、議論することではなく、証拠にもとづいて、事実を明らかにすることです。その点を間違えないでもらいたいのですが？

「わかっています」

証拠の提出義務が、あくまでも原告にあるとされる以上、ここは悔しくても、そう答えるしかない。

病院側の代理人は、残り時間がなくなったので、いよいよ最後に尋ねた。

――二月七日に、あなたの母校の大学病院へ、聡子さんを移しましたね。大学病院の先生二人を、被告の病院へ呼んだことがありますか。

「二月四日に来ていただきました」

――わざわざ呼んだ理由は？

「心ある医師に、私の最愛の娘を、診てもらいたかったからです」

――大学病院へ移すためですか。

「いいえ。その時点では、望んでもムリだと思っていました」

――すると二月七日に思いついた？

「その前から、主治医とやりとりがありました」

聡子の症状が、ＩＣＵで悪化するにつれ、母親の静子は、「もっと娘の側にいさせてください」と、主治医の成田医師に申し出た。すると「自由に面会できる病院へ移ったらどうですか」と、突っぱねられた。

二月五日、ようやく気管切開がおこなわれ、もはや最終的な延命措置だった。一月二十二日、酸素呼吸のチューブが気管から右肺に深く入りすぎ、「左無気肺の肺炎」が起きていることがわかり、静子は「気管切開をしてください」と訴えた。しかし、主治医が「必要ありません」と一蹴した。そのいきさつがあるから、気管切開がおこなわれた翌日に、沢井は「あれほど家内が、お願いしていたじゃないか！」と怒鳴りつけた。すると主治医は、「だったら、病院を変えればいいでしょう」と、言い返したのである。

——いずれにしても、唐突に患者を移すことを、あなた方が申し出た。そのとき病院側は、「いま動かすのは危険だ」と話しませんでしたか。

「そうではなくて、『もう少し落ち着いてから』といわれました。しかし、私たち夫婦からみても、一〇〇パーセント落ち着くはずはありません」

——「もう少し落ち着いてから」とは、いまは落ち着いていないということでしょう？

「そうです」

——あなたとしては、「落ち着くはずはない」と判断し、移すことに踏み切ったわけですか。

「このまま置いていたのでは、一〇〇パーセント死亡しかないと、判断したということです」

それを聞いて、代理人がピクリと小鼻を動かしたのは、「だから死亡した」と指摘したいからだ。

——いまあなたは、「このまま置いていたのでは一〇〇パーセント死亡しかないと判断した」と答えられたが、大学病院へ移せば、一〇〇パーセントより少なくなると、期待しておられたのですか。

「知識としては、変わらないとわかっています。大学病院の先生も、『移送する救急車のなかで逝くかもしれない』と、おっしゃいました。しかし、神に祈るとでもいうか、もしかしたら奇蹟が……と感じたのは、知識ではなくて何かを求めたからです」

――「一〇〇パーセント死亡しかない」と、病院側のスタッフから聞かれたのですか。

「いいえ。私の判断です」

――病院のカルテなり、看護日誌については、いかがでしょうか。

「ICUのなかのカウンターに、聡子のカルテが無造作におかれているのを、夫がチラッと見たことがありました」

――そのときあなたも、一緒に見たんですか。

「いいえ。夫が見ていることを、私は知っておりましたが、自分の目でたしかめておりません」

一月二十二日に、「左無気肺の肺炎」が起きていることがわかり、静子が「気管支切開をしてください」と訴え、主治医から一蹴された。そのころ沢井が、思わず覗き込んだカルテには、真っ白なページに、「父親は絶望的と理解している」と、なぐり書きのように記入されていた。それが証拠保全されたカルテには、「父親はいまの時点で、気管支切開には抵抗がある。しかし、これまでの経過をみると、ほぼ絶望的であると理解している」と、明らかに書き換えられていた。

沢井は傍聴席で、カルテの改ざんの話になるものと思ったが、弁護士はあっさりかわした。

――あなたの「沢井内科クリニック」では、患者さんの家族が、カルテを自由に手に取って、見ることができるでしょうか。

「いいえ。保管場所においています」

――これで終了します。

病院側の代理人としては、患者の家族が、勝手にカルテを盗み見るなどして、無謀にもちがう病院へ移したことを、裁判所に印象づけたつもりらしい。その勝ち誇ったような弁護士に比べると、証言台にいた妻の静子は、すっかり打ちひしがれたように、閉廷後もしばらく立ちつくしていた。

二月中旬に、第七回口頭弁論がひらかれ、証人尋問がおこなわれた。被告側の証人で、トップバッターとして出廷したのは、長谷川一郎医師（四十八歳）である。主治医の成田博正医師とは、大学の先輩にあたり、いまは東京の郊外で、開業医をしている。

この証人は、十七歳で高校二年の沢井聡子を、脳神経外科の外来で担当し、「下垂体腺腫で、もっとも考えられるのはプロラクチノーマです。やっぱり一日も早く、手術をしたほうがいいでしょう。おそらく手術は、一回ですみます。ハーディ法で十分でしょうね」と診断した。しかし、被告の病院は「下垂体腺腫を疑い、その旨を説明したが、『プロラクチン産生腺腫』や『ハーディ法』には言及していない」と、「答弁書」で否定している。

まず被告側の代理人が、主尋問をおこなう。

――一九九五年十二月十九日に、そのころ勤務していた病院で、沢井聡子さんを診察しましたか。

「はい。外来で担当しました」

――どのように診断なさいましたか。

「下垂体の腫瘍などから、病名を『両耳側半盲・下垂体腺腫』としました。視野障害からして、両耳側半盲ということです。視神経の交差するところが、下垂体のすぐ上にありますので、その真下の病変部（腫瘍）からの圧迫が考えられる。患者の症状から、まちがいなく下垂体腺腫だろうと思いました」

――どういう治療になると考えましたか。

「腫瘍の大きさから、視神経を圧迫していることがわかり、視力の保存をするために、減圧術が必要だと考えました」

――手術の方法としては？

「その時点で、開頭手術を考えております。視神経への圧迫を減圧するために、開頭しなければなりません」

このとき傍聴席で、沢井の横にいる妻の静子が、「ウソつき！」とつぶやいた。外来で初診を担当し、「手術はハーディ法」と告げた医師が、「その時点で開頭手術を考えた」と、証言したのである。

被告側の代理人が、尋問をつづける。

――入院が必要と？

「それは当然で、入院しなければなりません」

――期間などについては？

「それまでの開頭手術、その後の治療をふくめて、だいたい三ヵ月くらいかかるので、お母さんに説明しております」

――お母さんへの説明を、できるだけ具体的に述べてもらえませんか。

「まず診断としては、下垂体腺腫がいちばん考えられること。入院していただいて、検査や治療が必要なこと。治療の方法は、視野・視力の障害を改善する手術であること。かなり進んだ状態だから、急いだほうがよいこと。これらの点を話しました」

――文献によれば、下垂体腺腫について、いろんな分類がありますが、その説明をしましたか。

「いいえ。私自身も、診断がつかなかったのです」

――プロラクチノーマがもっとも考えられる、と説明した記憶はないですか。

「ありません」

――手術はハーディ法で一回ですむとは？

「言っておりません」

――入院が一ヵ月ですむとは？

「いいえ。三ヵ月くらいと申しました」

――その日に予約をして、実際に入院したのは？

「十二月二十二日です」

――沢井聡子さんが入院して、あなたは診療に従事しましたか。

「ありません。回診で一緒に診たことはありますが、特別に診ていないということです」

――初診のカルテに、「両耳側半盲・下垂体腺腫」とあるのは、下垂体腺腫の影響で、視神経が圧迫されて、視野・視力に障害が生じたということですね。

「患者の訴えとしては、二年くらい前から左目の視力が低下して、近ごろ視野狭窄が生じたという。このまま放置すれば、いずれ左目が失明して、さらに右目も失明することが予測されます」

――その進行を止める手術が、早くなされる必要があると、判断なさったわけですね。

「そうです」

これで主尋問が終わり、引き続き反対尋問である。

原告の代理人の杉谷新平弁護士が、長谷川一郎医師に、反対尋問をはじめた。

――沢井聡子さんが入院したころ、脳神経外科医は何人いましたか。

「六、七人だったと思います」

――下垂体腺腫の手術は年に何回くらいですか。

「三、四例だと思います」

――最近の手術方式は？

「ハーディ法だったと思います」

このとき杉谷弁護士は、聡子のカルテを長谷川医師に示した。

――問診の記録に、「生理がない」「小学生のころ肥満が始まった」とあるのは？

「下垂体の機能低下を疑い、ホルモンの症状が出てくるかどうかを、まず聞いております。生理は止まり、肥満も出てくるからです」

――プロラクチノーマの症状ではないですか。

「その時点では、分類について考慮せず、治療のことを、主に考えたと思います」

――どう分類されますか。

「脳下垂体という臓器は、全身のホルモンバランスを支配しており、分泌するホルモンに、乳汁分泌ホルモン、副腎皮質刺激ホルモン、成長ホルモン、甲状腺刺激ホルモン、卵胞刺激ホルモン、黄体形成ホルモンがあります」

――分泌する細胞が腫瘍化したとき、症状が出てくるわけですね。

「そうです」

――どういう違いがありますか。

「プロラクチノーマの場合は、女性だけでなく、男性でも乳汁が出ます。成長ホルモン産生腺腫では、子どもであれば身長が二メートルを超す巨人になり、成人であれば末端肥大というかたちで出ます。

副腎皮質刺激ホルモン産生腺腫では、肥満により体重がいちじるしく増加し、血圧も上昇します」

——十七歳で生理が始まらなくて、だいぶ前から肥満が始まった場合は、どれが当てはまりますか。

「その時点では、ちょっと分類を考えなかったんですが、いまの時点では、プロラクチノーマを考えないといけないということです」

沢井は、わが耳を疑う思いだった。初診のとき、「もっとも考えられるのは、プロラクチノーマです。やっぱり一日も早く、手術をしたほうがいいでしょう」といわれ、愛娘は入院したのだ。

刑法の第一六九条〈偽証〉に、「法律により宣誓した証人が虚偽の陳述をしたときは、三月以上十年以下の懲役に処する」とある。法定刑の上限が、懲役十年というのは、かなり重い刑罰といえる。しかし、わが国で偽証罪に問われるケースは、あまりみられない。とくに民事裁判では、双方の利益をめぐる争いとあって、一方の当事者に証言を頼まれたとき、「お役に立つものなら……」と、偽証することに罪悪感がない。被告である総合病院をやめて、近くで脳神経外科を開業している医師が、原告に不利な証言をするのは、むしろ当然のことかもしれない。そうすると宣誓証言に、どのような意味があるのか……。傍聴席で沢井は、怒りに身体がふるえた。

ともあれ、杉谷弁護士の反対尋問はつづく。

——あなたはプロラクチノーマを疑ったのでは？

「そうすべきでした」

——患者と母親に、そう説明したでしょう？

「いいえ。そのとき私は、乳汁分泌のことを、聞いていないんです」

——カルテには、記入していませんね。

「はい、はい、はい。それを聞いていなかったので、あとでそういう自分が、『あっ、聞いていなかったな』ということで、記憶しております」

四十八歳の医師は、このとき声をうわずらせて、狼狽していることが、後ろ姿からもわかる。被告側のシナリオは、初診のとき下垂体腺腫を疑いながら、プロラクチノーマとは告げず、開頭手術が必要だと考えた。入院してからは、主治医が頭蓋咽頭腫を疑い、下垂体腺腫の可能性も考えながら、開頭手術であることに変わりはなかった……。

プロラクチノーマの患者に、安全なハーディ法ではなく、開頭手術をおこなったことで、脳梗塞を起こすなどして、死に至らしめたのだが、それを認めないためのシナリオである。しかし、書き換えた疑いのあるカルテとはいえ、証拠として存在する以上は、推測にもとづいて追及することはできない。

——プロラクチン検査をしなかったのは？

「入院してから、ゆっくり検査すれば……と」

——プロラクチンの検査は、外来では出していないのですか。

「出しておりません」

——出そうとおもえばできますか。

「検査に出すことは可能です」

——下垂体腺腫で、プロラクチノーマか成長ホルモン産生腺腫かを調べるためには、プロラクチンの検査をするのが、いちばん確かな方法ですね？

「はい、そうです」

——それを外来でやらなかった理由を、きちんと説明してくれませんか。

「いままでの経験から、手術と治療が必要だということで、入院予約をしてもらい、外来でプロラクチン検査に出したケースは、ほとんどありません」

証言台の長谷川医師は、白いハンカチを取り出し、額の汗をふいた。傍聴席で沢井は、その仕種をみながら、「こういうのが冷汗だろうな」と、皮肉っぽく思った。二月中旬とあって、あまり暖房のきかない法廷は、ひんやりした空気に包まれている。

——沢井聡子さんが入院してから、あなたは直接には診察していないんですね？

「そうです」

——しかし、回診についていった？

「部長回診のときで、一週間に二回やっていたと思います」

——じゃあ、診断や治療方針がどうなったかを、知っているわけですね？

「ちょっと私は、記憶しておりません」

——回診について行ったのなら話しを聞いているはずで、本人の様子も見ているんじゃないんですか。

「そうだと思います」

——入院したあとで、あなたの外来での診断と、主治医の診断が変わったのでは？

「そういう記憶はありません」

——入院したあとも診断名は、下垂体腺腫ということで一貫して、手術がおこなわれたんですか。

「そのように記憶しております」

——むしろ主治医は、頭蓋咽頭腫を強く疑っていませんでしたか。

「その病名が出たように思います。入院時の回診のときですね」

——十二月二十二日に入院して、最初の回診というと、いつのことですか。

「ちょっと私は、記憶にないです」

証人はふたたび、ハンカチを取り出した。

——主治医が新患紹介のとき、「頭蓋咽頭腫ではないか」といったんですね？

「そのように記憶しています」

——一週間に二回という部長回診は、何曜日と何曜日ですか。

「きまっていましたが、忘れたということです」

このとき長谷川医師は、ハンカチで額の汗をふいたが、手の動きがぎごちない。沢井は傍聴席で、医師にとって大切な回診の曜日を、こんなに簡単に忘れるものだろうかと、疑わしく思った。おそらく病院側は、「頭蓋咽頭腫という名前も出たが、それはすぐに消えた」と、プロラクチノーマで一貫させたいのだ。

——入院患者について、六人か七人いたという脳神経外科の医師があつまり、検討会をするということはないんですか。

「やっていました」

——そうすると、沢井聡子さんについての検討会というのは？

「レントゲン写真などをみながら、検討会をした記憶はあるんですが、新患紹介がいつであったかは、ちょっと忘れました」

——開頭手術にするか、ハーディ法にするか、検討したり議論したことは？

「私はしていません」

——手術の方法はどうなると聞いていましたか。

「開頭手術でいいと、私は思っていました」

——しかし、そのころ病院では、下垂体線腫の手術はハーディ法でやっていたでしょう？

「そうです」

——だったらどうして、この患者にかぎって開頭手術になったんですか？

「まず腫瘍の大きさだと思います。その伸展方向が、トルコ鞍内にかぎらずに、外にまでおよんでいた。そうすると、鼻の裏側からアプローチするハーディ法では処置できないから、頭頂部の骨をはずして下へアプローチする開頭手術でなければならない。そのように私は考えました」

——あなたが考えたから、開頭手術になったわけですか。

「そうではありません」

——いまのような意見を、検討会であなたが主張しましたか。

「いいえ。検討会の記憶がないんです」

沢井の横で、妻の静子は、メモをする気力も失せたかのように、唇をかんで目を閉じている。長谷川医師の証言が正しいのであれば、患者の母親の主張は、真っ赤なウソになるからだ。だからこそ、杉谷弁護士の反対尋問は、きびしい語調になる。

——あなたは検討会の記憶はないけれど、開頭手術の方針はきまっていたんですか。

「そのように思います」

――患者さんの診断名とか、治療方法とかについて、あなたが意見を述べることは、入院後はなかったんですか。

「入院したあとはないです」

――それはどうして？

「どうしてって……。まあ、どうしてかといわれても、私としては……」

――主治医がきめてしまえば、その通りになるんですか。

「いいえ。そういうことはないと思います」

――外来で一度は診察して、下垂体線腫と診断したのだから、そのあと病名が変わったとすれば、自分の意見を述べるのでは？

「そうですね」

――とくに頭蓋咽頭腫というふうに変われば、下垂体腺腫と診断したあなたが、主治医と議論するのがふつうじゃないですか。

「その時点で、私の念頭には、次の可能性として、頭蓋咽頭腫がありましたから……」

――あなたは患者の母親に、そのことを告げていますか。

「いいえ、私の念頭にあった、と」

――あなたは下垂体腺腫を疑い、主治医は頭蓋咽頭腫を疑い、それで開頭手術をしたところ、結果として下垂体腺腫のプロラクチノーマだった。あなたの診断が、正しかったことになりませんか。

「はい、そうです」

――そのあなたが、「次の可能性として、頭蓋咽頭腫があった」と、なぜ証言しなければならないんですか。

「その時点で、念頭にあったからです」

——部長回診の曜日も記憶してないのに、「念頭にあった」ことを、よく記憶していますね？

「……………」

四十八歳の長谷川一郎医師は、いかにも実直そうな印象で、証言中にハンカチを取り出し、額の汗をふいていた。あらかじめ尋問は、一時間半以内ときめられており、杉谷弁護士が締めくくった。

——あなたは被告である病院に、十年間ほど勤務しましたが、そのあいだに脳神経外科で、頭蓋咽頭腫の患者さんを、手術したことがありますか。

「二例くらいだと思います」

——手術の方法は？

「二例とも開頭手術です」

——では、終わります。

杉谷弁護士は、「下垂体腺腫の手術は年間で三、四例くらいで、手術方式はハーディ法だった」と、証言を引き出している。そうすると、開頭手術は五年に一例あるかないかで、頭蓋咽頭腫と誤診したことが、死にいたらしめた可能性があることを、裁判所に印象づけたといえる。

そんなふうに沢井が思っていると、裁判長が閉廷を告げて、証言台の長谷川医師は、後ずさりした。おそらく証人は、くるりと身体の向きを変えると、傍聴人と顔を合わせるので、そうしたのだろう。その背後から、傍聴席の最前列にいた静子が、木柵の仕切り越しに手を伸ばして、ポンと肩をたたいた。絶妙のタイミングで、肩をたたかれたほうは「よくがんばったね」と、いたわられたとでも思ったのだろう。くるりとこちらを向いたとき、静子が声をかけた。

「ウソつき！」

「………」

「あなたは私に、『手術は一回ですみ、ハーディ法で十分でしょう』と言ったくせに、よくもしゃあしゃあと、偽証できたもんだわね」

初診の医師は、虚を衝かれたように、ポカーンと口を開けて、みるみる青ざめた。

「私の大切な娘を、死に追いやっておきながら、人間として恥ずかしくないの？」

「………」

「娘は殺されたけど、母親の私は生きている。必ず真実を明らかにして、責任を取らせてやるから、覚悟していなさい！」

傍らで沢井は、呆然と立ち尽くしていた。妻のこんな怖い顔をみるのは、初めてのことだった。

沢井夫婦にとって、一人娘の聡子は、まさに掌中の珠だった。夫が四十歳、妻が三十八歳のときの子で、出生時の身長は五十五センチメートル、体重は四千五十グラムである。健康優良児で、四歳の誕生日に、幼稚園で測ったところ、身長は九十八・六センチメートル、体重は十六キログラムだった。このとき幼稚園の先生が、聡子の「ことば」を代筆している。
《わたしのすきなものは、ひこうき。おおきくなってなりたいものは、おかあさん》
小学一年生の「夏休みの絵日記」には、こんなことを書いた。
《七月二十四日＝きょう、雨がふりました。水はいのちです。水がないとこまるけど、きのうからふ

りすぎて、長崎の人がたくさんなくなったそうです。早くやむといいなあ》

《八月十三日＝おはかまいりに行きました。このあいだ死んだおじいちゃんに、あいに行ったのです。ほねだけになって、おはかの中に入っている、おじいちゃん。わたしをかわいがってくれたのに、かわいそうだと思いました。手をあわせておがんでいると、「サッちゃん」といっているように思いました》

《八月二十四日＝北かいどうに行きました。一ばん東のはしから、ソレンが見えました。日本のりょう土だったのに、むかしソレンがずるをして、とってしまったそうです。わたしはくやしいので、「ほっぽうりょう土をかえせー」と、大きな声でさけびました》

小学四年生のとき、母親と広島市へ行き、「広島で考えたこと」を書いた。

《広島に行ったのは、平和公園を見学するためです。母が、「原爆とはどういうものか、しっかり自分の目で見なくちゃね」といい、私を連れて行ってくれたのです。中でも一番おどろいたのは、何年もあとになって、人々が原爆病で死んでいかなければならなかったことです。こわいことです。原爆なんか、決して落としては、いけないと思いました。戦争なんか、こんないやなものを考えた人は、誰でしょうか。私は平和のかねを、力いっぱいならしました。そして平和公園の鳩と、思うぞんぶん遊びました》

沢井が背中を丸め、アルバムの写真や、本人が描いた絵をみていると、胸が詰まって熱いものがこみあげる。妻の静子が、第七回口頭弁論が閉廷したとき、「私の大切な娘を、死に追いやっておきながら、人間として恥ずかしくないの？」と、証人（初診の医師）に浴びせた言葉の重みに、あらためて気づかされる。

小学五年のはじめに、クラス替えがあって、好きな男の子と別々になり、聡子はベッドの中で、一晩ずっと泣いていた。しかし、そのときのことを書いた「友達」という作文では、男の子にふれていない。

《五年の始めに、クラスがえがあった。それまで私たちは、仲良し四人組だったけど、広野さんと、高山さんだけが、同じクラスになった。広野さんは、負けずぎらいなところもあって、高山さんをいじめている。それで高山さんは、転入生の秋川さんと仲良しになって、広野さんは淋しいから、ほかの子と遊んでいる。それで高山さんは、学校の行き帰りは一緒で、仲良しという感じがする。でも、それは見せかけだった。下校のときに、私はどちらか一人と帰ることがある。そのとき二人とも、おたがいの悪口をいう。そんな二人がかわいそうになったから、この二人をなんとか仲なおりさせてやろうと、かたく決心をした》

スポーツ好きの聡子は、町内対抗の少年ソフトボール大会で、男の子に混じって活躍し、ホームランをかっとばしたこともある。

沢井は娘の活躍ぶりを、自分の目でたしかめたことはない。いつも静子から、深夜に帰宅して聞かされるのだった。それを今になって、アルバムをめくりながら、娘のユニフォーム姿に見入り、一人で涙している。アルバムには本人が、「一度だけ魔法が使えるとしたら?」「やっぱり魔法使いになりたい」と、書き込みをしている。いったい聡子は、どんなとき魔法を使いたかったのか……。

「オレが一度だけ、魔法が使えるとしたら? もちろん、答えは一つしかない。この世に聡子を、蘇らせてやることだ」

その聡子が、小学六年のとき、「優しい友達」を書いている。

《私は五年になって、いい友達とめぐり会った。その人は、私がルール違反などをすると、ちゃんと注意してくれる。悪いことだと気づかないときも、注意してくれる。優しい人だと思う。私はその友達を、よく怒ったりして泣かせてしまうけど、すぐ仲直りをする。本当にいい友達だ。いつまでも仲良くしていたい》

中学生になった聡子は、ソフトボール部に入り、テニスやバレーボールなど、球技を得意とした。しかし、社会的なことにも関心が向いて、「将来は弁護士になりたい」と、ハッキリと目標を定めたようだ。

中学一年のとき、「NHKの青年の主張を聴いて」と、感想文を書いている。

《日本は恵まれているということが、とてもよくわかりました。ブラジルでは、はだかやはだしの子供がたくさんいて、ごみ箱などをひっくり返し、それがくさっていても、食べ物だったら家に持ち帰ると聴いて、ビックリしました。お金を持っていない人も、働かないでびんぼうになったのではなく、働きたくても働けない人や、子供だからびんぼうなのであって、街のなかで死んでいくしかないのです。日本では、絶対に考えられないことです。とても信じられません。しかし、これからはこの現実を、みつめたいと思います。世界中の恵まれない人々のために、私なりにできるかたちで、何かをしなければならないことを、強く感じました》

高校に進学してからは、ボランティア活動に目が向いて、一年の三学期に老人ホームへ慰問へ行き、「あやめ園を訪問して」を書いた。

《最初は、自分にお年寄りの相手が務まるかどうか心配だったけれど、おばあちゃんたちは、よく話してくれたし、よく話を聞いてくれた。急いで用意した折り紙を、どのおばあちゃんも、とても喜んでくれた。折り紙一つで、こんなに喜んでくれる人は、今はあまりいないと思う。急いで折ったかいがあったなあと思い、うれしかった。最後には、三曲も歌をうたった。一緒に口ずさんでくれるおばあちゃんや、手拍子を打ってくれるおばあちゃんもいて、うたい終わると拍手をしてくれ、こっちのほうが感激してしまった。こんど行くのは一年後になるけれども、次回はもっと万全の用意をして、おばあちゃんたちの笑顔に再会したい》

しかし、二年の三学期に、聡子は死んでしまったのである。数学の提出ノートには、手術を間近かに控えて、先生宛に書いている。

《手術をすると、しばらくのあいだは、目が見えないのはもちろんのこと、寝たままの状態になると思います。そのあいだは何もできませんので、ノートの提出を、お休みさせてください。ご迷惑をおかけします。申し訳ございません》

高校二年の晩秋に、十七歳になった聡子は、誕生日の記念として、「飽食は悦びですか」という文章を書いた。学校に提出するものではなく、自分の机の引き出しに入れていた。死亡したあと、遺品を整理していた静子が、見つけたのだった。ありふれた文章といえば、それまでのことだが、両親にとっては、一人娘の絶筆である。沢井は庭に面した和室で、背中を丸めるようにして、聡子の几帳面な文字を、涙でかすむ目で追った。

飽食は悦びですか

沢井　聡子

今、世界の三分の一の人たちが飢えている中で、日本人の高級志向は、エスカレートの一途をたどっている。タイの農場で、日本人専用のキュウリ、ニンジン、タマネギなどが作られているが、その規格は年々、きびしさを増している。タマネギの規格もれしたものなどは、全体の二〇パーセント、約二千トンが捨てられているという。現地の人の「日本人はこういうタマネギは食べないのですか」という問いに、「私は食べます」と叫びたくなった。しかも、きびしい規格をパスして輸入された野菜たちですら、その六分の一は、食べられることなく、処分されている。この現状を、どうにかしなければならない。

また、豊かな栄養分を含んでいるイワシが、食卓から消えつつある。日本人は、食品の栄養を低くし、高級品を食べ、食べ残しを捨てるという食生活を、繰り返しているのだ。今のうちに手をうたないと、これは大変なことになると思う。

＊日本人は、品種を改良して、形がよくておいしい野菜を作ることに成功した。しかし、昔の野菜に比べると、その栄養は二分の一以下である。それなら私は、自分の家の庭で作っている、不揃いの無農薬野菜を、好んで食べたい。

＊日本の残飯の量の多さは、あまりにも異常だ。私自身は、食べ物を粗末にしてはバチが当たるといって育てられたので、お代わりはしても、食べ残すことはない。食べないのだったら、作らなければいいのに……。

＊世界の貧しい国の人々のことを考えると、この「飽食ニッポン」の現状には、憂慮を通りこして、腹立たしさを覚えてしまう。

聡子の闘病中に、母親の静子は、ＩＣＵに入ることができず、廊下の長椅子で毛布にくるまり、一日に二回の面会時間を待った。そのとき静子は、娘に関するすべてのことを、メモするように心がけた。本人の弁によれば、「動揺しているから、ミミズが這ったような文字」である。のちに新聞社の女性記者が、大学ノートに記したメモを、ワープロで整理してくれた。この病床メモを、杉谷弁護士は、「裁判のうえで貴重な記録」と評価している。

沢井は、「病床メモ」を取り出すと、ていねいにページをめくった。

聡子へ

サッちゃんは、幼いころから思いやり深く、肉体的にも精神的にも、とても強い子でしたね。今、あなたの回復を祈りながら、ＩＣＵのドアの外にいると、あなたの明るい笑顔が、思い出されてなりません。

あなたが誕生したとき、四千五十グラムの丸々とした生命が発する産声に、多くの子どもたちをみてきた小児科医の私でさえ、それまで出会ったことがないと思えるほど、強い体質を直感しました。生後早々に、蚊に刺されても、幼いけど強靱な抵抗力で、肌をふくらませることもなく、スヤスヤと眠っていました。これは体力自慢の私以上の資質をもっていると、頼もしく思ったものです。生後二ヵ月目に、抱えてオシッコ。四ヵ月目に、抱えてウンチをさせることに成功。とても嬉しく、便器のなかの小さな〝証拠品〟を、記念撮影しました。

あなたは六、七ヵ月目になると、たまに夜泣きをして、疲れている私を困らせました。あるとき、思い余って私が泣きだすと、どうしたことかあなたは、ピタリと泣きやみましたね。私の気持ちを、わかってくれたんだと思いました。そのあと、娘の夜泣きには、母も泣きまねで対抗しました。するとあなたは、必ず泣きやんで、きょとんとした瞳で、私の顔をみつめているのです。ほんとうに手のかからない、良い子でしたよ。

あなたが「はーい」と発声したのは、満一歳のころです。私の声の高低、強弱、長短を聞き分けて、おなじ調子で答えてくれる。「サッちゃん」「はーい」。「聡子」「はいっ」。表情を変えずに、真剣に調子を合わせてくれるのが、とても愉快でした。あなたは、人の気持ちを読み、さりげなく応え、自分の気持ちをオープンにしている。だから我が子ながら、正面から向かい合え、あなたは私にとって、いちばん安心できる相手なのです。

幼稚園のころのことを、あなたは覚えていますか。運動会では、身障者の友達のお世話をしながら、地区対抗リレーの選手になると、その責任感で、顔面蒼白になって走りました。降り注ぐ光のなかを、一生懸命に、未来に向かって駆ける娘——。

その先にひろがる無限の可能性を、しきりに思い描きながら、私は声援を送ったのです。あなたが「強い体質」を実証したのは、年長組のときでした。健康優良児に選ばれて、東京の都心まで、一緒に表彰を受けに行きましたね。あのころのあなたのキラキラ輝く表情を、今でもハッキリと思い出すことができます。

小学校に入学するとき、私の患者さんだった女の子が、一年生の終わりに亡くなったので、その形見のランドセルをもらい、あなたは登校しましたね。中古のランドセルを、男の子たちが冷やかすと、反対にやりこめたりして……。

身体を鍛えることも、よく頑張りました。二歳のときから水泳をはじめ、何キロメートルでも泳ぐ持久力がありました。五歳から柔道を習って、オリンピックを目指すお兄さんたちに、指導していただきました。八歳からは、剣道も習っています。女の子らしい、可愛い洋服や着物は、特別なときしか着ることなく、あなたは一年中ずっと、夏の半袖ブラウスと半ズボン。元気なのがいちばんだと、私はほとんど構ってあげませんでした。

そのせいでしょうか。あなたは小学生のころから作文を書くと、原爆のこととか戦争のこととか、世界中の恵まれない人々の飢餓問題や、日本の飽食のことなどを、女の子らしからぬ視点で、テーマにしていましたね。そういえば、あなたが書道コンクールで最優秀賞になったとき、表彰式場でいろんなことを話しかけた新聞社の幹部が、あとで私に言いました。

「この子に、もしものことがあったら、国家的な損失ですよ」

もちろん冗談まじりでしたが、「もしものこと」など、あろうはずはありません。私は今、この場においてさえも、固く信じています。

あなたは小学校卒業をひかえたころから、急速に肥満しはじめましたね。今にして思えば、すでに腫瘍が脳内に発生していたのでしょう。肥満とともに、あなた特有の勘の鋭さが、いくらか鈍ってきたように感じたのは、思い過ごしでしょうか。しかし、ヒューマニズムに富み、明るく闊達で、誰からも愛される性格に、変わりはありませんでした。

中学校に進学してから、たくさんの良いお友達に恵まれました。二年生になって視力が悪化し、近視と診断されて、メガネを使用しましたね。三年生のとき、肥満による体内への悪影響を心配し、大学病院で受診して、「異常なし」と診断されました。このとき病気を発見できなかったことが、私は医師として、残念でなりません。

高校一年になって、視力回復センターへ行き、「仮性近視」と診断され、超音波の機械を購入しましたが、効果はゼロでした。この時点で、視力〇・三というのに、なぜ仮性近視なのか、深く考えるべきでした。原因は、腫瘍による視神経への圧迫だったのです！

二年生の初め、国立病院の発育異常の外来で受診し、諸々の検査を受けましたが、ここでも「異常なし」との結果でした。あなたは、ダイエットを勧められ、努力していましたね。食欲の秋には、二ヵ月間も夕食を抜いて、頑張っていたのです。

一九九五年十二月十六日、十七回目の誕生日の二日後に、あなたは眼科医院で受診し、はじめて脳腫瘍を疑われて、この病院を紹介されました。検査の結果は、下垂体腺腫と判明しました。身体のどこにでもできるコブが、なんということでしょう。中枢神経の大切な部分に、巣くってしまったのです。

しかし、悪性というわけではありません。手術をすれば、予後は良好で、腫瘍をぜんぶ摘出しなくても、再発率は一〇パーセント以下です。内服薬でも治る、きわめて良性のもののはずでした。それでも手術は、ベストを期して、日本で第一人者といわれるK大の現職教授に、わざわざ来ていただきました。スタッフも最善を尽くしてくださったはずなのに、術後の経過が思わしくないのは、アクシデントでもあったのでしょうか？

あなたは脳梗塞を起こし、術後二日目から左半身がマヒして、動かなくなった身体のやり場がなく、くやしくて不安だったのでしょう。動く右手で、お腹や胸を、思いっきり殴っていましたね。術後六日目、ついに意識不明になったのは、脳圧が亢進したためです。生命に危険ありと判断され、ただちに再手術を受けて、一時は意識を回復しましたが、人工呼吸の挿管のため、会話をすることはできませんでした。

ただ、そのわずかなときに、あなたの好きな「光ＧＥＮＪＩ」の音楽を、イヤホーンで聞いてもらいましたね。「わかった？」との問いに、こっくりとうなずいてくれました。けれども、脳圧亢進は改善されず、睡眠療法を併用し、麻酔で眠らされて、意識不明のまま今日にいたり、あなたは生死のあいだの暗闇にいるのです。

あなたは病名がハッキリしたとき、むしろ喜んで、一日でも早い手術を、望んでいましたね。肥満などの症状が、それほど重大な異常と思わず、ひそかな悩みだったからです。手術室へは、にっこり微笑んで、ピース・サインで入って行きました。手術をすれば、視力が回復する。肥満も治る。術後のマヒも、すべて治ると信じていたからこそ、あなたは弱音を吐かなかった。

あなたは、「先生、頑張ってね」と、主治医を励ましていましたね。ひたすら手術の成功を信じて、明るい希望だけを、胸にいだいていたのです。

どんな障害が残ってもいい。とにかく生きていてほしい。あんなに活発だった聡子だから、きっと頑張ってくれると信じています。そのあなたの頑張りが、同じような苦しみをもつ人々の励みになり、力になり、支えになるものと信じています。

この危篤状態を脱して、一日も早く元気になることを、願ってやみません。そして私に、とびっきりの笑顔をみせてちょうだい。

母　静子より。

第四章　主治医の饒舌

三月初めに、第八回口頭弁論がひらかれた。「被告本人尋問」がおこなわれ、聡子の主治医だった成田博正医師（三十二歳）が、証言台に立った。

この日、沢井健二郎は、朝から落ち着かなかった。なによりも訴状に、「手術死亡率一パーセント以下とされる良性の腫瘍の手術で死亡させられたことで、両親の無念さ、悲しみは深く、主治医らの対応の悪さへの怒りも大きい」とある。しかし、愛娘を失ったことの無念さは、手術が失敗したからではない。人間としての尊厳を無視され、あたかもモルモットのように扱われて、一言の謝罪もないことが、なんとしても納得いかないのだ。

静子は裁判所へ向かうあいだ、ひたすら寡黙だった。訴状には慰藉料について、「聡子は性格も明るく、頭脳も明晰で、弁護士になる希望をもっていたことなどから、金二千五百万円（各千二百五十万円）が相当である」と明記されている。つまり、かけがえのない生命を失った愛娘を、父親に千二百五十万円、母親に千二百五十万円を支払うことで、買い戻そうとする行為にみえる。そのことが虚しくて、民事法廷に出るとき、静子の心を暗くする。

裁判所に到着して、午前十時の開廷まで、沢井が法廷に近づかなかったのは、もし廊下などで成田医師と顔を合わせたとき、とても自制できそうになかったからだ。心を落ち着けて法廷に入ると、すでに「被告本人」は、証言台に着席していた。おそらく裁判所も、そのあたりを配慮して、事前に顔を合わせないようにしているのだろう。いつものように、妻と傍聴席の最前列にすわると、成田医師の後ろ姿から、当時とちがってメガネをかけているのがわかる。

やがて三人の裁判官が入廷し、裁判長が宣した。

「それでは開廷します」

今回はまず、被告の代理人である弁護士が、主治医だった成田医師に、尋問をおこなう。

——先生の経歴によると、本件当時は、医師として五年の経験をお持ちで、沢井聡子さんが入院した病院に勤めて、八ヵ月ほどの時期でしたか。

「さようでございます」

——主治医ということですが、どの時点できまりましたか。

「入院当日の一九九五年十二月二十二日に、私が担当になったことを聞かされました」

——患者さんの主治医は、どういう方法できまるのですか。

「脳神経外科の新美部長が指名なさいました」

——最初の診察で、とくに印象に残ったことがありましたか。

「視力がかなり悪そうで、月経がなく、乳汁分泌があるとのことだから、かなり長い経過をたどっていると理解しました。この時点では、ＣＴ所見で、トルコ鞍という部分の上に、かなり大きな腫瘍がありました」

沢井は傍聴席で、耳たぶに手を添え、ひとことも聞き漏らすまいと、神経を集中した。トルコ鞍は、鼻の付け根から後頭部へ向かって、六センチメートルほど後方の窪みである。聡子のトルコ鞍は、二×一センチメートルほどの大きさで、そのなかに脳下垂体が収まって、全身のホルモンのバランスを支配していた。しかし、下垂体腺腫そのものが、五×四×三センチメートルほどもあったことは、CTやMRIなどから、客観的な事実として確認されている。

――かなり大きな腫瘍ということで、どのような病名が疑われましたか。

「教科書的にいうと、患者さんの年齢をふくめて、頭蓋咽頭腫の可能性が高いと思いました。もちろん、下垂体腺腫など、そのほかの腫瘍もありますので、すぐには診断がつきません」

成田医師の「頭蓋咽頭腫」が誤診だから、ここで巧妙に逃げ道をつくった。一九九八年一月に医学博士号を取得して、いまは九州の脳神経外科病院に勤務している。二年前には、生意気盛りという印象だったが、きょうは法廷を意識してか、しおらしい態度で、尋問の弁護士とも、打ち合わせ十分のようだ。

――入院当日に、外科手術の方針が立っていましたか。

「手術が必要だと、理解しておりました。診断をしぼらないことには、総合的に考えられませんが、腫瘍がかなり大きなもので、視力障害が進んでいるから、開頭が必要になると判断しました」

――視力障害と腫瘍とは、どう関係しますか。

「かなり大きな腫瘍ですから、視神経が交差する部分を圧迫し、視力が落ちてくるわけです」

――そのことを家族に説明なさいましたか。

「ふつうは入院当日ですから、その後の検査などによって、ある程度は診断をしぼらないと、くわしい説明はできません。しかし、患者のお母さんが同業者というか、医者であられるので、いろいろ説明を求められました。それで私は、『この時点では頭蓋咽頭腫を考える』と。すると『治療はどうなるのか』ということになり、『開頭手術をして、そのあとは放射線の治療になると思います』と、私が説明をしております」

――翌十二月二十三日のカルテをみると、前日に比べて違いがあるのでは？

「骨の断面図をみると、トルコ鞍という下垂体を入れる部分の構造が、拡大して変化していました。腫瘍が下垂体そのものにできた場合には、トルコ鞍が拡大してまいります。それで私は、『下垂体腺腫の可能性がすこし高くなったかな』と理解したのです」

――カルテに「下垂体腺腫？」と、「？」を付けておられるのは、「下垂体腺腫の可能性がすこし高くなった」という意味ですか？

「ちょっとびっくりしたというのが、正直なところです。CT所見からは、頭蓋咽頭腫瘍というように考えておりましたので、トルコ鞍の変化がかなり強いものですから、下垂体腺腫のほうに考えが傾いたということになります」

このとき沢井は、被告側が書いたシナリオが、ハッキリ読めたように思った。つまり主治医は、聡子の入院当日に、「頭蓋咽頭腫」を疑った。しかし、翌日になって骨の断面図をみて、「下垂体腺腫」と診断したという。そうすると、ハーディ法ではなく、開頭手術を選んだ理由を、どう説明するのか……。

――先ほど「頭蓋咽頭腫であれば」ということで、開頭手術の方針を聞きました。診断が変わり、

「下垂体腺腫」の手術方法は？

「その腫瘍が発生したところの大きさ、伸展のかたちなどを、総合的に判断して、手術方法がきまります。頭蓋咽頭腫はこうする、下垂体腺腫はこうすると、きめるわけではありません。患者さんの腫瘍は、トルコ鞍の上でかなり大きくなり、右側に伸展しておりました。したがって、視神経の温存をはかる必要があります。この時点で、下垂体腺腫という診断を、ハッキリつけて、腫瘍が右に張りだしているので、脳神経外科の医局としては、開頭手術を考えました。ハーディ法もあることはあるんですが、この場合は適当ではありません」

——ハーディ法は、どこから開けますか？

「頭頂からではなく、鼻粘膜といいますか、下側からアプローチする方法です。下垂体腺腫の小さいものであれば、それが第一選択になります」

——本件のように大きな腫瘍が、トルコ鞍の上や横へ伸びているものは、ハーディ法を適用しない？

「適用しません」

——下垂体腺腫のプロラクチノーマを、手術ではなくて、薬物で治療することもありますか。

「ございますが、第一選択としてはないでしょう。術後の補助療法では、使う必要があると思います」

——手術でなければならない理由は？

「視力を守るために、できるだけ早急に、減圧をはかってあげる必要がある。クスリでは確実でないから、開頭手術で減圧をはかるというのが、第一選択と考えます」

——お母さんのほうから、「ハーディ法で手術してくれ」と、依頼がありましたか。

「そういう依頼はなかったです」

——十二月三十日に血管撮影をおこない、どういうことがわかりましたか。

「トルコ鞍という下垂体が入っているところに、大きな腫瘍がある所見です。その横に、内頸動脈が走っており、それが腫瘍に圧迫されていました」

——カルテに「母親に手術の危険性を説明」とありますが、どういう説明をなさいましたか。

「一般的な手術のリスクです。それから視力、視野、尿崩症、内分泌的なこと、精神症状など。そのとき説明したことを、カルテに記載したわけです」

——十二月三十一日から、沢井聡子さんは、外泊をしていますね？

「はい。術前の検査は、おおむね終わりました」

——この時点で、執刀医はきまっていましたか。

「ええ。Ｋ大の野見山教授です」

——本件においては、家族からの希望があって、野見山教授にお願いしたわけですね？

「はい、そうです」

——手術日はきまっていましたか。

「その時点では、一月九日でした。私が聞いたのは、野見山先生のご都合で、早めにできるということで、一月七日にくりあがりました」

——プロラクチン値の検査は、１８００という数値ですけど、これはどう評価を受けるべきでしょう？

「異常に高い数値ですから、下垂体腺腫でプロラクチノーマと理解していいと思います」

——この検査は外部に依頼し、手術の前日に検査報告書が届いていますが、一週間もかかるものですか。

「早ければ四、五日で返ってくることもありますが、年末年始ということで、時間がかかったのだと思います」

——カルテに手術内容が記載されていますが、どなたが書かれましたか。

「私が書いております」

——血圧、呼吸など問題になることは？

「血圧も安定しており、とくに変わったことはなく、出血量も少なくてすんでおります」

——「術中記録」というのは？

「手術場において看護婦が、手術時間とか、出血量とかを書きます」

——本件でビデオ撮影は？

「このように顕微鏡を使う手術のときは、顕微鏡から画像がモニターに出るので、そのまま録画します」

——この手術について、野見山先生、新美先生、成田先生の分担は？

「頭を開けるときと、頭を閉めるときの操作は、私と新美部長が担当し、顕微鏡を使ういちばん大事なところは、野見山先生がオペレーターでした」

——麻酔がかかって手術がはじまり、そのあと野見山先生が、手術室に入られたのですか。

「そういうことです」

——顕微鏡を使った手術が終わると、野見山先生は先に退出される？

「はい」

──ご家族への説明は？

「まず野見山先生が、簡単におっしゃって下さったと思います」

手術の当日、この説明を聞いたのは、母親の静子である。第五回口頭弁論で、野見山教授の言葉を、次のように証言している。

《すべて摘出するのはムリなので、眼の神経と接するところは、残さざるをえなかった。あとは薬物と放射線などによって、腫瘍が小さくなればそれでよい。視力は十分に守られたから、学校へ行けると思う。十年とか二十年とか、長期にわたって腫瘍が大きくなれば、再手術も必要になるかもしれないが、今のところは考えられない》

この説明を受けたあと、静子は謝礼として、現金百万円を渡している。

──成田先生は、どのように説明されましたか。

「術後に一段落したときに、『八〇パーセントくらい取れたと思うが、眼を動かす神経のまわりは、かなり強固に癒着していたので、ムリに取っていない。しかし、視力に関する視交差のまわりは、おおむね取れました』と」

この主治医による説明は、遅れて病院に到着した沢井も、妻とともに聞き、静子は証言している。

《まず初めに、「非常に危険な手術でした」と。「私たちも左目がつぶれるのではないかと心配したんですが、いまは視神経を圧迫するものはありません」と、苦労した感じの説明がありました。そのあとで、「血中プロラクチン値は1800でした」と、唐突にいわれました。私が驚いて、「高いですね」と問いかけたら、「正常が15だから、かなり高いです」と。それで私が「頭蓋咽頭腫じゃなかったんですね」と申し上げたら、成田先生は「はい、完全に否定です」と、ハッキリ答えられました》

——この訴訟で原告から、「事前に下垂体腺腫ということは聞いておらず、頭蓋咽頭腫を前提としての手術だった」と、主張がなされていますが？

「まったくもって、どうしてそういう話になるのか、私は理解できません。もちろん、頭蓋咽頭腫であろうということは、十二月二十二日の入院当日に申し上げました。そう思っておりましたから……。しかし、翌日の断層撮影とか、総合的に診断すると、下垂体腺腫でプロラクチノーマとわかり、十二月二十六日に、手術の説明をさせていただくとき、脳神経外科の総意として、きちんと申し上げました。もちろん野見山先生にも、そういうことでお願いしている。どうして最後まで、頭蓋咽頭腫と理解されていたのか、私にはわからないです」

——術前にプロラクチノーマで、ほぼ間違いないと考えておられたわけですね？

「十二月二十六日のカルテに、『総合的にプロラクチノーマ』と書いている。考えていないことを、記載するはずはありません」

——プロラクチン値の測定を外注に出されたのは、十二月三十日でしたね？

「とくに理由はありませんが、採血という操作も、あまり何回もやると、若い患者さんですから……。血管撮影のときに、まとめて採血させてもらいました」

——1800という異常に高い数値について、いつ家族に説明なさいましたか。

「一月六日の夕方にデータが戻ってきたので、一月七日の術後に説明しています」

——治療法の選択については、だれがきめたことになるんでしょうか。

「もちろん脳神経外科の総意です。最終的には、新美部長と、執刀された野見山先生ということです」

——この患者さんに脳梗塞が起きたメカニズムは、どの程度まで明らかにできますか。

「想像の域を出ません。わからないと思います」

――手術操作でムリをして、患部のまわりの重要な組織を傷つけ、脳梗塞が起きたのでは?

「そうは理解しておりません」

――脳神経外科で、この患者さんに脳梗塞が起きた原因を、議論されたことがありますか。

「治療をしていくうえで、皆で考えて意見を述べる場はあります。しかし、『わからない』というのが正直なところで、起こったことに対して、全力で治療することしか、考えておりません」

――プロラクチノーマの手術で、こういう悪い結果となるケースを、事前に聞いたことがありますか。

「ありません」

被告の代理人による「被告本人尋問」は、次のように締めくくられた。

――ICUの面会時間は?

「午後一時と、午後六時から、各三十分間でした」

――家族は、時間を守っていましたか。

「基本的に『自由に面会させてほしい』という希望が強く、私あるいはAIUの担当医や婦長が、『時間を守っていただかないと困る』と、くりかえし説明しても、納得されない様子でした」

――患者さんのカルテが置いてあるのは?

「ICUのナースセンターの横です」

――家族から閲覧の希望はありましたか。

「私は受けておりません。ICUの担当ドクターがいないときに、勝手にといいますか、家族が見ておられたと、看護婦から聞いたことがございます」

——これで終了します。

沢井は傍聴席で、怒りで身体がふるえた。開頭手術から四週目に入った一月末、ICUのカウンターに、カルテが無造作に置かれていた。それを覗き込んだのは、沢井にほかならず、真っ白な空白のページに、なぐり書きのように記入されていた。

《父親は絶望的と理解している》

しかし、静子が裁判所によって証拠保全したカルテでは、次のようになっている。

《父親はいまの時点で、気管切開には抵抗がある。しかし、これまでの経過をみると、ほぼ絶望的であると理解している》

一九九六年一月二十二日、レントゲン撮影で、「左無気肺の肺炎」と診断された。気管から入れたチューブが、右の肺に深く入り、左の肺に酸素が行かなくなったのだ。静子は「気管切開に切り換えてください」と懇願したが、「必要ありません」と主治医に一蹴された。一月二十五日、若い当直の医師が、気管内チューブの交換に手間取り、「無酸素性脳症」になる。二月五日、ようやく気管切開がおこなわれて、最終的な延命措置だった。はじめて沢井は、「あれほど家内が気管切開をお願いしていたじゃないか」と怒鳴りつけた。すると主治医は、「だったら病院を変えればいいでしょう」と、言い返したのだ。家族は気管切開を望んでいたのに、むしろ反対していたように、カルテを改ざんしている。

主治医の証言は、証拠保全されたカルテと、矛盾しない内容である。たとえば、一九九五年十二月二十六日のカルテに、「総合的にプロラクチノーマ」と記載されている。十二月二十二日の入院当日に、静子は主治医から、「もっとも考えられるのは、頭蓋咽頭腫です。これはプロラクチノーマほど、簡単にはいきません。手術は開頭手術になります」といわれた。しかし、十二月二十三日のカルテには、「下垂体腺腫？・」とある。これは骨の断面図から、「下垂体腺腫の可能性がすこし高くなったかな」と理解したからという。

代理人「術前にプロラクチノーマで、ほぼ間違いないと考えておられたわけですね」

主治医「十二月二十六日のカルテに、『総合的にプロラクチノーマ』と書いています。考えていないことを、記載するはずはありません」

このように証言すると、誤診でなかったことになる。しかし、患者の死後にカルテを改ざんして、「下垂体腺腫？・」「総合的にプロラクチノーマ」と書き加えたのであれば、これほど簡単なことはない。ほころびが生じるのは、プロラクチン値の検査で、手術前日の一月六日に検査結果が返ってきた。外部に依頼したのだから、日付を動かすことはできない。

代理人「プロラクチン値の測定を外注に出されたのは、十二月三十日でしたね」

主治医「とくに理由はありませんが、採血という操作も、あまり何回もやると、若い患者さんですから……。血管撮影のときに、まとめて採血させてもらいました」

プロラクチン値の正常は「15」で、「1800」は異常に高い。この検査が決め手になるはずなのに、それまでしなかったのは、「頭蓋咽頭腫」と思い込んでいたからではないか。それを主治医は、若い患者から何回も採血するのは可哀相だから、十二月三十日の血管撮影のとき、まとめてやった……と、言い抜けたのである。血管撮影というのは、かなりハードな検査で、そのとき採血するのが、むしろ可哀相といえる。

閉廷後に沢井は、引き上げようとする成田医師に、大声で問いかけた。

「おい、おい。よくもあれだけの大ウソを、並べ立てられるもんだな！」

すると三十二歳の医師は、メガネ越しに、沢井を睨み返した。

「どっちが本当かは、裁判がきめることです」


三月下旬、第九回口頭弁論がひらかれ、主治医だった成田博正医師に、原告側の代理人の杉谷新平弁護士が、反対尋問をおこなう。

沢井健二郎は、開廷する前の廊下で、トイレから出てきた成田医師と、ばったり顔を合わせた。前回の公判が終わったあとで、声を荒らげてしまった。そこで穏やかに問いかけた。

「今あなたは、どこにいるんですか？」

すると相手は、肩を怒らせて挑むように、甲高い声で答えた。

「そんなことを、答える必要はないでしょう」

言い放つと、そそくさと法廷に入ったから、沢井は廊下に突っ立ち、しばらく動けなかった。

（こんな男に、聡子の生命を、委ねていたのか）

本人の証言によれば、入院当日の一九九五年十二月二十二日、脳神経外科部長によって、主治医に指名されたという。その三日前に、外来の長谷川一郎医師が、「下垂体腺腫で、もっとも考えられるのはプロラクチノーマです。一日も早く手術をしたほうがいい。ハーディ法で十分でしょう」と診断した。

杉谷弁護士の反対尋問は、その点を衝くところからはじまった。

――あなたが初めて診断したとき、十二月十九日の検査結果をみる以外に、どんなことをしましたか。

「本人への問診と、診察をいたしました」

――外来で長谷川医師は、「下垂体腺腫の疑いが強い」と、診断しているわけですね？

「はい。そうです」

――それであなたは、「頭蓋咽頭腫の疑いが強い」と、違う診断をしたわけですね？

「その時点では、そう判断しました」

――長谷川先生は、あなたの先輩ですが、病名について相談や協議をしましたか。

「入院が月曜日でしたから、定期的なカンファレンスがおこなわれる火曜日に、全員で討議しています。純粋に脳神経外科的に、私なりに判断して、カルテに記入したわけです」

――頭蓋咽頭腫を疑ったのは？

「CT所見のほかに、『起床時に頭痛がする』と本人が訴えたので、頭蓋内圧の亢進がある……と」

このとき静子が、「あっ」と声を上げた。母親として、そんな症状を聞いておらず、主治医の問診のときにも、聡子は訴えていない。被告側のシナリオは、主治医が「頭蓋咽頭腫」を疑いながら、翌日には「下垂体腺腫」と診断して、病名はプロラクチノーマで一貫している。そうでありながら、ハーディ法ではなく、開頭手術を選んだ理由は、「腫瘍が視神経を圧迫しているため、減圧をはかる必要がある」という。

――朝方に頭痛がすると、頭蓋内圧が亢進しているのですか。

「これだと、頭蓋咽頭腫になります」

——脳内の血管撮影をすることにしたのは、入院当日の十二月二十二日ですか。

「そうです。予定表をみて、空いている十二月三十日にきめました」

——内分泌検査によって、プロラクチン値を測定しなかった理由は？

「とくにございません。症状からプロラクチノーマということは、当然わかりきっている。無月経と、乳汁分泌がございますから……」

——第七回で外来の長谷川医師に、「下垂体腺腫で、プロラクチノーマか成長ホルモン産生腺腫か調べるためには、プロラクチン検査をするのが、いちばん確かな方法ですね？」と尋ねたところ、「はい、そうです。いままでの経験から、手術と治療が必要ということで、入院予約をしてもらい、そのあと精査するかたちです」と答えていますが？

「無月経と、乳汁分泌という症状は、ホルモンから起こっているとしたら、高プロラクチンによる症状ですが、頭蓋咽頭腫でも上がってくることがあります。したがって、プロラクチンが高いから、下垂体腺腫というわけでもございません」

——十二月二十二日に「開頭手術が必要だろう」と判断し、母親に説明していますね？

「それは前提があり、『頭蓋咽頭腫だとしたら、どういう治療法になりますか』と聞かれ、私がそのように答えたものです」

——ハーディ法の話はしていませんね？

「入院当日のことですから、そこまで詳しくは話しません」

——十二月二十四日に、眼科の診察を依頼して、病名が「頭蓋咽頭腫」となっていますね？

「はい」

――あなたの証言では、十二月二十三日に病名が変わり、「下垂体腺腫」になったというのに、十二月二十四日の病名が「頭蓋咽頭腫」なのは？

「私が記入しましたが、これは十二月二十二日のことです」

――日付が十二月二十四日なのは？

「眼科の受診日がきまっており、十二月二十四日ということなので、その日付で眼科の先生にお願いしました。しかし、書いたのは十二月二十二日です」

――日付を先にして？

「二十四日が受診日ですから、それに合わせて書いたわけです」

――血管撮影は、十二月三十日でしたね？

「はい、そうです」

――依頼したのは？

「十二月二十二日です」

――だから依頼書に、十二月二十二日と記入してある。眼科の診察の依頼書に、十二月二十四日と書いてあるのは、その日に記入したからでしょう？

「依頼書に記入する日付と、実際に診察をしてもらう日は、違っているわけです」

――だから依頼書に、実際に依頼した日付を書くべきでは？

「眼科の受診日が十二月二十四日だから、二十二日に依頼して、二十四日と書きました」

――十二月二十四日に依頼して、病名を「頭蓋咽頭腫」としたのでしょう？

「いいえ、違います。眼科の受診日が、二十四日であるから、その日に合わせて記入したけど、実際に書いたのは二十二日です。そういうことで、病名が頭蓋咽頭腫になっているにすぎません」

成田医師としては、十二月二十三日から、「下垂体腺腫のプロラクチノーマ」で、病名が一貫していなければならない。しかし、患者の母親である静子は、手術が終了するまで、「頭蓋咽頭腫」と思い込んでいた。

この点について成田医師は、前回「どうしてそういう話になるのか、私は理解できません。断層写真とか、総合的に診断したとき、下垂体腺腫でプロラクチノーマとわかり、十二月二十六日に、手術の説明をさせていただくとき、脳神経外科の総意として、きちんと申し上げました」と証言しており、ここが頑張りどころなのだろう。

――十二月二十六日ころ、患者の母親に、「野見山先生を呼ぶ気持ちを変えませんか。手術は新美部長と私でやります」と話しましたか。

「そういう趣旨ではございません」

――どう話しましたか。

「総合的に考えると、下垂体腺腫でプロラクチノーマと診断がついたので、野見山先生の執刀でよいのか、確認するために質問しました」

――じゃあ、頭蓋咽頭腫だと思ったから、K大の野見山教授に依頼したけれども、下垂体腺腫に変わったから、自分たち二人でやると？

「私は野見山先生に、頭蓋咽頭腫だから頼んだとか、まったく知らないわけです。なんら私には相談がなかったので、頼んだという事実しか知らない。病名はプロラクチノーマで、減圧のため開頭手術になるけれども、このまま野見山先生をお呼びしていいのかと、意向を確認しただけです」

――そうではなく、「わざわざ野見山教授を呼ばなくても、私たちでやれます」では？

「そのとき『私たちでやれます』と言ったかどうか、記憶にございません」

――要するに、「手術は新美部長と私でやります」と、話したんじゃないですか。

「やります……とは、話していません」

――「やらせてください」でもいいんですが？

「とにかく、視神経の減圧をはかるために、かなり急ぐ手術なんですね。野見山先生の手術は、一月九日という予定で、プロラクチノーマと診断がついているのに、待たなければならない。急に悪くなる心配もあるので、そうやって確認したわけです」

沢井は傍聴席で、「このあたりからボタンの掛け違いが生じたのだろう」と思った。静子は「頭蓋咽頭腫という病名で開頭手術となると、生易しいものではないとわかったから、最良の医師を選んで、最高の手術を受けさせてやりたい」と、コネクションを通じて、第一人者の野見山教授に執刀を依頼した。このとき主治医の成田医師は、頭越しの交渉がおもしろくなかったらしく、「世の中には権威の好きな人がいますね」と、静子に皮肉を言ったという。若い主治医の気持ちも、わからないではない。しかし、主治医が「頭蓋咽頭腫」と誤診しなければ、こんなことにならなかった。

――あなたが「頭蓋咽頭腫」と診断しながら、「下垂体腺腫のプロラクチノーマ」と変えたのは、鑑別が困難だったということですか。

「ある一つの検査によれば、頭蓋咽頭腫に軍配が上がり、べつな検査をすれば、下垂体腺腫の可能性が高くなります。総合的に考えると、十二月二十六日に判断を示したように、下垂体腺腫のプロラクチノーマだったわけです」

——慎重に調べなければ、わかりにくいケースだった？

「検査を進めていくと、それほど困難ではないと思います」

——そのあと診断を変えた「下垂体腺腫」の治療法の文献に、「第一選択として、薬物治療にするか、手術にするかについては、非常に議論されている」とありますが？

「一般的には、そうかもしれません」

——文献によると、「プロラクチノーマ治療の主流は、外科的治療から薬物治療へと変わり、大多数のプロラクチノーマは、性状や大小を問わず、まず薬物療法が施行されている」とのことですが？

「そういう考えの人もいるでしょうね。しかし、大きな腫瘍ですから、視力の改善を目的として、効果の不確実な薬物療法を、われわれは第一選択にしなかったのです」

——それで外科的治療にして、第一選択が開頭手術だった？

「そうです」

——肥大したプロラクチノーマでも、ハーディ法でやるという考え方が、むしろ一般的ではないですか。

「いいえ、そうは理解しません。弁護士さんがあつめた文献は、下垂体腺腫の手術法として、下からのアプローチのハーディ法を、昔から主張している先生が書いたものです。しかし、一般的な外国の教科書、いちばん多く読まれている文献には、『開頭手術が確実である』と書いてある。だからわれわれは、執刀する野見山先生をふくめ、頭頂からのアプローチとして、開頭手術を第一選択としたわけです」

証言台の成田医師は、にわかに声高になると、杉谷弁護士にまくし立てた。「シロウトにわかるものか」と、内心で思っているのだろう。

そこで杉谷弁護士が尋ねる。

——野見山教授は、「開頭手術で腫瘍を全摘出する手術が上手」と、評価の高い先生ですか。

「顕微鏡手術の第一人者です。ただし、野見山先生にお願いすることについて、私は相談を受けていません」

——十二月二十六日ころ、患者の母親に、「野見山先生を呼ぶ気持ちを変えませんか。手術は新美部長と私でやります」と話したのは、「プロラクチン値の検査をしなければいけない」と気づいたからでは？

「そのとき気づいたのではなく、はじめから『ホルモン検査は必要だ』と、判断しておりました」

しかし、ようやく主治医が「頭蓋咽頭腫」が誤診だったと気づきかけたことを、杉谷弁護士は指摘しているのだ。

——あなたは「はじめからホルモン検査は必要だと判断していた」と答えた。もっと早く、プロラクチン値を測定できなかったのですか。

「下垂体腺腫ならプロラクチノーマであろうと、ほとんどの脳外科医は考えます。したがって、『プロラクチン値はかなり高いだろう』と、当然ながら私も予想しています」

——それなのに測定を外注に出したのは、十二月三十日でしたね？

「ここでは確認の意味もありますけど、術前・術後のプロラクチン値の変化についての指標というか、大事な検査になりますから……」

——大事な検査だから、後回しですか。

「そういう意味ではありません」

――あなたは第八回で、検査が遅れたことについて問われ、「とくに理由はありませんが、採血という操作も、あまり何回もやると、若い患者さんですから……」と、注射針を刺すのが可哀相なような言い方をしていますね？

「血管撮影をするとき、まとめて採血させてもらいました」

――あなたとしては、「患者の負担をすこしでも軽くするために、血管撮影するついでに採血した」ということですか。

「私としては、『患者の負担をすこしでも軽くするため』でした」

――「頭蓋咽頭腫ではなく、プロラクチノーマかもしれない」と、気づいたからでは？

「はじめから私は、『ホルモン検査は必要だ』と、判断しておりました」

――そうであればこそ、もっと早く検査に出すべきではないですか。

「ですから確認のため、血管撮影のとき採血して、検査に出したと申し上げています」

沢井は傍聴席で、のらりくらりと言い逃れる医師に、飛びかかりたい衝動にかられていた。杉谷弁護士は、次回で「続行」の構えだから、法廷の時計に目をやり、この日の最後の尋問をした。

――手術のとき、野見山教授が担当されたのは、どのあたりからですか。

「脳内に顕微鏡が入って、マイクロ操作に入ってからです」

――手術中にショック状態を起こしかけたとか、循環不全を起こすようなことは？

「まったく問題はありませんでした」

――一月七日に手術して、翌八日のCT写真をみると、右の視床に出血があるようですが？

「これは梗塞で、詰まって塞がっています」

——なにが原因でしょうか。

「やはり、手術だと思います」

——一月十日のCT写真をみると、広い範囲に梗塞が起きているのは、はじめの梗塞が、広がったということではないですか。

「一月八日の写真にみられる梗塞は、たしかに手術の影響ですが、一月十日の写真のものは、べつな原因だと思います」

——そうではなくて、じわじわと症状が広がったからでは？

「いいえ。べつな原因だと思います」

——なにが原因だというのですか。

「わかりません」

この点については病院側が、「術後の三日目から、急に生じた脳梗塞は、まったく予想しなかったことであり、原因も不明であった」と主張している。主治医としても、そのシナリオ通りの証言をすれば、なんとかなると考えているのかもしれない。沢井は、「トリックにはまらないぞ」と、身体を熱くした。


とかく裁判所は、馴染みにくいところである。沢井健二郎は、前年四月の提訴から、せっせと足を運ぶようになったが、ほかの法廷を覗いてみる気など、まったく起こらない。第九回口頭弁論が終わって、主治医だった成田医師への反対尋問は、「続行」ということになり、次のスケジュールもきまった。静子は午後の診療をするため、急いで帰宅した。そのため沢井が残り、弁護士との打ち合わせや、傍聴にきてくれた人にあいさつなどする。

ようやく沢井が、裁判所の玄関を出たとき、後ろから声をかけられた。

「ちょっと、原告の方……」

みると初老の男が、バツの悪そうな顔をして、ペコリと頭を下げた。それで思い出したのは、黒縁のメガネをかけたこの男が、ときどき傍聴していることだ。

「よければ昼メシでも、一緒に食べませんか」

「あなたは？」

「なんと申し上げればよいか、いわゆる〝被告〟なんですよ」

「病院側の人ですか」

沢井がキッとなったのは、こともあろうに訴訟の相手方が、「よければ昼メシでも」と、図々しく声をかけたからだ。

「あいにく私は、被告なんかに用はない」

「いや、被告ではあっても、本件の訴訟には、まったく関係ありません」

体重が八十キロくらいありそうな男は、不器用な手つきで名刺を差し出し、「ルポライター・木曾良一」とある。

「犯罪というか、事件というか、そういうものが専門でしてね。私にとって裁判所は、職場みたいなものなんです」

「それがどうしたというんですか」

「そういわれると、ちょっと困るんですけどね」

「困ろうと困るまいと、私の知ったことじゃない」

名刺は受け取ったが、かまわずに歩きだして、「おや？」と思ったのは、新聞の社会面などに木曾良一の名前を見かけることがあり、テレビのニュース番組にも顔を出す。そこで立ち止まって、沢井は尋ねた。

「自分のことを〝被告〟といいましたね？」

「ええ。名誉毀損事件で、損害賠償を請求され、だらだらと裁判がつづいています。そんなこともあり、同病相哀れむというか、他人事ではありません。あなたは原告で、私は被告だけれども……」

ふしぎな成り行きで、沢井はルポライターの木曾と、一緒に食事をすることになった。「よければ昼メシでも」と、向こうが誘ったのだから、そのままついて行ったところ、裁判所に近い公園の一隅で、オデンの屋台だった。ともあれ、初老の二人は、ビニール囲いの屋台で、さっそくオデンをつつきながら、ビールを飲みはじめた。

「木曾さんは、損害賠償を求められているんでしたね」

「ええ。請求額は五百万円です」

「相手方は？」

「それが死刑囚なんですよ。一・二審で死刑を宣告され、いまは最高裁に上告中だから、死刑が確定したわけではありません」

「なんで名誉毀損ですか」

「この男は、はじめ共犯関係の友人と、二件の強盗殺人で起訴されたんです。しかし、審理が進むにつれ、友人は二件とも関係ないことがわかり、無罪判決を言い渡され、すでに判決が確定しています。私は裁判を取材して、その友人の無罪を信じ、『男の友情』という本を書きました。友人が〝友情〟を利用され、引き込まれたいきさつを書いたから、単独犯行と認定された男に恨まれました」

「それで名誉毀損になる？」

「いまだ本人は、友人との共犯関係を主張して、死刑は重すぎると上告中です。つまり私の著書で、ことさら悪性を強調され、社会的な評価が下がった、と。私は死刑廃止論者ですから、死刑に追い込みたかったわけではない。その男の友人を、冤罪から救いたい一心で、本を書いたんですけどね」

犯罪や事件を専門にして、裁判所は職場のようなものだという木曾が、この日の裁判を、話題にしはじめた。

「最近はジャーナリズムも、医師のカルテを公開すべきだと、積極的に報道するようになりましたね。しかし、医師会などでは反対意見が根強いようです。そういう人たちに、きょうの裁判を傍聴してもらいたかった。カルテを秘匿しておき、医療ミスが問題化すると、都合のいいように書き換えるトリックが、主治医の証言から透けてみえる。医師として恥じるべきことを、臆面もなくやっている姿が、カルテ公開反対論者に、どのように映るのか、たいへん興味があります」

「証言のトリックに、気づいていただけましたか」

「彼にしてみれば、ここで頑張っておかなければ、脳神経外科医としての将来は、なきに等しいといえるでしょう。偽証しているという意識はなく、いかに医師の威厳を守るか、それが正義だと信じ込み、クロをシロと言い張っているんです」

「どういう点でしょうか」

「あなたの奥さんは、れっきとした医師でしょう。そのような人が、聞かされた病名を間違えて、手術が終わるまで『頭蓋咽頭腫』だと、思い込むはずがない。主治医が誤診を隠しとおすため、『十二月二十六日にプロラクチノーマと説明している』と、言い張っているにすぎません」

「妻の記憶力は、確かだと思います」

「それはそうでしょう。病名が頭蓋咽頭腫だと知らされて驚き、K大の野見山教授に、執刀を頼んでわけですから……。おそらく国立大教授に、多額の謝礼を払ったんでしょう？」

「ちょっと、ノーコメントです」

「おそらく野見山教授は、病名が頭蓋咽頭腫ということで、出張手術を引き受けたんでしょう。プロラクチノーマなら、ハーディ法で十分であり、開頭手術の第一人者が、わざわざ来ることはない」

木曾は、法廷で詳細にメモしているらしく、きちんと裁判の争点をつかんでいる。

「手術前日の夕方に、血液検査の結果がわかり、プロラクチン値が異常に高かった。病院側としては、この時点でようやく、病名をプロラクチノーマと確定したけれども、K大教授にきてもらう方針を、いまさら変えることはできない。予定どおり開頭手術をして、術後に主治医が、『頭蓋咽頭腫は否定されました』と、初めて説明したわけでしょう」

「その説明は、私も妻と一緒に聞いています。もし手術の前にプロラクチノーマと説明されていたら、妻が私に話さないはずがない。そうであるだけに、主治医の偽証は許せないんですよ」

「しかし、この裁判はスピーディだから、意外に早く決着がつくんじゃないですか」

「これでスピーディ？」

「そりゃそうです。私が被告の裁判は、三年半も前にはじまって、まだ結審していません。それに比べると、とても順調ですからね」

「なるほど、そうなりますか」

ここで沢井は、手帳を出してたしかめた。

一九九七年四月、訴状を提出。

七月、第一回（被告が答弁書を提出）。

九月、第二回（被告が準備書面を提出）。

十月、第三回（原告が準備書面を提出）。

十一月、第四回（被告が準備書面を提出）。

十二月、第五回（原告本人の尋問）。

一九九八年一月、第六回（原告本人の反対尋問）。

二月、第七回（初診の医師の証言）。

三月上旬、第八回（被告本人の尋問）。

三月下旬、第九回（被告本人の反対尋問）。

「およそ民事裁判は、深刻な争いになればなるほど、長期化するものなんです。製薬会社を相手取った患者の訴訟なんかは、十年も十五年もかかって、揚げ句のはてに、和解になるケースが多い。こうなると消耗戦で、どちらが先にくたびれるかです」

「それもそうですね」

「この公判が、珍しくスピーディなのは、裁判所側の意欲のあらわれだと、私は注目しています」

四月半ばに、第十回口頭弁論がひらかれ、主治医だった成田医師に、二回目の反対尋問がおこなわれた。主尋問をふくめると、これで三回目の出廷である。原告側の代理人として、杉谷弁護士が、おだやかに尋ねる。

——本件の手術を、あなたも見ているわけですけれども、メスで取った腫瘍は、硬かったですか、軟らかかったですか。

「私にはわかりません。顕微鏡による手術のオペレーターは、野見山教授です」

——ふつう下垂体腺腫は、軟らかいのでは？

「そうですね」

——このとき開頭手術で、上から取っている。八〇パーセントくらい摘出し、下のほうの腫瘍は残った。それについて薬物で治療するか、ハーディ法で追加の手術をする。そういう判断でしたね？

「そのとおりです」

——ハーディ法は、鼻の裏側からアプローチして下から取る。柔らかい腫瘍は下りてくるから、視神経にたいする圧迫は、なくなるのではないですか。

「そのことについては、くりかえし説明しているはずですが、腫瘍が上や横へ伸展していれば、下からは取れません。それで開頭手術によって、上から取ったということですよ」

——いま聞いているのは、下から取れば上で視神経を圧迫していた腫瘍が、下りてくるかどうかです。

「ふつうは、世界でいちばん大きな教科書でも、上や横へ伸展している腫瘍を、開頭して上から取ると、ちゃんと書いてあるんですよ。ハーディ法で下から取ろうという考えの人は、そっちのほうがいいと、教科書に書くかもしれませんけど」

——視神経にたいする圧迫が取れるかどうかを、あなたに聞いているんです。

「ですから私は、下から腫瘍を取る人もいるだろうけど、世界でいちばん通じる教科書に、上や横へ伸展している腫瘍であれば、開頭して上から取るほうがいいと書いてあると、お答えしているじゃないですか。弁護士さんは、ハーディ法を専門とする先生の文献ばかり漁って、下から下から……と強調しておられるんです」

沢井は、妻の静子と並んで傍聴しながら、その饒舌ぶりに驚いて、顔を見合わせてしまった。これまで成田医師は、「病名は下垂体腺腫のプロラクチノーマだが、腫瘍が視神経を圧迫しているので、減圧をはかるために開頭手術を選んだ」と、しきりに強調した。その点を、杉谷弁護士が追及する。

——証拠として提出している文献に、「ふつう下垂体腺腫は、軟らかい腫瘍であるから、トルコ鞍内のものを摘出すれば、鞍上の部分が下りてくる」と書いてありますが？

「ハーディ法を、主にやっている先生は、そういう考え方をするでしょうね」

——考え方であって、事実とは違うのですか。

「事実だとは思いますが、すべてに当てはまらないということです」

——下から腫瘍を取れば、本件のように二〇パーセント残ったとしても、視神経にたいする圧迫は、なくなるんじゃないですか。

「その目的を達するために、われわれは上から取ったほうがいいだろうと、開頭手術をしたわけです。患者さんの視力を守ることが、いちばん大切であると考えました」

——その手術で八〇パーセントを摘出した？

「残った二〇パーセントは、薬物で治療するか、ハーディ法で摘出するか、ということですよ」

――そうであれば、ムリに上から取るために、開頭手術をすることはなかったのでは？

「くりかえし言うようですが、腫瘍が上や横へ伸展しているため、世界の教科書に書いてあるとおり、下からでは不十分と判断したんです」

沢井は、傍聴席でイライラさせられた。要するに主治医が、ずっと頭蓋咽頭腫と誤診して、手術前日の夕方に、プロラクチン値の検査で、下垂体腺腫のプロラクチノーマとわかった。しかし、そのまま成り行きで、開頭手術をしたのだ。

――カルテによると、「視神経と内頸動脈は、ともに腫瘍により、上方へ強く圧排されている」ということですね？

「そうです」

――このあたりの腫瘍は、おおむね摘出したということですか。

「はい」

――そうすると、腫瘍を取るときに、かなり内頸動脈を動かしましたね？

「かなりというのではなく、ふつうの手術の範囲で、動かしたということです。開頭手術をやるときは、内頸動脈のまわりを、よく見ますからね。ムリをしないで、ふつう程度にさわります」

――腫瘍を取るからには、さわるのは仕方ない？

「それは当然のことです」

――ふつう内頸動脈は、さわったりして刺激を与えると、血管攣縮や血栓になるのでは？

「そういうことはないと思います。一切ないとは言いませんが、さわっただけで、そうなることはありません。開頭手術では、さわらざるをえないんです」

――そうすると、血管攣縮や血栓は、どういうときにおきるんですか。

「手術のあとに、そういう症状がおきることは、われわれの経験ではありません。おそらく文献にも、ほとんどないと思います」

――証拠として提出している文献には、「手術操作によって、内頸動脈の血管攣縮を生じたり、血栓を形成したりすることがある」と書いてありますが？

「まれにある、ということでしょう」

――本件の患者さんは、高校二年の十七歳の女性ですが、手術のあと脳梗塞をおこしましたね？

「はい。そうですね」

証言台の医師は、「それがどうした？」といわんばかりで、沢井は飛びかかりたい衝動にかられた。

一昨年の一月七日、手術を受けた聡子は、翌日に集中治療室から一般病棟へ移され、静子に付き添われた。内科・小児科医の静子は、「術後二日目に、ほぼ完全に左半身がマヒし、非常に苦しがって……」と、法廷で証言している。

――あなたはカルテに、「腫瘍を摘出するとき、内頸動脈をかなり動かしたので、血管攣縮をおこしたのかもしれない」と書いていますね？

「私の感想を書きました」

――その見方について、ほかの医師の意見はどうでしたか。

「こういう若い患者さんで、ふつうの手術を受けて、脳梗塞がおきることは、非常に珍しい。それでいろいろ検討して、血管攣縮がおきたのかもしれないと、考えたわけです」

——執刀した野見山教授にも、脳梗塞をおこしたことを連絡しましたね？

「いいえ。私は連絡していません」

——新美部長が連絡したんですか。

「そうだと思いますけど、ハッキリしたことは、私にはわかりません」

——野見山教授は、どうしてこんなことになったと考えていますか。

「それはわかりません」

——あなたは、脳内の腫瘍を手術したあと、脳梗塞をおこす可能性については？

「それは知っています。やはり脳浮腫の対策とか、いろいろしなければなりません」

——酸素吸入が必要では？

「はい。脳梗塞とわかれば、必要になります」

——本件では、一月八日午前九時二十五分まで酸素吸入して、それ以降は止めていますね。

「集中治療室から出るとき、止めたと思います」

——一月十日にＣＴで脳梗塞がわかったとき、酸素吸入をしましたか。

「どの時点で再開したかは、覚えていません」

——一月十三日に減圧の開頭手術をするまで、酸素吸入をしていないでしょう？

「…………」

——看護記録に、「一月十三日午後零時十分に酸素吸入を開始」とありますが？

「そうですね」

——あなたは先ほど、「脳梗塞とわかれば、酸素吸入が必要になります」と証言しましたね？

「ええ」

――一月十日のCTで、脳梗塞とわかりながら、なぜやらなかったのですか。

「たしか十日から、グリセオールの投与を開始しました。これは脳圧の降下剤で、脳浮腫を改善するためでもあります」

――グリセオールにしたところで、術後から使うべきではないんですか。

「われわれが手術をするのは、ほとんどの方が、六十代、七十代の高齢者です。したがって、動脈硬化があると考えて手術をおこない、術後からグリセオールを投与します。これは当然のこととして、初めからやるわけです。しかし、本件の患者さんは、十七歳の若さですから、最初から使う必要はない、と判断したわけです」

――それがわからない。低酸素だと、脳の細胞がダメージを受けるから、早くから酸素吸入をすべきものを、グリセオールとおなじように、後手後手に回っているのは？

「ですから、われわれは患者さんが若いので、脳梗塞がおきることなど、予想していなかったのです。通常の手術ですから、脳梗塞などおきるはずがない。そのように考えていました」

沢井は「娘が若かったからいけないというのか」と、怒りに身体をふるわせた。被告側は、「術後の三日目から、急に生じた脳梗塞は、まったく予想しなかったことであり、その原因も不明であった。内頸動脈にふれずに、腫瘍を摘出することは不可能である以上、血管にふれること自体は、当然のことである」と、はじめから主張している。

――一月十三日に、開頭手術をした時点で、聡子さんの意識は？

「意識レベルは『100』で、呼びかけても反応がなく、悪化しています」

――ふたたび開頭手術をするというので、両親はショックを受けたでしょう？

「ええ。そうでした」

――あなたは母親に、「日本一の先生に手術してもらったんでしょう」と言いましたね？

「そういう記憶はありません」

成田医師が答えると、沢井の隣でメモをとっていた静子は、キッとして顔を上げた。一月十日に続いて、十三日にCT（コンピューター断層撮影）検査をすると、脳梗塞の部分がひろがっていた。聡子は意識を失って、顔は風船のようにふくれあがり、口から泡を吹くようになった。脳浮腫がおこり、このままでは脳がダメになるから、頭蓋骨をはずして脳圧を下げる……と、主治医は説明した。予想もしなかったことで、「どうしてこんなことになったのか」と、静子が食い下がったとき、主治医は冷笑するように、「日本一の先生に手術してもらったんでしょう」と答えた。ともあれ、一月十三日に手術がおこなわれ、頭蓋骨は開けたまま人工呼吸に切り換えて、気管内挿管がつづけられた。

――一月二十二日のレントゲン撮影で、左の肺が真っ白になっており、「左無気肺の肺炎」と診断しましたか。

「そうです」

――「気管内チューブが、右の肺に深く入りすぎていた」と、お母さんに説明しましたね？

「チューブが右肺に、深く入っていた事実はないし、それが原因の無気肺ということもないです。あるいは、多少は深く入っていたかもしれませんが、この時点では患者さんの意識状態も、非常に悪くなっていました。そういうときは、ずっとチューブを入れていると、肺炎をおこしやすく、無気肺という状態は、常におこりうるんです」

——一月二十五日の夜に、当直の医師が気管内チューブを交換し、翌日から痙攣がおきましたね？

「経過は、そういうことです」

——そのあと患者のお母さんから、「気管切開にしてもらいたい」と、何回も頼まれましたね？

「正確に言っておきますが、開頭で脳内を減圧するだけでは、命が救えそうになかったから、脳を保護するクスリを使うことにしました。そうすると副作用があるので、いずれ気管切開をして、長期の人工呼吸管理が必要になるから、そういう話をしています」

——それはいつのことですか。

「話したのは、一月十六日です。数日後にバルビツレートというクスリを使います、と」

——聞いているのは、一月二十六日に痙攣がおきたときのことで、「気管切開にしてもらいたい」と頼まれたのか、頼まれなかったのか？

「相談は受けました」

——気管切開をしたのが、二月五日ですね。遅すぎたと思いませんか。

「いいえ。頼まれたときは、非常に出血傾向があり、とても危険な状態だったんです。メスを入れることはできないと、きちんと説明しています」

——聡子さんの母親は、内科・小児科医ですが、いろいろ要求がうるさいと感じましたか。

「うるさいと感じるというか……。常識からはずれているんじゃないか、という印象ですね」

——ＩＣＵに自由に入る希望は？

「はい。何回もありました」

——あなたが母親に、「病院を替えたらどうか」と言いましたか。

「替えたらどうかと……言ってないと思います」

――言葉はちがっても、そういう趣旨のことを、あなたが口にしていませんか。

「だから私は、くりかえしお母さんに、説明させていただきました。ＩＣＵで面会を制限しているのは、とても症状の悪化した患者さんがおられ、外から感染源になるものを、持ち込まれては困るからです、と。お母さんの気持ちは、痛いほどわかりますが、一律にお願いしているので、特別扱いはできないわけです。そのことを私が、いくら説明しても、十分に納得していただけない。そういう意味で、『自由にＩＣＵに出入りできて、自分の納得のいく治療をしてもらえる病院が、どこにあるのですか』と、お母さんに問いかけたことはあります。しかし、『大学病院へ替わったらどうですか』と、言ったことはありません」

――あなたが大学病院をうんぬんしたと、私は質問していませんが？

「ああ、そうですか。お母さんはしきりに、大学病院へ移したいと、言っておられましたけど」

――あなたとしては母親が、常識からはずれていると、そのとき思ったわけですね？

「そういう印象です」

――あなた自身は、常識的な人ですか。

「自分では、そう思っています」

――この訴訟では、病院だけではなく、あなた個人も訴えられている。脳神経外科の新美部長や、執刀した野見山教授が訴えられなかった理由を、どう考えていますか。

「ある意味では、仕方ないと思います。家族としての怒りをぶつけやすいのは、私のように若い主治医ですからね。それともう一つは、Ｋ大の野見山教授は、あまりにも偉大すぎるから、訴えるという心情になれなかったんでしょうね。今回の訴訟について、私はそのように推察しています」

沢井は証言を聞きながら、怒りに身体がふるえる一方で、開いた口がふさがらない、という思いでもあった。沢井夫婦が、病院を訴えるとともに、主治医を被告にしたのは、患者の尊厳を認めなかったことについて、謝罪させるためなのである。

杉谷弁護士が、最後に念を押した。

――あなた個人が訴えられたのは、家族としての怒りをぶつけやすいからで、執刀した野見山教授を訴えなかったのは、「あまりにも偉大すぎるから」というのですか。

「ええ。そういう心情であろうと、私は推察しております」

これで時間切れで、成田医師への反対尋問は終了した。しかし、裁判所側として、確かめておきたいことがあり、成田医師への補充尋問がおこなわれた。

――本件の手術は、外部から執刀する人がこられたわけですが、このようなケースでは、事前にどれくらいの打ち合わせをしますか。

「やはり難しい症例が多いわけですから、あらかじめ病院の担当部長が、フィルムとか病歴とかの資料を、その先生に送っておきます。それで出張していただいてから、いよいよ手術をする前に、こちら側と打ち合わせて、細かくチェックするということです。それが一般的だと思います」

――野見山教授とは、どういう状況でおこなわれたのですか。

「こちらの新美部長が、K大の医学部卒ですから、野見山先生とは、師弟関係にありました。そういうことで、新美部長が学会に行かれたとき、野見山先生に資料を渡して、いろいろ相談してこられたわけです。私としては、そのように伺っております」

――あなたは主治医として、打ち合わせに加わりましたか。

「いいえ。執刀の野見山先生とは、事前に打ち合わせたことはなく、手術の当日にも、ディスカッションはしておりません」

――それでは終わります。ご苦労さまでした。

裁判長にねぎらわれて、証言台の成田医師は、正面に向かって最敬礼した。このとき沢井は、傍聴席の最前列で、仁王立ちになって、その後ろ姿を睨みつけた。しかし、相手は振り返ろうとせず、被告側の代理人の弁護士二人のほうへ行き、なにやらささやいていた。おそらく弁護士にガードされて、法廷の外へ出るつもりだろう。

これで裁判は、前半の大きなヤマ場を越えたことになるが、先行きどうなるかはわからない。


ゴールデンウィーク明けに、第十一回口頭弁論がひらかれて、麻酔をおこなった井原紀男医師(三十三歳)が、被告(病院)側の証人として出廷した。国立のY大医学部卒で、主治医だった成田博正医師の一年先輩にあたり、いまは「井原クリニック」を開業している。

被告側の弁護士が、主尋問にあたる。

――沢井聡子さんを、ご存じですか。

「はい。私が勤務していた病院で、脳神経外科の患者さんでした」

――あなたの所属は?

「麻酔科の集中治療部です」

――聡子さんの診療に、あなたがかかわるようになったのは?

「一九九六年一月七日に手術したとき、私が麻酔を担当しております」

——術後に聡子さんは、ＩＣＵに入られましたね？

「はい。一月七日午後三時四十五分に入室して、一月八日午前十時の退室です」

——そうすると術後は、いちおう経過が良好だったということですか。

「そのとおりです。覚醒もスムーズで、呼吸、循環はまったく安定し、無事に退室いたしました」

——ＩＣＵの入床者は？

「たしか十五名で、満室だったと記憶します」

——集中治療部の麻酔科医は？

「私をふくめて三人で、その上に部長先生がおられました」

——聡子さんの主治医は、成田医師でしたが、ＩＣＵにおいて、あなたとの関係は？

「やはり主治医が、すべて責任を負って治療します。しかし、特殊な技術や、観察を必要とすることがあって、ＩＣＵの担当医が助言したり、補助的な行為をおこない、場合によっては、主として治療にあたることがあります」

——一月八日にＩＣＵを出た聡子さんが、一月十三日に開頭手術を受けることになったとき、あなたはどう思いましたか。

「一月十日に右の大脳に異変が生じて、左半身にマヒが起こったと聞かされ、青天の霹靂と思っておりました。十三日に非常に悪化して、頭蓋内圧が高くなって危険な状況で、緊急に手術をしなければならないとわかり、ついにこんなことになったのか……という気持ちでした」

——あなたは、主治医の先輩ですが、減圧の開頭手術のことで、なにか助言しましたか。

「記憶にありません」

——家族に関して、「かなり予後が悪そうだから、十分に説明しておいたほうがいい」とは？

「ああ、思い出しました。脳梗塞の状態などから判断し、『十分に家族にお話をして、了解をえられているのか』と質問しています」

——成田医師の答えは？

「新美部長と二人で数回にわたって説明している、という答えでした」

——沢井聡子さんは、一月十三日に開頭手術をうけて、ICUに入りましたね？

「午後四時二十分に入室しています」

——あなたはICUの担当医として、二月七日午後三時に聡子さんが退室するまで、ずっとかかわっていましたが、ICUの状態は？

「ほぼ満床だったと思います」

——聡子さんの家族と話しましたか。

「一月七日につづく二回目の手術が終わり、ふたたびICUに入室となり、家族の方はたいへん動転しておられた。そのあと看護婦から、『カルテを勝手に見られた』『私たちに何かと指示する』『看護のさまたげになる』と、苦情がありました。そこで私は、『脳梗塞という重大な結果になったのだから誠意をもって接しよう』と、看護婦と励まし合って、ICUで診療をおこなったのです」

——あなたと家族は、うまくいきましたか。

「看護婦からの苦情で、『ぜひ面会に立ち会ってください』といわれました。家族が面会時間にICUに入ったとき、主治医がいろんな説明をします。しかし、聡子さんの家族と主治医とのあいだに、まったく意思の疎通がなく、会話が途切れていました。主治医が病状を説明しようとしても、家族が視線を合わせようとしない。非常に人間関係がまずくなっていると、私は判断したのです」

——主治医の説明を、家族の方が、聞いてくれなかった？

「そう思います」

——苦情を申し立てた看護婦さんは、あなたの統率下にありますか。

「ええ。その看護婦から、家族と主治医がまずくなっているので、私に立ち会ってほしい、と」

沢井はＩＣＵの麻酔担当医による証言を、耳たぶに掌をそえて聞いた。この隔離された密室内のことは、患者の家族にとって死角で、あまりにもナゾが多いからだ。

——一月十六日から聡子さんに、バルビツレートというクスリを使った目的は？

「この日に脳浮腫がふえて、とても意識が落ちてしまいました。頭蓋内圧を下げなければ、ヘルニアの危険が増すので、脳圧の亢進をとめるためです」

——投与のデメリットは？

「やはり免疫を抑制する作用があり、ある期間にかぎって投与すべきでしょう」

——一月十三日に減圧の開頭手術をして、呼吸管理はどうしていましたか。

「鼻からの気管内挿管でした」

——そのままで良かったのですか。

「いいえ。気管切開がベターだと考え、一月十六日にバルビツレート療法をはじめるとき、『気管切開を考えていますか』と、主治医に尋ねています」

——主治医の答えは？

「そのとき成田医師は、『家族に申し出ているけれども、なかなか了解がもらえないので、もうちょっと待ってください』と」

——家族のほうから、気管切開について承諾があったのは？

「一月二十二日だったと記憶しています。主治医からそのように聞かされました」

これを聞いて沢井は、「巧妙なシナリオで偽証している」と感じた。一月二十二日のレントゲン撮影で、左の肺が真っ白になっており、「左無気肺の肺炎」と診断された。気管内チューブが、右肺に深く入っていたからで、妻の静子が「気管切開をしてください」と訴えたところ、主治医から「必要ありません」と一蹴されてしまったのだ。

——家族の承諾があって、気管切開をしなかった理由は？

「一月十八日からＤＩＣ（血が血管内で固まること）の兆候があり、切開手術などすると、出血の危険性が高いからです」

——そのことについて、聡子さんのお母さんに、あなたは何かいいましたか。

「もう少し早く、気管切開を了承していただきたかった、と申し上げました」

——お母さんの返事は？

「黙っておられました」

この日、聡子はレントゲン撮影で、左の肺が真っ白になっていた。鼻からチューブを入れ、呼吸管理をしていたが、右の肺に深く入りすぎて、「左無気肺の肺炎」がおきた。静子が「気管切開をしてください」と訴えたのは、一月二十二日のことである。長期にわたって鼻からチューブを入れると、いろんな支障が生じるから、頸部にメスを入れて切開し、気道を確保してほしかった。

しかし、証人である麻酔科医は、一月十六日から気管切開がベターだと考えて、そのことを主治医に告げたら、「家族に申し出ているけれども、なかなか了解がもらえないので、もうちょっと待ってください」といわれたという。むろん静子は、そんなことを聞かされていない。もし気管切開がなされていたなら、「左無気肺の肺炎」はおきなかった。一月二十二日に、その症状を知って、内科・小児科医である静子が、「気管切開をしてください」と訴えたら、「必要ありません」と、主治医が一蹴したのだ。

二月五日、ようやく気管切開がおこなわれて、最終的な延命措置でしかなかった。沢井が「あれほど家内がお願いしていたじゃないか！」と、怒鳴りつけたのが二月六日である。そのとき主治医は、「だったら、病院を変えればいいでしょう」と言い返した。二月七日、もはや絶望的な聡子を、静子の母校の大学病院へ移したのは、このようないきさつからだった。したがって、麻酔科医が証言するように、一月二十二日に「もう少し早く、気管切開を了承していただきたかった」といわれ、静子が黙っているようなことは、事実としてありえない。

早くから沢井は、静子から「もう少し早く、気管切開を了承していただきたかった」と、麻酔科の井原医師にいわれたことを聞かされていた。そのとき静子は、「なぜ今ごろ、こんなことをいうのだろう」と、黙っていたという。井原医師の証言によれば、患者の母親が返答につまって、黙りこくっていたように聞こえる。傍聴席にいる沢井が、「巧妙なシナリオで偽証している」と感じたのは理由がある。それは日付の操作で、井原証人は「二月五日」を、「一月二十二日」にくりあげた。

——二月五日に、気管切開をしましたね？

「そうです」

——どういういきさつでしたか。

「一月二十二日に家族の承諾をえながらも、気管切開を見合わせた理由は、DICのきざしがあったからです。そのあと気道の内圧をたしかめながら、気管支ファイバーにより、痰の吸引をおこないました。そして二月五日、私がファイバーで見たところ、痰がチューブにこびりついて、内圧が上がってきており、危険な状態でした。これではチューブ閉塞のため、呼吸ができなくなる可能性がある。私が主治医に、『出血の危険があったとしても、血小板を輸血しながら気管切開をしたほうがよい』と申し出て、緊急に家族に電話をかけ、お父さんの承諾をもらいました」

——あなたが主治医に申し出たのですか。

「いや、間違えました。新美部長に、私から申し出たと思います」

——二月五日は、主治医の成田医師が、休みをとっておりましたね？

「はい。それで新美部長が、お父さんに電話をかけたわけです」

——要するに、そういういきさつで、血小板の輸血をしながら、気管切開をしたということですか。

「はい、そうです」

——MRSAに感染したことが認められたのは？

「一月二十三日に痰を検査に出して、二十五日に結果がわかりました」

——当時ICU内に、沢井聡子さん以外にも、MRSAに感染した人がいましたか。

「おられなかったと記憶します」

——二月七日に聡子さんは、退院をすることになりますね？

「はい。二月六日にお母さんから、申し出を受けております。転院ができるか、できないかといわれると、救急車にＩＣＵの専門医が乗り、呼吸循環を監視しているならば、できないことはないでしょう。しかし、かならず患者の負担になるから、もうし少し考えてみられたらどうですかと、私は返答いたしました」

——二月七日に転院をして、翌八日に聡子さんは亡くなられるわけですが、ＩＣＵの担当医だったあなたは、家族の態度をどう思っていますか。

「初めに申し上げたように、よく看護に口出しをされたり、面会時間を延長したり、カルテやX線フィルムを勝手に持ち出したり、いろんな振る舞いがあったことは、まぎれもない事実です。そのため仕事が非常にやりにくいと、看護婦から苦情がありました」

——あなたとしては、診療側と患者側がしっくりしない状況を、なんとか改善しようと、いろいろ努力なさいましたか。

「至らなかったかもしれませんが、私なりに努力したつもりです」

——その点については、努力をしたけれども、改善できなかったということですか。

「残念ながら、そういうことでした」

——そうすると基本的に、患者側のほうが、診療側のいうことにたいし、聴く耳をもたなかったということですか。

「すでに患者さんは、重篤な状況にありましたから、その結果からして、すべてを拒絶するような対応だったと思います」

——本件の訴訟は、診療側の医療ミスということですが、それについての感想は？

「原告側の言い分は、事実に反することが多いと、悔しい思いがいたします。その時々のいきさつは、事実に沿っているかもしれませんが、医師の人格についての問題や、結果にいたる背景などについて、誤った印象をあたえる悪意を、とても感じさせられます」

これで主尋問が終わり、これから反対尋問に入る。

——一月七日の沢井聡子さんの手術に、あなたも立ち会ったんですか。

「はい。麻酔に立ち会いました」

——手術が終わって、ＩＣＵに入ってから、患者さんの管理は、主治医との関係で、どちらが責任をもつんですか。

「最終的に主治医です」

——ＩＣＵの医師は、患者の状態を、直接は診ないんですか。

「もちろん診ます」

——カルテに記載しますか。

「する場合もあります」

——そうすると「ＩＣＵのカルテ」が、別に存在する？

「いや、作成しておりません」

——患者さんについて、ＩＣＵの専属医は、どこのカルテに記載するんですか。

「主治医が使っているカルテに、補助的に書き加えたりします」

——本件の書証のカルテをみると、ＩＣＵの専属医の記載が、どこにもありませんが？

「はい。ないと思います」

——聡子さんは、かなり長期間にわたり、ＩＣＵに入っていたわけですが、一行もカルテに記載していませんか。

「すみません。記憶がアイマイです。ハッキリ覚えておりません」

――よく思い出してください。一月七日に手術をして、二月七日に転院するまで、ほとんど聡子さんは、ＩＣＵに入っていたでしょう？

「それでも……すべての決定権は、主治医にあるわけです。なにかあったら、主治医に連絡して、判断してもらわなければならない。記載したのは、すべて主治医だと思います」

――もちろん主治医が書くでしょうが、あなたたちＩＣＵの担当医も、なにか気づいたときは、カルテに書くはずですね？

「まぁ、カルテに書く前に、主治医に連絡をするわけです。そういうケースが、多いと思います」

――かなり長期にわたり、聡子さんがＩＣＵにいたのに、カルテに一行も記載していないのは、不自然ではありませんか。

「そうかもしれませんが、チャートに記入するのは、よくあることです。データであるとか、何かおきたときのことを、メモ的に記載しております。当時のチャートに、明らかに私が書いた文字は見当たりませんが、一緒に診療したナースが、書いてくれていると思います」

――それにしても、何十日も入っていた患者について、ＩＣＵの専属医が、まったく記録を残していないのは、怠慢にすぎるのでは？

「…………」

――怠慢というのは、よくないかもしれませんが、すくなくとも不自然ではないですか。

「ええ。なにも書いていないはずはない、と思っています」

一月七日に手術を受けた聡子は、午後三時四十五分にＩＣＵに入り、翌八日の午前十時に退室した。そして一般病棟で、左半身のマヒがおきて、一月十日のレントゲン撮影で脳梗塞とわかりに、一月十三日に緊急手術を受け、午後四時二十分にＩＣＵ入りした。それから二月七日の転院まで、絶望的な状況がつづく。

――脳神経外科で手術をした患者が脳梗塞をおこしたとき、ＩＣＵでどういう治療をしますか。

「脳内に浮腫がおきて、頭蓋の内圧が亢進するので、それを食い止める治療が優先します。どういうことをするかというと、利尿剤などをつかって、脳内から過剰な水分を排泄し、脳の容積を小さくします。そうすると脱水状態になるので、循環と呼吸をしっかり維持し、生命にかかわる兆候がないか、よく監視しなければなりません」

――あなたは主尋問で、「減圧の開頭手術のことで主治医に助言した」と、答えていますね？

「助言というより、質問になりますが、脳梗塞の状態などから、かなり予後が悪そうだと判断し、『十分に家族にお話をして、了解をえられているのか』と、成田医師にいいました」

――いつのことですか。

「一月十三日に、緊急の開頭手術をしていますから、その前だと思います」

――成田医師の答えは？

「主尋問のとき証言したように、『新美部長と二人で数回にわたって、家族に説明している』と」

――そうして二回目の手術を終えて、ふたたびＩＣＵに入室となり、家族の様子はどうでしたか。

「たいへん動転しておられました」

――あなたの証言によれば、一月七日の手術後にＩＣＵに入り、経過は良好とのことでしたね？

「ええ。覚醒もスムーズで、呼吸、循環はまったく安定し、一月八日午前十時に、無事にＩＣＵから退室しています」

――その聡子さんが、一般病棟に移されてから、内科・小児科医の母親が付き添い、ずっと観察していたことは、知っておられますか。

「そのように聞いています」

――母親の沢井静子さんは、この法廷で、「一月八日にＩＣＵを出たとき、右目は自分で開けることができず、左目は開けたまま閉じられない状態で、半日くらいして左手と左足の動きが緩慢になり、マヒが増強した」と述べていますが？

「ちょっと私は、承知しておりません」

――このことで母親は、「ＩＣＵの一月七日の記録にも、握手はできるが左手は弱い。両膝立てはできるが左足は弱いとあるように、脳梗塞の症状は少しずつ出ていたと思う」と述べていますが？

「いや、病院側としては、『一月十日まで明らかな症状はなかった』と、判断しております」

――本件訴訟において、被告側の主張は、ハンコで押したように、そうなっていますね？

「事実だからでしょう」

――この法廷で母親は、どういう治療が必要だったかを問われ、「ＩＣＵにいるときは、私どもはドア一つ隔てて、シャットアウトされています。中の様子はわかりませんが、脳梗塞はたいへんなことなので、原因を突き止めてほしかった」と述べていますが？

「………」

――一月八日にＩＣＵを出たとき、聡子さんは脳梗塞をおこしていた疑いがあるのに、そのことを念頭においた治療は、まったくなされていませんね？

「私はＩＣＵが担当なので、一般病棟でおきたことについては、発言すべき立場にありません」

――すると主治医も、一月十日にレントゲン撮影するまで、順調だと判断していた？

「そう思います」

反対尋問は、主尋問の範囲内にかぎられている。したがって、ＩＣＵで麻酔を担当していた井原医師に、脳梗塞をおこした原因について、これ以上は尋ねることができない。杉谷弁護士は、気管切開にふれた。

――聡子さんの家族は、一月二十二日以降も、「気管切開をしてください」と、くりかえし頼んでいませんか。

「その時点で、ＤＩＣの状況を、くわしく説明していたので、気管切開が危険であることは、認識していただいていました。ですから、そんなに催促されなかったはずです」

――二月五日に気管切開をするまで、「早くやってほしい」と、何度もいわれたはずですが？

「私は聞いておりません」

――あなたは主尋問で、「家族のほうから気管切開の承諾があったのは、一月二十二日だった」と、証言しましたね？

「はい」

――そのとき母親に、「もう少し早く、気管切開を了承していただきたかった」と、あなたがいったわけですか。

「一月二十二日に間違いありません」

――そうではなく、二月五日に家族から、「いまごろ気管切開しても遅い」と、きびしく非難されたのではないですか。

「いや、それは違います。一月十六日にバルビツレート療法をはじめるとき、私が『気管切開を考えていますか』と尋ねたら、『家族に申し出ているけれども、なかなか了解がもらえないので、もうちょっと待ってください』と、主治医が答えたのです。それで一月二十二日に私が、『もう少し早く、気管切開を了承していただきたかった』と、お母さんにいいました」

沢井は、井原医師を証言を、「巧妙なシナリオで偽証している」と思い込んでいた。しかし、この先輩医師の助言に、「家族の了解がもらえない」と、主治医がウソをついたのかもしれない。

第五章　プロラクチン値

五月半ば、沢井健二郎は、陽光を浴びながら、いつもの散歩コースからはずれて、文化スポーツセンターへ行った。目印の煙突は、市のゴミ焼却炉のもので、その熱エネルギーを利用し、温水プールがある。おなじ建物のなかに、図書館、音楽ホール、パソコン教室なども整っている。サラリーマンをやめて、すでに一年以上になるが、家にこもりがちなので、文化スポーツセンターを利用することもない。

（住民税は、しっかり払っているのに……）

退職金をもらったとき、かなりの税金を引かれたから、それで国民として義務を果したつもりでいた。しかし、住民税というのは、前年度の所得によってきまる。ハローワークへ通って、雇用保険をもらいながら、こんどは住民の義務で、高額の税金を払わされてきた。ずいぶん損をしたつもりでいたら、「無料胃ガン検診」の通知がきた。サラリーマン時代は、年に二回の健康診断を受け、どこか異常がみつかれば、精密検査を義務づけられた。幸いなことに沢井は、頑健そのものであり、いちども異常を指摘されなかった。

そんな沢井だが、五十八歳になってみると、定期的な健康診断がないのは、やはり不安である。そこへ保健所から、タイミングよく案内がきて、さっそく応募したのだ。検査そのものは、文化スポーツセンターの建物内ではなく、表に停めた検診車でおこなわれる。順番がきたら入って、バリウムを呑み、上半身だけ裸になり、レントゲン撮影を受ける。

朝食のとき、夫婦で会話があった。

「医者の亭主が、保健所のサービスで、無料検診を受けるとはなぁ」

「そんなことでボヤくのなら、定年前にサラリーマンを、やめなきゃよかったのよ」

「二言目にはそれだから……」

「だってそうでしょう。私は個人事業主だから、定期健康診断なんて、だれも義務づけてくれない」

「それでどうしている？」

「医者の不養生というでしょう。人間ドックなんて、一度も入ったことがないもの」

保健所からの「無料胃ガン検診」の案内に、「早期発見のため、年に一度は検診を受けるよう心がけましょう」とある。検診当日に持参するものとして、「問診票」が同封されていたので、沢井は記入しておいた。
〔I〕現在、胃の具合はいかがですか？
普通
〔II〕胃・十二指腸などの病気をしましたか？
ない

〔Ⅲ〕身体状況

①身長＝一七四センチメートル。②体重＝七四キログラム（やせた）。③便通＝一日に五回。④タバコ＝のまない。⑤酒＝毎日のむ。⑥コーヒー＝時々。⑦甘いもの＝きらい。⑧辛いもの＝好き。

この「問診票」といっしょに、「受診票」も持参しているが、こちらは〝医師会控〟で、医師が記入するものだ。「受診票」の項目は①X線フィルム所見（一次判定審査）、②X線フィルム所見（二次判定審査）、③総合判定結果（A＝胃ガンの疑いなし　B＝要精密）となっている。

文化スポーツセンターの前に、小さな検診車が、ポツンと停まっていた。「無料胃ガン検診」を受けることができるのは、三十五歳以上の市内居住者で、毎回五十人にかぎられ、「希望者多数の場合は抽選」とのこと。しかし、検診車のまわりには、沢井をふくめて、十人足らずしかいない。顔に見覚えのある商店主、ともに七十代と思われる夫婦、三十五歳になったばかりの主婦など、いずれも不安げな表情にみえる。自分の表情も、他人にはおなじように映るのだろうか。そんなことを思って、ぼんやり突っ立っていると、保健婦から名前を呼ばれた。

「沢井健二郎さん、お入りください」

「はい」

狭い車内に入ると、子どもに語りかけるように、念を押された。

「きょうの朝食は？」

「妻は食べましたが、私は食べておりません」

「ふふふふ。奥さんのことはいいんですよ」

若い保健婦にいわれて、沢井は自分でも可笑しかった。サラリーマンでなくなって一年あまり、ボケ老人並みに、トンチンカンな会話がふえた。

「この錠剤は、発泡剤です。紙コップに、バリウムが入っていますからね」

言われて沢井は、なんだかドキドキしてきた。検診車のなかでの「X線間接撮影」は、いろいろと身体の向きを変えて、五分間くらいで終わった。上着をつけて外へ出ると、保健婦がクスリをくれた。

「これは下剤です。家へ帰られたら、水、お茶、牛乳などを多めに飲み、繊維の多い野菜を、どんどん食べてください」

「ビールもかまいませんか?」

「午前九時半ですよ。こんな時間に飲むのは、あまり感心しませんね」

「わかりました。水、お茶、牛乳にします」

「白い便が出ますが、呑んだバリウムですから、心配ありません」

「はい。ありがとうございます」

礼を言って帰ろうとしたら、中年の男から呼び止められた。

「ちょっと、聞きたいことがあります」

「はぁ……」

なんのことかと思ったら、沢井を呼び止めたのは医師で、「問診票」を手にしている。

「胃の具合は、普通ということですか?」

「ええ。『良い』というほどではなく、『悪い』わけでもないから、『普通』に印をつけました」

「お酒は『毎日のむ』で、酒量は?」

「赤ワイン一本を、妻と二人で飲む程度です」

「奥さんと半分ずつ？」

「どちらかというと、私が三分の二、妻が三分の一でしょうか」

「なるほど、夫唱婦随ですな」

このとき医者が、感心したようにうなずくので、沢井は苦笑させられた。夫唱婦随とは、夫がとなえて、妻がしたがうことで、昔は「夫婦の道」の教えだった。しかし、今はワインを飲む量で、夫が三分の二、妻が三分の一なら、夫唱婦随になるらしい。

「身長は一七四センチメートルで、体重が七四キログラムですね？」

「はい。記入したとおりです」

「それで『やせた』のは？」

「以前の体重は、八〇キログラム近くでした」

「その『以前』とは？」

「半年くらい前でしょうかね」

「ダイエットなさったんですか？」

「いいえ。特になにもしておりません」

「それで五、六キログラム減った……」

医師は沢井の顔をみて、「問診票」に記入すると、ことさら明るい声で告げた。

「はい。終わりました。帰っていいですよ」

保健所の「無料胃ガン検診」の案内には、「検診の結果を、約二〜三週間後に、郵便などでお知らせします」とあった。三年たって六十一歳になると、病気の早期発見や、事後の保健指導のために、「高われた。

「ありがたいことだが、平均寿命は延びるばかりで、日本は〝老人大国〟になる」

バリウムを呑んで、レントゲン撮影を受けた三日後に、そんなことを沢井が口にしたら、静子にいわれた。

「今夜九時から、いっさいの飲食を、避けてくださいね」

「急になんのことだ？」

「あした午前八時に、高橋医院へ行って、胃カメラを呑むのよ」

「三日前にバリウムを、呑まされたばかりだぞ」

「その結果として、『要精密』らしいの」

「ちょっと待ってくれ。検診結果は、約二〜三週間後なんだろ？」

「医師会による検診で、あなたが私の夫とわかって、親切に教えてくれたのよ」

静子は地元の医師会に入っている。保健所の「無料胃ガン検診」は、医師会の協力でおこなわれる。

「X線フィルム所見で、精密検査が要るとなっても、必ずしも病気があるとはかぎらない。早く二次判定を受けて、安心したほうがいいでしょう」

「フィルム所見で、どんな異常が発見された？」

「電話で聞いただけで、私にはわからない。高橋先生は、内視鏡検査のベテランだから、胃カメラを呑むことで、ハッキリすると思う」

「高橋先生というと、オレが検診車でレントゲンを撮られたとき、問診をした医師なのか？」

「ええ。私よりひとまわり若い先生だけど、地元の医師会のピカ一よ」

それで思い出したのは、半年前にくらべて、体重が五、六キログラム減ったことを、わざわざ問診票に記入したことだ。

「胃ガンにかかると、急に体重が減るのか?」

「いずれにしても明日は、胃カメラを呑むこと。もし早期発見なら、どうってことはない」

あのときの医師のように、ことさら静子は、明るい声で告げた。


高橋内科医院は、私鉄駅前のアーケード街を抜けて、小公園に面したところにある。白亜の二階建てで、そんなに古くはない。院長の高橋医師は、専門が消化器内科という。

(小さな医院に、胃カメラがあるのは、専門医だからだろう)

沢井健二郎は、公園のベンチに腰かけて、腕時計に目をやった。診療の開始は午前九時で、指定されたのが午前八時なのは、一般の患者がくるまでに、精密検査をしてくれるからだ。

(まだ七時四十五分だぞ)

あまり早く着いたのでは、迷惑をかけると思い、公園に入ったのである。妻は付き添ってもよい口ぶりだったが、沢井がことわった。こういうときは、一人で静かに考えたい。

(ブランコに乗ってみようか?)

ふと思いついたのは、黒沢明監督の映画「生きる」で、ガン患者の男がそうしていたからだ。役者は志村喬で、なかなかの名演技だった。細かいストーリーは忘れたが、題名にふさわしい内容で、とても感動させられた。

(よほど悪いのではないか?)

あらためて不安になったが、ここで思案してもはじまらない。そろそろ約束の時間なので、沢井はゆっくり立ち上がった。胃カメラを呑むことを、内視鏡検査というらしい。経験者から聞かされた話では、バリウムを呑んでレントゲン撮影を受けるのと、比較にならない苦しさだという。

（まぁ、なにごとも経験だ）

沢井はつぶやいて、みずからを励ましながら、高橋内科医院のドアを押すと、クラシック音楽が流れており、受付カウンターで、看護婦が待機していた。

「沢井健二郎さんですか？」

「はい、そうです」

「どうぞ。お上がりください」

午前八時きっかり、診察室に案内されると、四日前に顔を合わせた医師がいた。

「高橋と申します。早くからお呼び立てして、申し訳ありません」

「いいえ、とんでもない。こちらこそ、ご迷惑をかけます」

勝手がちがって、沢井は恐縮した。患者の立場で、こんなに丁寧なあいさつをされるのは、初めてのことである。

「さっそくですが、お腹を診せていただきます。上着を脱いで、ズボンのベルトをゆるめて、横になってください」

細い体つきで、度の強いメガネをかけた四十二、三歳の医師は、内視鏡で検査する前に、触診をしておくらしい。

「よろしくお願いします」

さっそく沢井は、医師にいわれたとおりに、ベッドに仰向けになった。妻の静子は、高橋医師について、「私よりひとまわり若い先生だけど、地元の医師会のピカ一よ」と話していた。高校まで北海道にいて、東京の私立医大を卒業すると、母校の附属病院に十年ほど勤務してから、現在の医院を開業したという。

その高橋医師が、腹部を手で押さえながら問いかける。

「胃の具合は『普通』と、問診票に書かれていましたが、食欲はどうでしたか?」

「半年くらい前から、食べるのが、なんとなく面倒になっていました」

「そのころから体重が五、六キログラム減ったのでしたね?」

「特にダイエットを心がけたわけではありませんが、身体の動きが軽くなって、ちょうどいいと思っていたんです」

「身長一七四センチメートルで、体重八〇キログラムは、かなりの肥満体でしたね。ベスト体重は六七キログラムで、もっと減らしてもいいでしょう」

「しかし、この年齢になって、努力せずに体重が減るのは、理由があるんじゃないですか?」

沢井が探りを入れると、医師は胃を押さえながら答えた。

「そうですね。グリグリ動くものがあります」

高橋内科医院では、レントゲン撮影や、心電図の検査をする。そのうえ内視鏡検査もするから、「メカに強い」と、地元で評判らしい。内視鏡検査室に入ると、看護婦に問われた。

「胃カメラは初めてですか?」

「その昔に、魚の骨がノドに刺さると、ゴハンのかたまりを呑まされました。それ以来ですよ、固形物を呑みこむのは……」

「まぁ、たいへんな経験をなさったんですねぇ。ゴハンのかたまりなんて、そんな大きなものに比べると、ちっちゃな内視鏡を呑みこむなんて、お茶の子さいさいですよ」

ニコニコと笑顔で、三十歳半ばの看護婦は、シロップのようなものを渡した。

「これを上手に、ノドのあたりで、ふくんでおいてください」

「ノドにふくむんですか？」

「あまり早く、ゴクリとやらないように、ノドで味わうんですよ」

シロップ状のものは、麻酔効果のあるもので、ノドの痛覚をマヒさせるのだろう。そこで沢井は、命じられたとおりに、液体を口のなかに入れた。それから身体を横たえ、じっとしていると、ノドのあたりがしびれるのがわかる。なにかのエッセイに、せっかく患者に胃カメラを呑みこませたが、フィルムを入れ忘れていたとあった。しかし、今はグラスファイバーのようなもので、映像をテレビ画面に映して、ついでに胃のなかから、サンプルを採取してくる……。

沢井としては、「たいしたことではない」と、楽観視するほかない。それにしても、十七歳の愛娘は、脳内に腫瘍があるといわれ、手術を受けることをすすめられると、積極的に受け入れたのである。母親が医師ということもあり、全幅の信頼をよせていたから、不安がなかったのではないか。そんなことを思っていると、高橋医師がメガホンみたいなものを、沢井の口にあてた。

「こうやって内視鏡を入れます。ちょっと苦しいかもしれませんが、ガマンしてください」

「はい、わかりました」

そう答えたつもりだが、声になったかどうかはわからない。五十八歳の男としては、「こんなことで怖がれば聡子に笑われる」と、闘病の末に死んだ娘を思うことで、みずからを支えた。胃カメラのために空気を入れるから、嘔吐しそうになって、苦しいばかりである。涙が流れて、よだれがあふれた。それを看護婦が、きれいに拭き取ってくれる。

「もう少しの辛抱ですよ。ガマンしてください」

沢井は、ガマンできないわけではない。初めての経験にとまどいはあるが、せっかくの内視鏡だから、どのような結果が出るにしても、くわしく検査してもらいたい。こんなときに患者は、自分の胃とはいえ、見せてもらうことができない。医師を信頼して、すべてを任せるだけなのだ。まな板の上の鯉というべきか、じたばたしても始まらないから、じっと身体を横たえているしかない。

「それでしたら……。あなたの目の前に、ちゃんとあるじゃないの」

なにやら看護婦が、機械を操作する医師に、強い口調になった。それを聞いて、ようやく沢井は、気がついたのである。

（この看護婦は、高橋医師の妻なのだ。北海道の出身だが、東京郊外で開業したのは、結婚した相手に合わせたからだと、いつか静子が話していた）

せまい検査室内で、どれくらい時間がたっただろうか。あれこれ考えているうちに、看護婦が声をかけてくれた。

「はい、終わりですよ。よくガマンをして、偉かったこと」

こうして労られると、涙がでるほど嬉しい。いや、実際に涙がポロポロとあふれて、さきほどからのつづきで、看護婦が拭き取ってくれる。

「ありがとうございました」

ようやく立ち上がって、ふらふら歩いて廊下へ出ると、クラシック音楽が流れていた。午前八時にきたときから、モーツァルトの曲で、この医院のセンスのよさに、ホッとさせられる。そのままロビーに戻ると、すでに六、七人の患者が、順番を待っていた。

午前九時すぎ、沢井が帰宅すると、静子は診療をはじめていた。

「お食事になさいますか。それとも一眠りなさいますか」

お手伝いの野添マキに問われ、ちょっと考えて答えた。

「ジュースを一杯だけ飲んで、昼メシまで眠ってみるかな」

「それがよろしゅうございますよ」

すぐにマキは、ジューサーのスイッチを入れて、沢井の好きなマンゴジュースを、たっぷりつくってくれた。

「おクスリも出ています。水差しのところにありますからね」

「静子が用意してくれた？」

「はい。痛み止めだそうです」

「なるほど……。それはありがたい」

胃カメラを呑んだとき、「生検」のため摘み取ったらしく、お腹のあちこちが痛く感じられる。あらかじめ知って、妻が鎮痛剤を用意してくれたのだ。

「ほかに何か言っていた？」

「お昼はソーメンがいいんじゃないか、と」

「オレもそう思っていた。それじゃマキさん、ソーメンにしてもらおう」

「ソーメンは、サッちゃんの好物でしたからね。小豆島から届いた、美味しいのがあります」

「マキさんの世話になって、もう十六、七年になるのかな」

ジュースを飲みながら、なんとはなしに沢井は、湿っぽい気分になった。

「長い付き合いになったが、もうしばらく世話になると思う」

「どういう意味ですか？」

「いや、べつに……」

「もしかしたら、クビにするつもりですか？」

マキが目を丸くして、詰め寄るようにしたのは、精一杯の演技だろう。

「どんなことがあっても、私は解雇なんか、認めませんからね」

「ありがとう。いつまでも静子を頼む」

いつになく沢井は、弱気になっている。ガンの進行が、とても早いように思えたのだ。しかし、ベッドにもぐり込むと、いつしかまどろんでいた。なぜか自転車に乗って、花の咲き乱れた野原を、すいすいと走りだした。ハンドルの前のカゴには、幼稚園児の聡子が、ちょこんと乗っている。ずいぶんはしゃいで、両手を振りつづける。

「パパ、どんどん走って！」

「これ以上スピードを上げると、空へ舞い上がるじゃないか」

「飛んで、飛んで！」

「よーっしゃ。怖がって、泣くんじゃないぞ」

力を入れてペダルを踏むと、みるみる自転車は滑空して、はるか目の下に、田園風景がひろがっている。こんなに気持ちよく、空の上を飛べるとは、思ってもみなかった。

「サッちゃん、気分はどうだ?」

「………」

「どこへ行った。落っこちたのか?」

聡子の姿がないので、あわてて見回していると、自転車は落下をはじめ、キリ揉みになって、真っ逆さまである。

「おーい、助けてくれ!」

悲鳴を上げたら、目の前が明るくなり、ベッド脇に妻が立っていた。

「あなた、しっかりしてちょうだい」

「夢だったのか……」

沢井はバツのわるい思いがして、ゆっくり起き上がった。

「聡子と二人で、自転車で空を飛んでいたら、いきなりキリ揉みになったんだ」

「落下してよかったわね」

「なんで?」

「あなたが先に天国へ行くなんて、抜け駆けはさせませんよ」

「それは残念だ」

「なーんて、調子がいいんだから。たったいま、『助けてくれ』と、悲鳴を上げていたじゃない」

「ガンで死ぬのはイヤだな」

「だから病気と闘いましょう。聡子のためにもがんばって、勝訴しなければならないのよ」

「やっぱり、胃ガンだった？」

「ハッキリいうと、その疑いが濃厚だわ」

「わかった。とりあえず、ソーメンを食べることにしよう」

にわかに沢井は、食欲がわくのを覚えた。


五月下旬に第十二回口頭弁論がひらかれ、脳神経外科の部長だった新美則夫医師（五十四歳）が、病院側の証人として出廷した。すでに新美医師は、被告である総合病院を離れ、母校のK大医学部で、講師をつとめている。ということは、執刀医の野見山弘一教授の下へ、引き取られたかたちになる。

沢井は傍聴席の後部にすわって、新美証人の宣誓を聞いた。

「良心に従って真実を述べ、何事も隠さず、偽りを述べないことを誓います」

これまで沢井は、最前列に陣取って、裁判の成り行きをみてきた。傍聴席にいるとはいえ、訴訟の原告としては、勝つか負けるか、真剣勝負なのである。「真実を明らかにしてほしい」と、祈るような思いでいる。だからこそ緊張して、およそ二時間の審理が終わったころ、くたくたになっている。傍聴人のなかには、居眠りする者も少なくない。医学的な専門用語が、ポンポン飛び交ったりするとき、ムリもないだろう。しかし、沢井は当事者であるから、全神経を集中してきた。

ところが今回は、最前列にすわる自信がなかった。無料胃ガン検診を受けて、精密検査が必要なことがわかり、胃カメラを呑まされ、どうやら腫瘍が発見されたらしい。生検のために、胃カメラが摘んできたサンプルによって、悪性のものか、良性のものかは、これから判定される。そのさなかで体調もわるく、楽な姿勢をとるため、傍聴席の最後列にすわったのだ。こんどの異変について、弁護士の杉谷新平に、なにも話していない。閉廷後に問われたら、「じつは二日酔いで……」と、誤魔化すつもりでいるが、いずれ結果がわかれば、率直に告げなければならない。

ともあれ、新美証人にたいして、病院側の弁護士が尋問をはじめた。

――本件のころ、あなたは脳神経外科で、主任部長をつとめていましたか。

「はい。脳神経外科をまとめて、最終的な責任を負う立場でした」

――本件の患者の沢井聡子さんのことを、覚えておられますか。

「ええ。覚えております」

――先生が聡子さんに、初めて会ったのは？

「入院された翌日で、一九九五年十二月二十三日だったと、記憶しております。外来の主治医と、入院の主治医のカルテを参考に、レントゲン写真をみて、私の診断も、手術をしたほうがいいだろう、と」

――病名については、「下垂体腺腫」と「頭蓋咽頭腫」が、あがっていたようですが？

「下垂体腺腫だろうとは思いましたが、非典型的な所見もあり、入院して検査をすすめて、確定診断をうる方針でした」

――手術をするか、クスリで内科療法をとるかは、診断名で変わるものでしょうか。

「変わるケースもあれば、変わらないケースもありますが、この患者さんについては、下垂体腺腫であっても、頭蓋咽頭腫であっても、開頭手術をおこなうという点で、おなじ治療方針でございます」

――先生が診られた日に、聡子さんの家族から、手術の執刀者について、申し出がありましたね？

「はい。お母さんが、なるべく評価の高い先生の手術を、望んでおられると思いました」

――家族が望んだ野見山教授は、K大における先生の恩師ですか。

「そうです。個人的にも、よく存じあげています」

――野見山教授は、日本の脳神経外科医として、開頭手術で優秀という評判のある方ですか。

「開頭手術ということだけではなく、脳神経外科において指導的な立場におられ、専門医として認定する試験委員会で、委員長をつとめておられます」

このとき沢井は、内視鏡検査を受けた高橋医院に、「消化器内科医として認定する」と、額入りの掲示があったのを思い出した。そうすると日本の脳神経外科医は、K大の野見山教授に認定されなければ、専門医とみなされないことになる。その最高権威者に、手術ミスがあったことを、弟子である新美証人が、法廷で認めるだろうか……。

――開頭手術ではないハーディ法の手術で、野見山教授の立場は？

「ハーディ法の手術は、スイスから導入されたものです。そもそも野見山先生が、スイス留学から帰って、顕微鏡を使う手術のハーディ法を、日本ではじめられました」

――本件の手術がおこなわれたとき、新美先生は、被告である病院に勤務して、何年目でしたか。

「満一年の勤務でした」

――そのあいだ野見山教授に、出張手術をしてもらったことは？

「ありません」

――野見山教授以外は？

「まったくありません」

――そうすると、聡子さんの家族から申し出がなければ、出張手術にならなかった？

「そういうことでございます」

――一九九五年十二月二十二日に入院して、九六年一月七日に手術がおこなわれた事情は？

「野見山先生は、たいへん多忙であられ、スケジュールの都合で、そうなったと記憶しています」

――入院から手術まで、約半月かかっていますが、野見山教授に頼まなければ？

「もっと早く手術をして、私が執刀していたと思います」

――手術前の検査で、病名の確定は？

「最終的な診断としては、下垂体腺腫のプロラクチノーマでした」

――手術をしなくても、薬物療法があったのではないですか。

「もちろん考えましたが、本件の患者さんは、かなり腫瘍が大きくて、視力低下がすすんでいる。視力を救うためには、開頭手術がいちばん適していると判断しました」

――ハーディ法は、まったく考えなかった？

「プロラクチノーマの治療として、ハーディ法を考えるのは当然です。しかし、腫瘍が大きく、症状がすすんでいるから、開頭手術を選択したわけです」

――ハーディ法では、具合が悪いんですか。

「やはり腫瘍が大きすぎて、トルコ鞍の上部とか側方とかに伸びています。下方からのアプローチで取り除くことはできても、全部はムリで、部分的にやると出血がおきる。その危険がなきにしもあらずで、安全に止血をするためにも、上方からアプローチする開頭手術が、優れていると思いました」

――野見山教授は、どれくらい病状について、理解しておられたんでしょうか。

「下垂体腺腫とは、申し上げておりましたが、プロラクチン値が判明したのが手術前日だから、プロラクチノーマと報告したのは、手術の当日でした」

これを聞いて、沢井は驚いた。東京へ出張した執刀医は、病院に着いて初めて、病名を確認したことになる。

——一月七日の手術は、麻酔をかける開始の時点から、野見山教授がおられましたか。

「野見山先生は、その日の朝方に、大阪の伊丹空港を発たれ、東京の羽田空港から、病院へ直行して
いただきました。到着される前に、私と主治医の成田医師の二人が、開頭をしております」

——野見山教授が担当なさったのは？

「脳の手術というのは、骨を開けてやります。そこまでを私どもがやり、硬膜を開けて、顕微鏡を使
うところから、野見山先生の執刀で、腫瘍を摘出していただきました。そのあと骨を閉めて、皮膚を
閉めるなど、私と成田医師でやっております」

——こういうやり方は、脳神経外科の手術として、例外的なことですか。

「いいえ。通常でございます」

——野見山教授による手術の状況を、新美先生はどういうかたちで見るんですか。

「肉眼ならびに顕微鏡の立体視はできませんが、横からの側視鏡がありまして、そこから見ておりま
す」

——顕微鏡のように、目に筒を当てて見るかたちですか。

「そうです。モニターの画像とは違います」

——手術に要した時間は？

「顕微鏡を用いる手術は、二時間ちょっとで終わっております。脳下垂体は、トルコ鞍の上部にあり、

視神経、内頸動脈、前葉頭にかこまれています。そこにできた腫瘍を、正常な構造物から、すこしずつ剝離して、取っていく操作です」

——どういう器具で、腫瘍の部分を、取り外すんでしょうか。

「主に使うのは、双極型の電気凝固器で、わかりやすくいうと、二つの極ですね。ピンセットの先が、電極になっており、それを使って剝離して、出血したときは、つまんで凝固して止める。それと小さな綿、吸引管、小さなハサミとかを使って、腫瘍を少しずつ取っていきます」

——どの範囲を取るかは、手術を開始したとき、決めているわけですか。

「一応の計画は立てても、なにせ腫瘍という相手があるから、最終的には執刀医が、安全に取れるかどうかを、判断して決めます。ムリに剝がさなければ取れないようなものは、残念ながら残さざるをえないということです」

——新美先生が見られたところ、本件の腫瘍は、どれくらい取れたのでしょうか。

「手術を終えたあと野見山先生は、『八〇パーセントくらい取れた』とおっしゃったようです。私の印象としては、見ていて測るわけではありませんが、六〇ないし七〇パーセントかな、と」

——ムリして取りすぎたということは？

「いいえ。それはありません。重大な後遺症を残すようなことは、まったく心配なかったのです」

——手術の結果について、ご家族への説明は、どなたがなさいましたか。

「私はその場にいませんが、野見山先生からじかに話されて、主治医の成田医師からも、補足説明をしています」

この点については、第五回の「原告本人尋問」で、静子が述べている。

《手術中の午後二時ころ、野見山教授が手術室から出てこられ、「すべて摘出するのはムリなので、眼の神経と接するところは、残さざるをえなかった。あとは薬物と放射線などによって、腫瘍が小さくなればそれでよい。視力は十分に守られたから、学校へ行けると思う。十年とか二十年とか、長期にわたって腫瘍が大きくなれば、再手術も必要になるかもしれないが、今のところは考えられない」と説明なさいました》

《午後三時半ころ、聡子が手術室からＩＣＵへ移行するとき、意識はハッキリしていました。午後七時半ころ成田医師から説明があり、まず初めに「非常に危険な手術でした」と。「私たちも左眼がつぶれるのではないかと心配したんですが、今は視神経を圧迫するものはありません」と、苦労した感じの説明がありました。そのあとで、「血中プロラクチン値は１８００でしたよ」と唐突にいわれました。私が驚いて「高いですね」と問いかけたら、「正常が15だから、かなり高いです」と。それで「頭蓋咽頭腫じゃなかったんですね」と申し上げたら、成田先生は「はい、完全に否定です」と、ハッキリ答えられました》

――手術にともなって起こりうる重大な後遺症として、一般的に考えられるのは？

「たとえば、意識障害をおこすとか、手足のマヒを残すとか、視力が失われるとか……」

――新美先生がご覧になり、変わった様子は？

「野見山先生が手術室を出られたあと、私は閉頭をしており、麻酔から覚醒状態になって、ＩＣＵへ入って診ていますが、術後としては順調で、変わったことはありませんでした」

――手術翌日の一月八日に、頭部のＣＴ検査がなされたのは、特別の事情があったからですか。

「いいえ。術後はどなたも、ＣＴで確かめるという意味です」

――検査の結果に、「新美」と記されているのは、先生が診断なさったのですか。

「はい。右の視床部に、小さく黒く写る、点状の変化がありました。こういうものは、ないのが望ましいわけですが、手術のとき細い血管にふれ、小さな梗塞をつくったと思われます。しかし、臨床上では、とくに問題はありません」

――患者さんに、障害になるのでは？

「重大な障害にはなりません。ただし、視床というのは、痛覚、温度覚をつかさどる場所です。右の視床部の梗塞が、もう少し大きければ、神経は交差しているから、左半身の痛覚、温度覚が低下するかもしれません。この程度の小さなものですと、症状がないと考えられます」

――一月十日、ふたたび頭部のＣＴ検査がなされたのは、どういう理由ですか。

「左の手足に、運動障害が出現しました。視床部の梗塞は、あまり変わりませんが、右の中大脳動脈に、脳梗塞がおきています」

――頭を輪切りにした絵が、六つありますね？

「下の真ん中の絵が、新しい所見で、二日前のＣＴでは、見られなかったものです」

――本件の手術と、直接かかわりますか。

「右側を開頭しておりますから、右の中大脳動脈に梗塞ができたのは、関係ないはずはありません」

――どういうメカニズムでおきたのかは、説明がつくでしょうか。

「最終的に、私にはわかりません。ただ、脳梗塞というのは、血管の血の流れがわるくなる、あるいは閉塞してしまう。血管が詰まったり、血流が少なくなったとき、こういうことがおきるわけです。あくまでも私の想像ですが、血管攣縮といって、血管が縮こまった可能性もあります」

――血管の攣縮は、開頭手術が原因ということになりますか。

「いや、その可能性は、きわめて低いと思います。手術の操作でおきるケースは、機械的な刺激による血管攣縮ですから、もう少し早くおこります」

原告側は、第三回に提出した「準備書面」で、争点を明らかにしている。

「脳梗塞の原因については、血管内壁の損傷や、脳血管の攣縮が考えられる。いずれも手術操作のしすぎ、内頸動脈にさわりすぎたことが原因である」

これに被告側は、第四回の「準備書面」で、反論している。

「手術の三日後から、急に生じた脳梗塞は、まったく予想しなかったことであり、その原因も不明であった。内頸動脈にふれずに、腫瘍を摘出することは不可能である以上、血管にふれること自体は、当然のことである」

沢井は重要なポイントであるから、新美証人の証言を、傍聴席のうしろでメモした。

――手術の三日後に、こういうかたちで脳梗塞がおきたのは、つながりとしてどうですか。

「きわめて稀なことですから、因果関係としては、今でも原因はわからないと思います」

――この脳梗塞にたいして、どういう治療方法があるのですか。

「急性期の治療として、内科の先生方は、なにもしないのがふつうです。しかし、われわれ外科では、なるべく血流をよくしようとします。そのために、脳の腫れがあると血流がわるいので、腫れを取るために利尿剤を使う。あるいは、血管の透過性が高まると浮腫がつよくなるので、それを抑えるために、ステロイドというクスリを使ったりする。また、場合によっては、血液の粘度を下げるクスリを使うこともあります」

——意識レベルが下がった原因は？

「脳梗塞をおこすと、ふつう一日後くらいに、脳浮腫が出てきます。脳梗塞そのものは、大きさが変わらなくても、まわりの浮腫がつよくなると、非常に脳のボリュームが増してくる。すると脳圧が亢進して、意識がわるくなるのです」

——浮腫というのは、腫れてくることですか。

「はい。そのため開頭し、減圧しました。主に私がやり、主治医の成田医師が、補助をしております」

——頭蓋骨をとりはずしたのですか。

「はい。骨の下には、脳をおおう硬膜があり、この硬い膜も開きました。パッチといいますが、継ぎはぎをした手術です」

——一月十四日の頭部CT検査は？

「このとき脳の一部が、骨の外へ出ています。脳浮腫がつよく、腫れたものが外へ出っ張った。その結果として、脳にかかる圧力が減りました」

——それで改善されましたか。

「一時的によくなったのですが、残念ながら数日後には、意識レベルが下がっています」

——一月十六日からおこなわれたバルビツレート療法の目的は？

「脳の内圧を下げるためですが、これは麻酔薬ですから、意識がなくなることがあります」

——一月二十日から肺炎の所見があるのは？

「意識がない重症の患者さんは、自分で痰を出すことができません。看護で気管内のものを出したり、口腔内を吸引したりしますが、昏睡に近いときは、かなりの高率で肺炎をおこします」

——二月五日に気管切開をしていますが、このころ全身の状態は？

「やはり重症でしたが、わるいなりに一定の落ち着きはあり、バッキングといいまして、ゴホーンと気管内を吸引すると、多少の反応が出てきました」

——二月七日に大学病院へ転院したのは、どこからきた話ですか。

「その前日に、お母さんのほうから、『ほかへ移りたい』と。私としては、『もう少し落ち着くまで』と慰留したのですが、七日になって『きょう移ります』とのことでした」

——直後に死亡されたことについては？

「たいへん残念に思いました」

——当時の責任者として反省することは？

「脳梗塞をおこされたのは、予想外のことでして、あまり報告例にもない事態です。脳浮腫が悪化していくのも、予測できなかったことでした。しかし、手術方法の選択であるとか、術後のことについては、とくに問題はなかったと思います」

このとき沢井は、激しい胃の痛みをおぼえ、ノートとボールペンを床に落としたので、バターンと乾いた音が、法廷内に響いた。すると新美医師は、なにを勘違いしたのか、パッと床に身を伏せた。

——聡子さんが入院中に、ご家族と病院スタッフのあいだで、トラブルがありましたか。

「私自身とは、とくにありませんでした。しかし、主治医に関してとか、看護婦とのあいだでは、感情的なものがあったようです。お母さんがドクターであり、私も一、二度カルテをお見せしました。しかし、『自由に見せてほしい』『ＩＣＵへの出入りを自由にしてほしい』とかいわれて、ちょっと困りました」

――原告の沢井静子さんは、第五回口頭弁論の本人尋問で、野見山教授に執刀を依頼したいと、あなたに申し出たとき、「一瞬、ムッとなさった感じでしたが、すぐに態度を一変され、K大に電話をかけて下さいました」と述べていますが？

「お母さんが、そのように受け取られただけです。経過からわかるように、野見山先生と私は、ほとんど一緒の時間をすごしており、お願いすることに、まったく問題はありません。ただ、患者さんの手術は早いほうがよく、野見山先生は多忙ですから、スムーズに引き受けていただけるかどうか、『困ったな』と一瞬は思いましたが、不快な気持ちはなかったです」

――一月六日に、お母さんが手術に立ち会いたいと申し出て、あなたから断られたのは？

「おそらく見守りたかったのでしょうが、ご家族を手術室に入れ、横で見せるということは、通常の病院ではしないと思います。そういう意味から、私がお断りしました」

――そのときあなたは、「手術の模様はビデオ録画するから、あとで見せてもよい」と？

「はい。ご希望があれば、手術室に入るわけではないので、お見せすることはできます」

――一月十三日の減圧開頭手術は、家族の承諾があったんでしょう？

「もちろんです。脳梗塞によって、浮腫(腫れ)がきつくなり、圧力を下げなければならない。脳の神経細胞というのは、いちど傷つくと元には戻らないから、このときお母さんに、『非可逆性です』と説明しました。しかし、症状そのものは、周りの脳が働いたり、リハビリテーションの効果で、改善されることがあります」

――原告の沢井静子さんは、一月七日の手術直後から、脳梗塞の症状が少しずつ出てきたと、本人尋問で述べていますが？

「これは術後から、ご家族がしつこく主張されています。要するに、腫瘍を取り除くとき、ムリして血管に触りすぎたとか、思い込みがつよすぎて、こういうふうなことをおっしゃる」

――ムリしたことはないのですか。

「そうは思いません。先ほども申しましたが、術後に野見山先生は『八〇パーセントくらい取れた』と、お母さんにおっしゃったという。しかし、私の印象として、見ていて測るわけではありませんが、六〇ないし七〇パーセントくらい。重大な後遺症を残すようなことは、まったく心配なかったのです」

二時間かけた病院側の主尋問は、これで終了した。

沢井は傍聴席の最後部にすわって、キリキリと差し込むような胃の痛みを、体を折り曲げてこらえていた。ふと思い出したのは、野見山弘一教授への謝礼を、いくら支払うべきかを悩んだ妻が、新美医師に率直に相談して、「百万円でよろしいでしょうか」と切り出したところ、黙って微笑んだということである。そして後日に、正月明けに忙しい思いをさせた病院側のスタッフへの慰労として、現金三十万円を新美医師に渡した。内科・小児科医の妻は、愛娘のためによかれと思って、できることはなんでもしようと、一生懸命だったのである。そんなときに、傍観していたに等しい父親が、いま胃ガンを患っている。

五月晴れの昼すぎ、沢井健二郎は、一人で電車に乗って、裁判所へ出かけた。自分が原告である民事裁判は、この日ひらかれない。しかし、久しぶりに刑事裁判を、傍聴する気になった。指定された時刻に、高橋内科医院へ行ったら、「生検の結果が遅れています」と、申し訳なさそうにいわれた。それで沢井が、「ガンとわかったらハッキリ告知して下さい」と頼むと、「午後六時に来てくれますか」

とのことだった。

（判決を待つ被告人みたいだな……）

そう思ったら、裁判所へ足が向いたのである。昨年の春先に、なんとはなしに刑事裁判を傍聴し、医療被害の民事訴訟をおこす決心がついた。

（まったく妙な因縁だ）

苦笑しながら、裁判所の表門から入ると、正面の左手に行列ができていた。近づいて掲示をみたら、罪名は「殺人・同未遂」で、オウム真理教事件の裁判である。ちょうど閉め切り時間で、あわてて並ぶことにすると、係官から整理券を渡され、番号は「58」だった。

（オレの年齢じゃないか）

傍聴券の交付は、十九枚というから、約三倍の競争率である。当たらないかもしれないが、そのときは別な法廷に入ればよい。特別な事件でなければ、傍聴券なしで入ることができる。パソコンを使った抽選で、まもなく当たり番号が貼りだされ、「58」という数字はない。がっかりしていると、声をかけられた。

「沢井さん、珍しいところで会いますね」

「やぁ、木曾さん」

ルポライターの木曾良一は、沢井が原告の裁判を、ときどき傍聴している。しかし、主に刑事事件を取材して、オウム事件にも詳しく、テレビのニュース番組などで、コメントすることがある。

「傍聴券は当たりましたか」

「いいえ、外れです」

「それじゃ、一枚あげましょう」

無造作にいうので、沢井は驚いた。

「あなたは傍聴しなくてもいいんですか。私なんか、ただの野次馬ですよ」

「いや、もう一枚あります。アルバイトの学生が、当ててくれました」

「そういうことですか……」

その道のプロともなると、いろんな手を使うらしい。感心したり、呆れたりしながら、沢井は木曾とともに、刑事裁判の法廷へ向かった。

法廷の被告人は、三十三歳の男で、サリン、VX、覚醒剤、LSDなどを密造した。国立大の大学院を出ており、理系の高学歴者が目立つカルト集団でも、際立った存在といえる。

「よければ後で、イッパイやりましょう」

木曾は沢井がガン検診の〝判決前〟だと、もちろん知らない。呑気なことをいい、最前列に陣取ったので、沢井は出入口の近くにすわった。ここにいれば、胃が激痛に襲われたとき、いつでも抜け出せる。

この日は、証人が出廷して、三十代の医師だった。有名な私大医学部の附属病院で、救急部に所属しているという。さっそく検察官が尋ねる。

――救急部の担当は？

「重症患者が中心になります」

――一九九五年一月四日午後二時二十五分ころ、消防署から搬送された、五十代の男性患者を記憶していますか。

「はい。痙攣の発作がおきたと連絡があり、奥さんに付き添われて、救急部に到着しました」

——そのときの症状は？

「奥さんの説明によると、マンションの三階から、郵便ポストへ年賀状を投函に行き、部屋へ戻ってまもなく、発作がおきたということです。収容したときは、昏睡状態で意識はなく、血圧は正常範囲でしたが、体は硬直し、衣服を脱がすと汗をかいており、呼吸が停止しました」

——どういう処置をとりましたか。

「気管内にチューブを入れて、人工呼吸を開始し、点滴を投与しながら、頭部CTを撮ったところ、脳幹に異常がみられました。また、両眼に縮瞳があって、一ミリ前後のピンポイントです」

——縮瞳がみられるときは？

「有機リン中毒が疑われます。農薬自殺をはかったときなど、顕著にみられる症状です。しかし、口のなかを診たところ、農薬を飲んだ形跡はありません」

——その後の処置は？

「一時間後に脈拍がおそくなり、一分間に三十回でした。正常の下限が六十回ですから、急いで脈拍を上げるため、次々に注射したところ、三本目の硫酸アトロピンに反応がありました」

——効果があった理由は？

「そのとき診断がつかったけれども、硫酸アトロピンは、有機リン中毒の特効薬です。したがって、農薬中毒ではないけれども、有機リン系の毒物であるVXを、吸収したとみられます」

検察官の尋問と、医師の証言から、だんだん明らかになったのは、VXによる「殺人・同未遂事件」で救急車で運び込まれ、一命をとりとめた被害者の事情である。東京の都心のマンションで、自営業の男性は、一月四日に年賀状を書いて、郵便ポストに投函するため外へ出て、オウム真理教の出家信徒から、VXを振りかけられた。長男が出家して、親子間が断絶してしまったが、「オウム真理教被害者の会」をつくり、取り戻すことができた。それを教団がうらみ、殺害計画を立てたのだ。

化学兵器のVXは、一九五〇年代に、イギリスとアメリカで開発された。サリンとおなじように、人の神経伝達機能に障害をあたえて、死に至らしめる。まったくの無臭で、無色または黄褐色であり、皮膚から吸収すると、縮瞳、嘔吐、呼吸困難、意識障害、痙攣発作などがあらわれ、その毒性は、サリンの百倍ともいわれる。猛毒のVXを、首筋にかけられたとき、小雨が降っていた。そのため被害者は、なにがおきたのかを、知らないまま部屋に戻り、苦しみはじめたのだった。

その年の三月二十日に、地下鉄サリン事件が発生する。したがって、救急患者を受け入れた病院は、VXの中毒症状とはわからず、懸命の治療によって、命を救ったのだった。

——救急処置のあとは、どうしたのですか。

「頭部CT検査で、脳血管に障害がみられたので、神経内科に入院してもらいました。そちらで主治医が、脳梗塞の疑いがあるため、ICU（集中治療室）に入れて、コリンエステラーゼ値を測りました」

——コリンエステラーゼとは？

「血液中の酵素のことで、たとえば人が手を動かすとき、脳の指令を神経が筋肉に伝える。その伝達物質がアセチルコリンで、筋肉を収縮させる。こうして縮まった筋肉をほぐすには、アセチルコリンを分解させねばならず、その働きをするのが、コリンエステラーゼです。患者の値は14で、たいへん低かったから、有機リン中毒と診断されました」

——正常値は？

「245から470ですね。それが14だから、診断名が『脳血管障害』から『有機リン中毒』に変わり、救急部に戻ってきました。そうして硫酸アトロピンを大量に投与し、一月八日から快方に向かい、一月十八日に歩いて退院されました」

——それで完治ですか。

「いいえ。記憶障害が残って、ときどき通院されるなど、いまも苦しんでおられます」

沢井は医師の証言によって、毒ガスのメカニズムがわかった。猛毒のサリンやVXが、体内に吸収されると、神経の末端に侵入する。その神経剤が、化学変化をへて、コリンエステラーゼ(血液中の酵素)と結合し、アセチルコリン(脳の指令を伝達する物質)の分解を阻害する。そうすると、アセチルコリンが体内に蓄積し、脳の指令とは無関係に、筋肉を収縮させて、やがて呼吸器をマヒさせ、窒息死に至らしめる……。いきなりVXを浴びせられ、なにが原因であるかわからず、痙攣の発作をおこした被害者は、救急車で大学病院へ運ばれて、一命をとりとめたのである。

裁判所の玄関を出たとき、沢井はにわかに嘔吐感をおぼえ、ハンカチを口に当てた。

「どうかなさいました?」

木曾が、心配そうに覗きこんだので、沢井は急いで答えた。

「いや、なんでもありません。いつもの二日酔いでしてね」

「ハハハハ、そういうときは、迎え酒にかぎります。このあいだの屋台へ行きませんか」

「公園のオデン屋?」

「そうです。五月晴れの昼下がりに、オデンで一杯もわるくないでしょう」

「ご一緒しますかな」

われながら呆れたが、これが飲み納めかもしれないのだ。ノコノコと木曾に従いながら、思わず口にしてしまった。

「溜飲が下がる、といいますね？」

「ええ。溜飲とは、胃の具合がわるくなって、酸性のゲップが出ること。それが下がるのは、不平・不満が解消して、気持ちが落ち着くこと。たしか辞書には、そうあるはずです」

「昨年四月に、われわれ夫婦が訴状を提出して、いっこうに溜飲が下がりません」

「それはそうでしょう。どうみても相手方から、誠意のかけらも感じられない。原告としては、どんどんストレスが溜まり、たいへんだと思いますよ」

「やっぱり、ストレスですかね？」

「沢井さんは、気をつけてください。私の友人の文芸評論家で、ライバルと論争がつづいて、ストレスにおちいり、胃潰瘍を患ったあげくに、胃ガンになったのがいます」

「…………」

「ストレス→胃潰瘍→胃ガンの三段跳びは、アッという間のことでした」

このとき沢井は、自分のことを言い当てられたようで、どう相槌を打てばよいかわからない。しかし、木曾のほうは呑気に、大声で語りかける。

「文芸評論なんて、辛気臭いことをやるから、あんな結果になっちまった。通夜のとき未亡人に、『ルポライターなんて仕事はストレスがないでしょう』と、うらやましがられましたよ」

「ああ、亡くなったんですか」

「尊敬する友人でした。まったく私なんざ、ヤクザなルポライターでよかった」

「やっぱり、ストレスはない？」

「そりゃそうです。沢井さんと一緒で、アルコールでまぎらせますからね」

公園のなかのオデン屋は、いつものように繁盛しており、ちょっと表で待たされ、ようやく二人で並んですわった。

「いま出て行った紳士が、だれかわかりますか」

木曾に問われて、沢井は六十代の白髪の男を、うしろから見た。

「見覚えがありませんが」

「高裁の裁判長で、なかなかの人物です。最高裁判事の呼び声も高く、近くそうなるかもしれない」

「そんな人が、こんな時間に？」

「大胆きわまりないけれども、ストレスの溜まる仕事ですからね。ふらっと立ち寄り、キューッと冷や酒を引っかけると、なにくわぬ顔をして、裁判所へ帰るんですよ」

「そりゃ心強い。六法全書が三つ揃いを着たように、謹厳実直なばかりの裁判官より、人間臭くていいじゃありませんか」

「まったく同感です。酒に目がないところは、わが同志ですな」

木曾は目を細め、ビールを美味そうに飲むと、ふと真顔になって、ささやきかけてきた。

「きょう沢井さんに、ひょっこり会えてよかった。じつは耳寄りな、いい情報があるんです」

「ほう？」

ビールのグラスを、どこまで傾けたものか、沢井は迷っていたが、グイと飲み干した。

「どんな話ですか」

「むろん訴訟に関して……。担当の裁判長は、猪熊彦太郎判事でしたね？」

「いかつい名前の割には、なかなかの優男です。しかし、ポーカーフェースというか、なにを考えているのかは、うかがい知れません」

「ところが彼は、前任地の九州で、ユニークな訴訟指揮をしている」

ルポライターというのは、いろんな情報を集めるものらしく、木曾はメモ帳を取りだした。

「やはり医療訴訟ですが、当事者による鑑定請求を却下して、双方の主張と、採用した証人の証言にもとづき、裁判官の専権で判決しています」

「ということは？」

「今回の事件で、被告ではないけれども、執刀医はK大の野見山弘一教授です。脳神経外科の権威とされ、学会の大ボスだから、そういう人物がかかわった医事紛争について、公平で中立な鑑定書を作成できる専門医が、日本にいるとも思えない。だから鑑定に頼らず、自分たちで判断するかもしれません」

聞いて沢井は、溜飲が下がる思いがした。

沢井は、ほろ酔いで電車に乗った。夕方のラッシュと違い、がらがらに空いている。サラリーマン時代に、こんな楽な思いをしたことはない。

（会社をやめて、気がゆるんだかな？）

みずからに問いかけ、胃のあたりを押さえてみた。シクシクする痛みは、昼間に飲んだビールのせいか、どうやら収まっている。

（ずっと酔っぱらっていれば、苦しむこともないかもしれない）

しかし、会社をやめてからは、むしろ節酒を心がけた。一部上場会社の総務部長として、激務をこなしながら、接待に明け暮れていたとき、浴びるように酒を飲んだ。そのころ健康診断で、異常を指摘されたことはなかった。

木曾から「原告としては、どんどんストレスが溜まり、たいへんだと思いますよ」と、さり気なくいわれた。「ストレス→胃潰瘍→胃ガンの三段跳びは、アッという間のことでした」と、死んだ文芸評論家を引き合いに出したが、沢井に当てはまるかもしれない。

（オレが訴訟をおこしたことが、間違っていたというのか？）

考えてみると、医療訴訟の当事者になって、生活のありようが変わった。月一回ペースの裁判に通うほかは、図書館で資料をあつめるなど、辛気臭いことをしてきた。

（ガンにかかったと知れば、さぞかし被告側が、喜ぶだろうな）

そう思ってみて、われながらイヤな気がした。こんなふうに自虐的になることが、ストレスの原因かもしれない。あくまでも相手方は、医療機関なのだ。原告が病気になって、「ザマをみろ」などと、思うはずはなかろう。

（医療ミスの被害者として、オレは妻とともに、問題提起をしたのだ）

自分に言い聞かせて、シートに体を倒すと、気持ちが楽になった。消化器内科の高橋医院へ、午後六時に行けば、診断結果を聞かせてくれる。それまでジタバタしたところで、どうなるものでもない。いつしかウトウトして、ふと気づいたら、降車駅に着いていた。

（おっと危ない。乗り過ごすところだった）

あわてて降りて、プラットホームの時計をみると、医師が指定した時刻に、そろそろ近づいている。駅前の喫茶店から、自宅へ電話をかけると、お手伝いの野添マキが、せっかちな口ぶりである。

「どこへ行ってらしたんですか。さっきから奥様が、探しておられるんですよ」

「急ぎの用なのかなぁ」

こんなことは珍しいので、けげんに思っていると、電話は「沢井内科クリニック」に切り替わった。

「あなた、どこにいるの？」

「高橋内科医院の近くの喫茶店だよ。午後六時になったら、診断名を聞かせてくれる」

「そんな呑気なことを……。いままでどこへ行っていたのよ」

「時間つぶしに裁判所へ行って、刑事裁判を傍聴していた。そこで思いがけず、耳寄りな情報を、ルポライターから仕入れてさ」

「ルポライターの情報なんて、どうでもいいから、私の話を聞きなさい」

妻の静子は、どうやら診療中らしく、声をひそめて告げた。

「あなたは進行性ガンだけど、べつに驚くことはないのよ。幸いなことに、早期発見なんだから、手術をすれば助かります」

「おい、おい。これはいったい、どういうことなんだい？　オレは高橋内科医院の患者で、これから先生に会うんだぜ。お前がどうして、高橋先生のような口をきくんだ」

「だから高橋先生が、わざわざ私に、電話をくださったのよ」

「冗談じゃない。患者はオレじゃないか。お前はそもそも、何様のつもりでいる」

「あなたの女房です。そのことでなにか、文句があるの？」

「文句はないけど、ちょっとヘンだなぁ」

このとき沢井は、なぜか可笑しくなって、受話器を握りなおした。

「もう一度、病名を教えてくれる？」

「進行性ガンだけど、早期発見だから、手術をすれば助かります」

「ああ、そうですか。わかりました」

「あなた、酔っぱらっているんじゃない？」

「いや、ほろ酔いだよ」

答えて沢井は、ガチャリと電話を切った。


六月上旬、第十三回口頭弁論がひらかれ、脳神経外科の主任部長だった新美則夫医師に、原告側の杉谷新平弁護士が、反対尋問をおこなった。

――下垂体腺腫という診断がつくと、それで手術方法はきまるんですか。

「ホルモンの検査と、神経学的な検査、X線の検査などをして、最終的にきめます」

――十七歳の女の子で、下垂体腺腫らしいと疑われると、プロラクチノーマでしょうか。

「いいえ。沢井聡子さんのケースでいうと、若年者の下垂体腺腫はとても少ないので、まれな病気だと思います」

――聡子さんの腫瘍は、どれくらいの大きさだったんですか。

「正確には覚えていませんが、四センチメートルくらいだったと思います」

――あなたは入院の翌日に、この患者さんを診たんでしたね？

「一九九五年十二月二十三日に回診しております。写真をみればわかりますので、どういう腫瘍であるかが、いちばん問題になります。検討したのは、下垂体腺腫なのか、頭蓋咽頭腫なのか、ということです」

――外来の長谷川医師は、「下垂体腺腫であろう」と、診断していますね？

「その疑いがある、ということです」

――三日後に入院して、主治医の成田医師が、「頭蓋咽頭腫の疑い」と？

「そうですね。そう考えたようです」

――医師の意見が分かれているから、あなたは主任部長として、資料をみて双方から聞いて、かなり突っ込んだ議論をしたんじゃないですか。

「むろん議論はしますが、病名がどちらかということは、その時点ではわかりません。たしかめる検査をするように、私が指示するわけです」

――十二月二十三日に、どう指示しましたか。

「ホルモン検査とか、いろんな一般的なものをするように、と」

――その日に、開頭手術と決定しましたね？

「いいえ、きめておりません。ただ、腫瘍の大きさからして、開頭手術のほうがよかろう……と思っておりました。しかし、ご家族に話さないまま、一方的にきめることはできません」

このとき沢井は飛び上がるほど驚いた。まず開頭手術ありき……で、失敗が生じたのである。第五回で静子が証言したのは、十二月二十二日の入院当日に、主治医の成田医師に「頭蓋咽頭腫がもっとも考えられ、開頭手術が必要だから簡単にはいかない」といわれて、翌二十三日に新美医師を訪ね、

「K大の野見山教授に執刀してもらいたい」と頼んだことである。

——十二月二十三日の回診で、「開頭手術をする」ときめていませんか。

「決定という意味ではありません」

——それじゃ、沢井さんのほうにも、話をしていないんですね？

「いや、お母さんが来られたとき、ある程度の幅をもたせて、話したように思います」

——沢井静子さんは、「開頭でたいへんな手術だ」と主治医にいわれて驚き、「野見山教授に来てもらいたい」と、あなたに頼んだのではないですか。

「私は存じません。沢井さんのほうで、おきめになられたのだと思います」

——まだ治療法も、手術法も確定的にきまっていないのに、沢井さんのほうで、野見山教授にお願いすることにしたんですか。

「治療法として、手術は必要だと思いました。私はそのとき、ご家族から希望を聞かされ、もちろん開頭手術のほうがいいと思ったから、そういう話を受けて、対応させていただきました」

——そうすると、十二月二十三日に、「野見山教授に来ていただいて、開頭手術をやってもらう」と、あなたも了承したわけですか。

「ご家族が、そうおっしゃったので、私は了承いたしました」

この証言を聞いていると、患者の家族が、病名も手術法もK大教授による執刀も、独断できめたようである。

——本件では、選択可能な治療法として、薬物治療のことは話していませんね？

「もちろん、お話をしております。そういうふうなことをふくめて……」

――術後の治療法ではなく、第一次選択ですが？

「ファースト・チョイスとして、薬物を選ぶとは申しておりません。手術のあと薬物治療が必要であろう、と」

――手術をしたあとも腫瘍が残れば、術後に薬物治療は必要になりますね。そうすると、「手術をするにしろ、手術をしないにしろ、薬物治療はありますよ」と、家族に話したということですか。

「ええ。薬物治療もありますよ、と」

――いま聞いているのは、あなたが賛成かどうかは別としても、第一次選択が薬物治療という考え方がある。そのことを家族に、きちんと説明したかどうかということですが？

「われわれは開頭手術がファースト・チョイスと思っているから、そのことを軸に説明しました」

――外科医としては、第一次選択が手術でも、内科医としては、薬物治療だけでやる。そういう考え方もあると、説明したかどうかですが？

「大きな腫瘍ですから、薬物治療は考えられない。考えないことを、説明しておりません」

――学会の研究発表に、「いくら腫瘍が大きくても薬物治療だけでいい」とありますが？

「そういう考え方もありますが、主流ではないと思います」

――脳神経外科では主流でなくても、内科の医師のなかで、「下垂体腺腫のプロラクチノーマは、薬物治療だけでいい」というのが、有力なのでは？

「それは違うと思います。内科や産婦人科の医師は、不妊の治療が主ですから、ホルモン学的な症状で、プロモクリプチンという薬物を、ファースト・チョイスにすることはあるでしょうが……」

法廷における論争は、にわかに熱をおびてきた。杉谷弁護士は、医療ミスの訴訟を数多く手がけているだけに、豊富なデータを駆使して、脳神経外科の主任部長だった新美医師に、反対尋問をつづける。

——文献で「ホルモン産生下垂体腺腫の薬物治療」を、読まれたことはありますか。

「いいえ、ありません」

——すべてのプロラクチノーマに対して、プロモクリプチン療法でやるそうですが？

「そうかもしれませんが、多数の医師は、そのように考えないでしょう」

——しかし、アメリカ辺りでは、小さなプロラクチノーマは手術で取れるが、大きなものは取りきれないから、手術をしないで薬物治療する。それが主流だと書いてありますが？

「大きなものとは、一センチメートル以上の腫瘍だと思います」

——先ほどの証言で、本件の患者さんの腫瘍は、四センチメートルと言いませんでしたか？

「一センチメートルを超えると、ホルモン的に正常を得るのは、手術ではむずかしい。だからそう考えるわけですが、本件の患者さんでいうと、大きな腫瘍で頭蓋内圧が亢進し、視力障害が出ているわけです」

——大きな腫瘍は、取ろうとしても、取ることができない。だから薬物治療でいこうというのが、アメリカでは主流ですけどね？

「ちょっと誤解があると思います。その論文は、ホルモン学的なものであって、視力障害に関するものではありません」

——本件の手術をおこなうとき、インフォームド・コンセントという言葉は？

「ええ、存じています」

――脳神経外科の医師として、説明義務は大切なものですか。どうでもいいものでしたか。

「もちろん、大切なものです」

――インフォームド・コンセントで、手術をするとき、危険がともなうことを説明しなければならない。そして、手術の代替となる治療法も話さなければならない。それは了解していましたか。

「一般的に、了解していました」

――本件において、代替となる治療法は？

「いろんなやり方がありますが、お勧めするのはこういう方法ですよ、と条件にもとづいて説明するわけです」

――しかし、第一選択として薬物治療があることを、家族に説明していませんね？

「そういう説明はしておりませんが、プロラクチノーマの治療法のなかで、こういう条件の場合、われわれはこれをファースト・チョイスとします、と申し上げました」

――手術として、ハーディ法があるということについては、

「一般的な意味で、ハーディ法があることは、もちろん説明しております」

――そうすると、「薬物治療もあるし、手術としてハーディ法もあるが、われわれは賛成しないので、開頭手術をします」とは言っていませんね？

「これこれの条件だから、われわれはこういう治療法をします、と申し上げました」

――あなた方が、開頭手術を最善の方法と考えて、家族に説明したことはわかりました。しかし、「われわれとは違うけれども、ハーディ法が良いと考える医師もいるし、手術をせずに薬物治療する医師もいる」と、代替となる治療の説明をして、了解を求める必要があったのではないですか。

「いいえ。私はかならずしも、そう思っておりません。おなじ治療方法がえられる場合は、『どちらの方法でも、治療成績はかわりませんが、ファースト・チョイスとして、こういう方法があります』と説明します。そうでない場合は、良い治療法について、主に説明するわけです」

——十二月二十三日に野見山教授に電話したとき、病名をどう説明しましたか。

「ちょっと記憶がハッキリしませんが、頭蓋咽頭腫と言ったような、下垂体腺腫と言ったような……」

——脳神経外科にとって、きわめて重要ことを、そんなふうに忘れるんですか。

「頭蓋咽頭腫にしても、下垂体腺腫にしても、おなじルートから患者にアプローチするわけだから、開頭手術ということで、とくに支障はありません」

——野見山教授は当日に手術室へ入るまで、病名は頭蓋咽頭腫と思っていたんじゃないですか。

「いいえ。違うと思います」

——そうすると教授は、病名も聞かないで承諾なさったんですか。

「十二月二十三日に電話したとき、野見山先生はおられなかったので、数日後にお話しできたとき、病名を申し上げました」

——頭蓋咽頭腫と言ったんですか、下垂体腺腫と言ったのか。

「おそらく、そういうふうに……。くわしくは記憶しておりません」

——くわしい説明は要らない。頭蓋咽頭腫と言ったのか、下垂体腺腫と言ったのか。

「ですから、覚えていないんです」

——週二回の回診に先立って、あらかじめレントゲン写真をみたりするのを、カンファレンスというんですか。

「レントゲン写真をみたりして、デスカッションをするのがカンファレンスで、だいたいの治療方針をきめます」

——手術の決定が十二月二十三日で、開頭手術ということであれば、ずいぶん性急な判断ではありませんか。

「腫瘍の大きさからして、手術が必要であろうと、家族に申し上げたわけです。その段階においては、病名が頭蓋咽頭腫なのか下垂体線腫なのか、鑑別診断はついていません。しかし、『手術が必要である』との主治医の判断に、私は異存がなかったのです。診察すればわかることで、私は性急とは思いませんね」

——あなたは前回の証言で、「外来の主治医と、入院の主治医のカルテを参考に、レントゲン写真をみて、私の診断も手術をしたほうがいいだろう、と。下垂体線腫だろうとは思いましたが、非典型的な所見もあり、入院して検査をすすめて、確定診断をうる方針でした」と述べていますね？

「はい。もちろん、プロラクチノーマが疑われたときは、だれでもプロラクチン値を測るわけです」

——そのプロラクチン値を測定しなければ、治療法を最終的にきめられないのでは？

「そういう場合もあるかもしれないけれども、レントゲン検査などで、腫瘍の大きさはわかっているんです。したがって、プロラクチン値の測定をふくむ、すべての検査が終わらなければ、最終的にきめられないということではありません」

——いつ開頭手術ときめましたか。

「十二月二十三日に、私がそのように思い、ご家族に説明いたしました」

下垂体腺腫は、ホルモンを生産するか、生産しないかで、「内分泌活性」と「非活性」に分けられる。脳下垂体から分泌されるプロラクチンは、単純タンパク質のホルモンで、乳腺を発達させ、乳汁分泌を刺激する作用をもつ。しかし、ここに腫瘍が発生したとき、血中プロラクチンが上昇して、性機能障害などの症状がおきる。

——プロラクチノーマで、視力に障害が生じるような症状は、きわめて稀ですか。

「本件では、とても腫瘍が大きく、視神経に圧迫を加えていました」

——だんだん視力が落ちていき、視野狭窄をおこして、失明することはあっても、生命に危険はありませんね？

「いろんな説がありまして……」

——主治医のカルテをみると、十二月二十六日のところに、「術後プロラクチン値の下がり方をみて、ハーディ法を考慮する」とありますが？

「はい。見覚えがあります」

——この時点で、プロラクチン値はわかっていませんね？

「ホルモン検査をしておりません」

——そうすると、「プロラクチン値の下がり方をみて」と書けないでしょう？

「いいえ。予想ですから、書けると思います」

——カルテに予想を書くんですか？

「下がり方が悪ければ……という予想です」

——プロラクチン値を測っていないのに、高いかどうかはわからないでしょう？

「高いという予想をしていると思います」

——正直に答えてくれませんか。主治医の成田医師が、トラブルが生じて記載したのでは？

「いいえ、とんでもないことです」

——そうとしか読めないけど？

「そうおっしゃる理由が、私にはわかりません」

——プロラクチン値が高いかどうか、わかっていない時点で、どうしてこんなことが書けるの？

「一般的にそういうことだからです」

原告の代理人が、証人を追及しているのは、プロラクチン値を測ることもなく、「病名はプロラクチノーマ」と、鑑別診断した矛盾である。すなわち、手術する直前まで、「頭蓋咽頭腫」と誤診していたことを、隠し通そうとしている。

——あなたは先ほど、「プロラクチノーマが疑われたときは、だれでもプロラクチン値を測るわけです」と、証言していますね？

「しかし、患者さんに乳汁分泌があったので、ある程度は予想がつきます」

——レントゲン写真などで、下垂体腺腫であることはわかっても、プロラクチノーマと鑑別診断するためには、ホルモン検査が必要でしょう？

「乳汁分泌をきたすのは、プロラクチノーマが多いわけで、一〇〇パーセントではないまでも、ある程度の確率で予想がつきます」

——医師というのは、予想で手術をする？

「術後の結果をみて、治療法を変えることはあるわけで、おかしくはないと思います」

——一月七日に手術するまで、K大の野見山教授のところへ、あなたが二回も行った？

「日付はハッキリしませんが、CT（コンピューター断層撮影）と、MRI（磁気共鳴装置）の写真を持参して、相談をしております」

――それで野見山教授は、手術のだいぶ前から、プロラクチノーマとわかっていた？

「はい。そういうことになります」

新美医師は、テコでも動かぬというように、証言台で両肘をひろげた。杉谷弁護士は、苛立ちをおさえながら問いただしていく。

――摘出した腫瘍は、あとで病理検査に出すのが、ふつうのやり方ですね？

「そうだと思います」

――本件では出していますか。

「ちょっと私は、記憶にございません。それはやっぱり、主治医の成田医師に聞いていただくのが、いちばん確かだと思います」

――あなたは主任部長でしょう。「稀にみる大きな腫瘍」を、苦労して取ったわけですね？

「はい。かならず検査に出しています」

――しかし、私どもが証拠保全した、病院側のいかなる記録をみても、病理検査に出したとも、結果がどうであったとも、記載されていませんが？

「病院の台帳をみれば、確認できると思います。良性のものだったと、回答書に記載されていたように、私は記憶しております」

このとき証人は、ちらっと腕時計に目をやったが、まだ時間は残っている。

――術後のことを聞きますが、下垂体腺腫の手術をしたあと、一応うまくいったつもりでも、合併かもしれない。

このとき新美医師は、少し口ごもった。杉谷弁護士の尋問が、どこへ向かうのかを、予感したから

「一般的にそうです」

――対策というのは、早く異常をみつけて、早く治療することですか。

「もちろんそうです」

――合併症の対策は、非常に重要ですか。

「どういう手術でもそうです」

症がおこりますね？

――術後におきた脳梗塞は？

「それがみられた時点で、なるべく早く治療することになります」

――あなたが本件で、脳梗塞に気づいたのは、一月十日でしたね？

「右の視床の梗塞と、右の中大脳動脈の梗塞と、二カ所ありましたので……」

――視床の梗塞は、一月八日に小さいのがあったけど、治療をする必要はない？

「はい、そうです」

――一月八日から、脳梗塞によるマヒの症状が出たでしょう？

「明らかな症状が出たのは、一月十日からだと思います」

――右の視床に梗塞があったから、神経は交差しているため、左手にマヒが出たでしょう？

「どうでしたか……」

――術後の記録には、一月七日の午後五時二十分ころ、「握手はできるが左手は弱い」と？

「ええ。そうですね」

——その記録を追っていくと、「握手は右のほうが強くて、左が弱い」とあり、「膝立ても右が強く、左が弱い」と、ずっと書いてありますね？

「ええ。書いてありますが……」

——マヒの症状ではないんですか。

「右から開頭手術をしたので、この程度のことが左にみられるのは、通常よくあることです」

——それが十日に、明らかになったのでは？

「そうではないと思います」

杉谷弁護士は、脳神経外科の主任部長だった新美医師に、詰めの尋問をおこなう。

——術後に脳梗塞がおきた原因について、主治医の成田医師らと、検討しておりますか。

「ええ。こちらも予期せぬ事態ですから、いろいろ話し合いました」

——カルテに「術中の腫瘍摘出に際し、内頸動脈をかなり動かしたので、血栓をおこした可能性あり？」と書いてあるのは、検討の結果ですか。

「その時点の判断で、そういう可能性があることを、クェスチョンマーク付きで書いています」

——野見山教授に、術後の経過について、報告していますか。

「報告いたしました」

——脳梗塞の原因について、相談していますか。

「いいえ。その時点で、あまり細かくは聞いておりません。こちらで原因を考えても、確認することができないし、それ以上の議論を、野見山先生とすることはできません」

――ハーディ法で手術していれば、内頸動脈を刺激して、血栓や血管攣縮をおこすことは、非常にすくないですね？

「ハーディ法で術後が悪いのは、ほとんど血管を傷つけた場合です。ただ、率にするとやはり、ハーディ法のほうが少ない。内頸動脈とのあいだに、海綿静脈洞の壁が一枚あるので、さわらずに済むということはあります」

――あなたも現在は、野見山教授のK大で講師をしていますが、プロラクチノーマは、開頭手術をしないことになりましたか。

「ええ。プロラクチノーマで患部の小さいものは、ハーディ法でやっています。しかし、大きな腫瘍のプロラクチノーマは、一例だけ開頭手術でした。下垂体腺腫について、ほとんどがハーディ法で、五分の一が開頭手術でしょうか」

意外にあっさり、新美医師が認めて、原告側の反対尋問は終わった。

人は眠れないとき、どうやって過ごすのだろう。眠れない夜は、死ぬほどつらいものだ。しかし、死んでしまえば、まさに「永眠」であり、つらいことはなくなる。そのように思うと、死ぬということは、ちっとも怖くなんかない。

沢井健二郎は、穴蔵のような寝室で、わけもなく考えてみた。この寝室には、ベッドが一つあるだけで、ほかに家具らしいものはない。猛烈サラリーマンのころは、寝るために家へ帰るだけだから、それなら穴蔵のようにしたいと、窓のない部屋にした。エアコンのついた物置のようなもので、なんの変哲もないが、防音はしっかりしており、ちり紙交換のスピーカーに、悩まされずに済む。そのおかげで、眠りたいときには、いくらでも眠ることができた。

サラリーマンでなくなったいまは、時間に拘束されないから、眠りたいと思えば、いくらでも眠れる。それが困ったことに、眠ろうとしても、なかなか寝つけない。こういうときこそ、酒という重宝なものに、頼るべきなのである。ベッドのそばの棚に、ウイスキー、焼酎、ブランデー、ワインなどを置いているのは、睡眠薬代わりなのだが、酔えば眠れるとはかぎらない。酒とはふしぎなもので、酔うほどに頭がハッキリしたりする。胃ガン検診によって、腫瘍が発見されたあと、手術を受けるかどうかは、まだきめていない。自覚症状としての鈍痛を、酒の酔いでおさえながら、あれこれ思案しているところだ。

幽明界を異にする――とは、幽界（あの世）と、顕界（この世）とに、分かれることである。ふつう用いられるのは、「死んで冥土へ行く」という意味のようだ。よく宗教家が、「死後の世界というものは」と、見てきたようなことをいう。宗教家でなくても、臨死体験をした人が、「あの世から、この世へ引き返してきた」と、リアルに語ったりする。幽体離脱というのは、密教の修行でえられる超能力とされ、肉体から抜けだした幽体（魂）が、異次元をさまよったあと、肉体へ帰還することらしい。

しかし、そんなむずかしい話でなくても、日常の睡眠そのものが、「幽明界を異にする」に、似ているように思う。眠ろうとしても、なかなか寝つけないとき、いつしかウトウトして、ふと元に戻ったりする。そういうときは、「幽明界を異にする」を、ミニ体験できるのではないか。

十年ほど前に、東京都目黒区で両親と祖母を殺害した十四歳の少年が、自殺をはかって逮捕され、精神鑑定を受けた。その少年が、医師の問診に答えている。

――殺したことを申し訳ないと思わないか。

「いまさら謝っても、お父さん、お母さん、おばあちゃんは生き返らない。謝れば生き返るというのなら、いくらでも謝りますけどね」

――自分の死について、考えたことがあるか。

「死ぬことは、眠るのとおなじだと、おばあちゃんから聞いています」

――キミが自殺を考えたのは？

「死ぬって、たいしたことじゃないからです」

――なぜ死ぬ気になったのか。

「死ねば、イヤなことがなくなります」

この問答を、なにかの本で読んだとき、少年にとって殺人とは、このように軽いものかと、沢井は驚かされた。よく指摘されるように、自分の命を大切にしないものは、他人の命の尊さに気づかない。しかし、少年は「殺人は悪いことですが、殺した相手はボクの家の人だから、他人に迷惑をかけてはいない」と、鑑定医に答えている。みずからの行為を、一家心中のように考えたのかもしれない。

さっき沢井は、「死んでしまえば、まさに『永眠』であり、つらいことはなくなる。死ぬということは、ちっとも怖くなんかない」と考えた。このような考え方は、両親と祖母を殺した十四歳の少年と、あまり変わらないようだ。

（オレの思考回路は、ガキ並みなのか？）

いつか新聞に、「ガン患者の不安」という記事があり、病院のベッドで寝つけないので、そのことを医師に訴えたら、「眠れなくて死ぬ人はいませんよ」と、冷たく突き放されたという。しかし、医師としては、励ましたつもりで、突き放した覚えはなかった。眠れないというだけで、クスリを与えたり、注射を打ったりして、患者を甘えさせるのは、治療行為にならない。このように両者は、ちょっとしたことで、食い違いが生じる。沢井は、記事を読んだとき、「困ったもんだなぁ」と苦笑した。その本人が、進行性ガンと診断され、眠れない夜をすごしている。

「トイレにでも行くか……」

穴蔵のような寝室から、廊下へ出てみると、ダイニングキッチンが明るい。気になって覗いたら、妻がぼんやりしていた。

「なにをしている?」

「ご覧のとおり。ぼんやりしているわ」

「眠れないのか?」

「ええ」

一人で考えごとをして、考えることが面倒になる。そんな表情で、静子はこちらを見た。

「あなたも眠れないの?」

「そういうことだが、眠れなくて死ぬ人は、いないそうだからな」

「とはいえ、ガン患者が甘えて、なにもしないでいると、アッというまに死ぬわよ」

突き放すように言われ、当たり前のことに気づいたのだが、妻の考えごとというのは、夫の病気なのである。

「やっぱりオレは、甘えているのか」

「そりゃ、そうでしょう」

「五十八にもなり、みっともないなぁ」

素直にそう思えて、妻に向かい合ってすわり、すんなり口にした。

「高橋先生は、一日も早く入院して、手術を受けるように勧めた」

「そのとき『考えさせてくれ』と、あなたは答えたんでしょう？」

「自分のことは、自分できめるしかない」

「それでどうするの？」

「今のところ、わからない」

「だったら、受けなさい。高橋先生は、あなたが原告と知りながら、手術を勧めて下さるのよ」

「なるほど……。病院と医師を訴えている」

その立場でいながら、高橋医師に感謝することを、すっかり忘れていた。高橋医師の専門は、消化器内科である。駅前の小さな医院に、胃カメラをそなえて、ガンの早期発見につとめている。

「よく考えてみると、立派な医師なんだなぁ」

沢井は今ごろになって、そのことに気づいた。

「そういう人に診てもらって、オレは幸せ者なのかもしれない」

「少なくともあなたは、不幸な患者じゃないわ」

静子は、ようやく笑顔をみせた。

「無料胃ガン検診で、高橋先生に当たらなかったら、まだ気づいていないかもしれない」

「胃がシクシク痛んだり、キリキリ差し込んだりすると、二日酔いと勘違いして、アルコールを補給していたかな？」

「現にあなたは、そうしているじゃないの」

「ふーむ、違いねぇ」

沢井は苦笑して、みずからの愚行を思い、素直に問いかけた。

「やっぱりオレは、手術を受けるべきなのか？」

「さっきも言ったでしょう。なにもしないでいると、アッというまに死ぬわよ」

「そんなに早いか？」

「ガン細胞は、あちこちに転移するから、それが怖いということ」

「オレの場合は？」

「開けてみなければわからないけど、今のところは、転移していないみたいね」

「もし、転移していたら？」

「それはそれとして、対応策があるでしょう」

「どんなふうに？」

「私に聞いたってムダ。専門が小児科ということを、どうか忘れないで下さい」

「それを忘れていた」

いずれにしても、静子の夫ということで、高橋医師は早く情報をくれた。地元の医師会にあって、「医師が医師を訴えた」と、浮き上がった存在らしい。そうでありながら、親切にしてもらったことに、感謝する心を失っていた。

「手術を受けるんだとしたら、どこの病院になるんだろうか？」

「高橋先生の母校の附属病院に、紹介して下さると思うわ」

「わかった、さっそくお願いに行くよ。それでいいんだろう？」

「ええ。これで私は、安心して眠れます」
大きなアクビをして、妻は自分の寝室へ消えた。

いよいよ裁判は、大詰めにさしかかっている。杉谷新平弁護士は、原告の代理人として、「人証（じんしょう）の申出」を、裁判所へ提出した。裁判では、人の供述内容を証拠とするものを、「人証」という。この人証にたいして、物的証拠については、「物証」と略している。

〔一〕人証の表示
K大医学部教授　証人　野見山弘一（呼び出し）

〔二〕証すべき事実
証人が、本件の出張手術を依頼されて、引き受けたいきさつ。とくに、いかなる手術（プロラクチノーマか頭蓋咽頭腫か）ということで、はじめに引き受けたのか。その疾病が、頭蓋咽頭腫ではなくて、プロラクチノーマと知ったのは、いつであったのか。手術の経緯について、明らかにする。

〔三〕尋問事項
①これまで、開頭手術とハーディ法の手術を、どれくらい経験していますか。
②沢井聡子さんについては、いつ手術を依頼されて、出張手術を引き受けたのですか。
③はじめに病名を、頭蓋咽頭腫と知らされて、開頭手術を引き受けたのではありませんか。
④ほんとうの病名が、プロラクチノーマであることを知ったのは、どの時点でしたか。
⑤プロラクチノーマとわかっていれば、手術を引き受けなかったのではありませんか。
⑥病名や手術方法について、事前に検討したのであれば、いつ、どこで、だれとしましたか。

⑦手術の経過は、どのようなものでしたか。
⑧術後の説明は、どのようになさいましたか。
⑨その後におきた脳梗塞の原因について、どのように考えておられますか。
⑩右の事項に関連することについて、ほかに尋ねることもあります。

この「人証の申出」のコピーをもらって、沢井健二郎は、杉谷弁護士に電話をかけた。

「K大教授の野見山さんが、すんなり証言をするでしょうか」

「少なくとも、拒否することはできません。いや、拒否することはできないけど、なんだかんだと理由をつけて、法廷へ出ることを、引き延ばしにかかるでしょう」

「それでなくとも、超多忙の人だから、スケジュールの調整がつかないのでは？」

「しかし、証言する義務はあります。本人が東京へ来ないなら、こちらがK大へ行けばいいんです。証人とは、裁判官または検察官にたいして、自分が経験した事実と、事実から推測したことを、供述する第三者をいい、その供述が、証言になります」

杉谷弁護士は、ややこしい裁判手続きについて、かみくだいて説明する。

「その証人が、正当な理由がなく出頭しないときは、罰金を科すことができるし、拘留に処することもあります」

「なるほど。国立大の教授がペナルティを科せられるのでは、かっこうがつきませんね」

「とはいえ、『正当な理由』をつけて、引き延ばすことはできます。それでは困るから、こちらから出かけて行く。それが出張尋問です」

このとき杉谷弁護士は、珍しく脱線をして、みずからの経験を語った。ある刑事裁判で、審理がクライマックスにさしかかったとき、被告人と共犯者との謀議が、ちょっと問題になった。その共犯者は、すでに実刑判決を受けて、地方の刑務所に服役している。たいした事件ではないから、服役中の共犯者を、わざわざ法廷に呼ぶこともない。そう思ったけれども、いちおう裁判所に「人証の申出」をしたら、意外なことに裁判長が、あっさり承知した。

「それだけではなく、『相手は服役中だから、出張尋問にする』ときめました。それでわざわざ、青森県へ行ったんです」

「弁護人も？」

「それは当然です。そのとき私は国選でしたから、官費旅行ということになりました。合議体の裁判官三人、書記官、速記官、検察官、弁護人で、まさに呉越同舟でしてね」

「そういうこともあるんですか」

「ここだけの話ですが、地裁の法廷を借りて、非公開の尋問になりました。ところが証人は、『証言したくない』と突っぱねるんです。どうにもならないから、わずか数分で閉廷になりましてね」

「せっかく青森へ行って？」

「ええ。一泊二日のスケジュールだから、やむなくホテルへ直行して、あとはそれぞれ観光を楽しみました」

「へぇ、驚きですね」

「だから内証ですよ。裁判官だって人の子だから、たまには粋なはからいで、ギスギスした法廷を、和やかにすることもあるんです」

そんな秘話を明かして、杉谷弁護士は、きびしい口調になった。

「野見山教授の証言いかんで、この訴訟の勝敗は決します。出張尋問は、まさに天王山です」

Ｋ大の野見山教授は、多忙であることを理由に、東京の裁判所へ来ないという。証人尋問は、裁判所が法廷でおこなうのが原則である。しかし、やむをえないときは、受命裁判官を派遣して、尋問することができる。

「受命裁判官というと？」

沢井は杉谷弁護士と、電話で打ち合わせのとき、問わずにはいられない。

「だれのことでしょうか」

「裁判長から、証拠調べなどを命ぜられた、合議体の一員である裁判官です」

「三人のうちの一人？」

「そういうことです。おそらく右陪席の小宮山早苗裁判官が、派遣されると思います」

「あの女性ですか」

小宮山裁判官はなかなかの美人だが、ポーカーフェースというか、いつも能面のように、表情を変えることがない。

「一人で出かけて行って、どこで証人尋問するんでしょう？」

「地元の裁判所で、法廷を借りることもできます。ところが野見山教授は、『とにかく忙しい』の一点張りなので、Ｋ大医学部の会議室を借りることになりそうです」

「それじゃ、私たちは蚊帳の外で、傍聴することもできないのでは？」

「いや、心配しないで下さい。野見山教授は重要証人ですから、公開主義と直接審理主義の原則からも、証人尋問権が保障されなければなりません。裁判所外の証言とはいえ、かならず公開するように、私が申し入れます」

「よろしくお願いします」

このとき沢井は、ホッとする思いだった。とかく裁判は、公開主義を原則としながらも、「諸般の事情から考えて、証人が傍聴人の前では、真実を述べないだろう」と配慮し、あえて出張尋問をおこない、非公開にすることがある。たとえば、暴力団による事件では、証人が報復されるかもしれない。

「おそらく人数は、十人以内とかに制限されるでしょうが、公開の原則は守られます」

「ほんとうに大丈夫ですか」

「傍聴人の前で、真実を述べられないような証人が、国家公務員をつとめているようでは、あまりにも情けないでしょう」

「そりゃそうです」

沢井自身は、これから胃ガンの手術を受けなければならないが、どんなことがあっても、野見山教授による証言を、この耳で聞きたい。

ルポライターの木曾良一は、名誉毀損事件の被告として、五百万円の損害賠償を請求されている。原告は一・二審で死刑を宣告され、最高裁に上告中であるという。その民事裁判のことで、沢井はエピソードを聞いた。

「原告本人尋問があるでしょう」

「ええ。妻の静子が、すでに受けています」

「そのとき尋問は、裁判所の法廷でおこなわれましたね」

「もちろんです」

「しかし、私が被告をつとめる裁判は、原告が二件の強盗殺人で起訴され、一・二審で死刑判決を受けています。こういうケースでは、どこで尋問がなされると思いますか?」

「ちょっと見当もつきません」

「なにしろ死刑予定者です。本人の刑事裁判ならともかく、ふつうの民事裁判とあって、裁判所に呼び出すわけにはいかない」

「なるほど。拘置所から裁判所まで、警備がたいへんですね」

「そういうことで、裁判所が拘置所へ出張して、会議室を借りたんです」

このような便法は、とくに珍しいことではないという。合議体の裁判官三人と、書記官と速記官、それに双方の代理人の弁護士が、そろって裁判所へ出かけたのである。

「木曾さんは?」

「私は被告として、立ち会う権利があります。雪の降る日でしたが、むろん拘置所へ行きましたよ」

「民事裁判の被告も、たいへんですな」

「それでも原告の言い分を、この耳で聞きたかった。被告の義務として、素直な気持ちでしたけどね」

「いかがでしたか?」

「拘置所のなかの鉄の扉を、何カ所もくぐり抜けて、会議室へ辿り着きました。いちおう法廷のように、テーブルとイスが配置されている」

「やはり緊張しますか?」

「もちろんそうです。ところが困ったことに、原告本人が出てこない。こっちはわざわざ、本人を訪問しているんですよ」

「どういうことですか？」

「気の弱い原告でしてね。被告の私が同席することを理由に、尋問を受けることを拒否しました。私がルポライターとして、取材をするからイヤだという」

「だらしない原告だなぁ」

思わず沢井は、笑ってしまった。


六月下旬、K大医学部へ出張して、証拠調べをおこなう。すなわち、証人の野見山弘一教授にたいし、尋問をするのである。その尋問が終わってから、沢井は手術を受けることにした。

「聡子の脳内に、メスを入れた医師が、どんな弁明をするのか、じかに聞かずにはいられない」

「あなたが野見山教授に、じかに尋問をするつもりなの？」

妻の静子に問われて、苦笑させられた。

「そんなことが、できるわけはないだろう。尋問をするのは、代理人の弁護士じゃないか」

「杉谷先生がおっしゃるには、どうしても確かめたいことがあれば、原告から尋ねても、かまわないそうだから」

「ほんとうかい？」

沢井は驚いたが、考えてもみなかったことだから、実感がともなわない。いくら父親とはいえ、一介のサラリーマンだった者に、できることではなかろう。

「おなじ医師として、お前が尋問すればいい。オレは傍聴できれば、それで十分なんだよ」

「あなたが尋問しないのなら、わざわざ行くことはないでしょう。あとで速記録を、読むことができるんだもの」

これまで証人が出てきたときは、「証人調書」が作成されるから、弁護士を通じて入手している。出張尋問をしたときには、口頭弁論期日（回数）に入らないから、「証拠調べ調書」になるらしい。しかし、調書が作成されて、手に入れることができるのは、三週間後くらいである。

「あとで速記録をみても、仕方ないだろう。どんな表情をして、どんな声で答えるのか、この耳で聞きたいんだ」

「そうはいっても、後ろ姿しか見えないのよ」

「後ろ姿で十分じゃないか。手を伸ばせば届くところに、証人はいるんだ」

「だから私は、心配なんです」

「なにを心配している？」

「あなたが野見山教授に、なにか仕出かすんじゃないか、と」

「オレが今まで、証人になにかしたか？」

「今までは、なかったけど……」

妻が口ごもったので、沢井はカーッとなり、怒鳴ってしまった。

「お前の腹のなかは読めたぞ。オレが胃ガンを宣告されて、絶望的になっているから、証人に乱暴でもするというのか！」

K大医学部における尋問は、午前十時三十分からである。代理人の杉谷新平弁護士は、早朝に新幹線で東京を発つという。

「オレたちが先で、杉谷先生に申し訳ないが、病人だから許してもらおう」

沢井健二郎は、新幹線のグリーン車で、妻の静子と並んですわり、弁解がましくつぶやいた。東京駅から「のぞみ」に乗ると、二時間半ほどで古都に着く。夕方にはホテルに入り、ゆっくり宿泊して、翌日にそなえるのである。

「一緒に新幹線に乗るのも、ずいぶん久しぶりのことだな」

「そうねぇ。十年前くらいに、親戚の葬式に駆けつけて、それ以来かしら」

妻のほうが、いくらか緊張気味なのは、原告として証人に尋問するから、そのことが頭を離れないのだろう。

「オレの葬式は、『故人の意志で致しません』と、やめてもらいたいな」

「また、そんなことを……」

「ごめん、ごめん。縁起でもない」

沢井は苦笑したが、これが夫婦で、最後の旅になるかもしれない。この旅から帰ったら、都内の大学病院に入院する。発車するまで車両のなかはざわつき、早めに席について、ビールを飲む人もいれば、あわただしく駆け込み、キョロキョロ席を探す人もいる。こういう光景は、旅に出る者にとって悪くない。

「今のうちに、飲んでおくといいわ」

窓際の席から、妻がクスリと飲料水を渡す。なんのクスリかは知らないが、れっきとした医師の指示だから、素直に従うことにしている。

「ホテルに着くまで、アルコール類はダメ」

「はい、はい。わかっています」

「返事は、一つで結構よ」

「はい」

今となっては、妻に頼るほかなく、沢井はカプセルを口に入れた。酒びたりですごし、手術を避けることも考えたが、進行性のガンを、アルコールで食い止められない。それなら試しに、手術を受けてみよう、という心境である。

「上着を脱ぎますか」

「いや、冷房が利きすぎる」

「そうかしら？」

妻は首をかしげたが、沢井にとっては、車両内の冷房が強い。そう感じるのは、体力の衰えかもしれないが、じたばたしても始まらない。


出張尋問の当日は、朝から雨が降っていた。梅雨時とあって、あたりまえのことだが、なんとなく重苦しい。ホテルの八階の部屋で、沢井は古都の町並みを眺めながら、静子に言った。

「いよいよ天王山だ」

先だって杉谷弁護士が、「野見山教授の証言いかんで、この訴訟の勝敗は決します。出張尋問は、まさに天王山です」と漏らしたから、そのことが思い出されたのだ。

「天王山って、なんのこと？」

「この古都にある山で、標高二百七十メートルだという。羽柴秀吉と明智光秀が、織田信長の死後に戦ったとき、天王山をめぐって争い、秀吉の軍が占領して、勝敗を決している」

「それでわかったわ」

鏡の前に立ち、身づくろいをして、妻はニッコリ笑った。

「さっきから体がふるえているのは、武者震いだったのね」

「そういうことだろう」

沢井も笑って、少し気持ちが楽になった。多忙を理由に、野見山教授が出廷できないというから、わざわざ裁判所が、ここまで出張した。脳神経外科の権威としては、原告を呼び付けたつもりでいるかもしれない。しかし、守勢になったところを、攻め込まれることだってある。

「じゃあ、行こうか」

「そうしましょう」

二人で部屋を出て、エレベーターに乗ると、アメリカ人らしいグループが、賑やかに会話している。沢井夫婦と同年輩で、リタイアしたあと、旅行を楽しんでいるようだ。

ホテルからタクシーに乗り、K大医学部の附属病院まで、そんなに遠くない。沢井夫婦が、出張尋問する会議室へ行くと、杉谷弁護士は、すでに到着していた。

「おはようございます」

「さすが先生、お早いですね」

この多忙な弁護士は、飛行機や新幹線のなかで、書斎にいるように仕事をする。移動は苦にならないといい、早朝に東京を発ったのだ。

「野見山教授は、こちらが申請した証人だから、持ち時間いっぱい尋問できます」

「私もよろしいですね？」

静子が念を押すと、弁護士はうなずいた。

「せっかくの機会ですから、お尋ねになるべきだと思います」

「ありがとうございます」

「午前中取ってありますから、タイミングを見計らって、尋問をしてください」

そんな打ち合わせをしていると、裁判官、書記官、速記官も到着して、準備がはじまった。かんじんの証人は、この建物が職場だから、定刻きっかりに来るのだろう。ここが法廷なら、正面の五十センチ高いところに、裁判官席がある。しかし、ふつうの会議室に、テーブルと鉄パイプ製のイスを、「口」の字型に並べただけだ。傍聴席になるのは、少し離れて置かれたイスで、十人まですわれる。医療ミス訴訟の原告は、全国各地にいるから、関西の人たちが来て、あいさつを交わしている。

小宮山早苗裁判官は、三十五、六歳のようで、明るいワンピース姿であらわれ、法服は着けない。受命裁判官として、証拠調べをするのだ。書記官は男性だが、速記官は二人とも女性である。定刻に近づくと、静子は原告席に、杉谷弁護士と並んですわった。どういうわけか、被告側の弁護士は、まだ到着していない。

午前十時三十分、野見山弘一教授があらわれ、裁判官に一礼した。

「野見山さんですか」

「はい」

「お忙しいところを、本日はありがとうございます。さっそくですが、宣誓書に署名・捺印して、朗読してください」

裁判官にいわれて、野見山証人は、「宣誓書」にサインをした。そしてポケットから、印鑑を取りだしたが、緊張して手がふるえている。

第六章　判決の日

Ｋ大医学部附属病院の会議室で、原告の代理人として杉谷新平弁護士が、野見山弘一教授に尋問をはじめた。

——沢井聡子さんの出張手術について、いつ、だれから、依頼されましたか。

「脳神経外科の新美部長から、電話があったと思います。その前後に、どなたかドクターからも、頼まれています」

——聡子さんの母親の知人で、女性ドクターでしょうか。

「そのように記憶しています」

——新美医師は、どんなふうに話しましたか。

「トルコ鞍の上へ伸びた腫瘍で、下垂体腺腫か、頭蓋咽頭腫のどちらかだ、と」

——病名は、ハッキリしない？

「初めての連絡のとき、そういわれました」

――手術は「開頭でやってほしい」と？

「いいえ。その次の電話で、『下垂体腺腫らしい』というので、『それなら君がハーディ法でやればいい』と、答えた覚えがあります。すると新美部長が、『大きな腫瘍だから、ハーディ法では視力が助けられない。お願いします』といいました」

――ハーディ法でやれるのなら、野見山先生は引き受けませんね？

「そうだと思います」

――下垂体腺腫で、トルコ鞍の上へ伸びたような大きな腫瘍は、十五年くらい前まで、開頭して上から摘出しています。しかし、最近ではハーディ法で、下から取るほうが、成績がよいのでは？

「それは腫瘍の大きさもあるし、視力への障害にもよるでしょう」

――『外科手術体系』という教科書的な本に、「ハーディ法がよい」と書いてありますが？

「かならずしも、書かれていることが、すべてではありません。ケースバイケースです」

――わが国では十五年くらい前から、下垂体腺腫の手術は、ハーディ法になっているのでは？

「それは診断で、早くみつかったとき腫瘍が大きくないから、ハーディ法でよいのでしょう。しかし、大きな腫瘍については、開頭を要します」

そもそもボタンの掛け違いは、入院の当日に、「病名は頭蓋咽頭腫」と主治医がきめつけたところにある。このとき「手術は開頭法」といわれ、内科・小児科医をつとめる母親は、ショックを受けた。開頭手術ともなれば、頭の骨をはずして、上から患部にアプローチする。下（鼻の裏側）からアプローチするハーディ法とちがうから、開頭手術の第一人者の野見山教授に、コネをたぐって依頼したのだ。

——あなたが、沢井聡子さんの腫瘍が、下垂体腺腫と知ったのは、いつごろでしょうか。

「時期はわかりません」

——手術の何日くらい前ですか。

「すくなくとも数日前には、知っていました」

——下垂体腺腫のなかでも、プロラクチノーマと、確定的にわかったのは？

「血中のプロラクチン値は、いつ聞いたのか、ハッキリ覚えません。ただ、症状として無月経で、乳汁分泌があったという病歴から、プロラクチノーマだろうと思っておりました」

——プロラクチン（下垂体の前葉から分泌される乳腺刺激ペプチドホルモン）値は？

「手術前には、知っていました。１０００を超えていたと思います」

——１８００なんですが、正常値は15だから、異常に高い。手術室で初めて聞いたのでは？

「手術室ではないけれども、当日に知ったのかもしれず、記憶がハッキリしません」

——手術の当日に病院に到着して、初めて聞いたということですか。

「よく覚えていません」

——プロラクチノーマと、確定的にわかったのは、そのときでしょうね？

「ちょっと、記憶にないです」

——聡子さんのケースで、新美医師とＣＴやＭＲＩの写真をみて、事前に手術上の検討をなさいましたか。

「はい。初めにＣＴを見ました。場所はよく覚えていませんが、学会の会場のロビーに、新美君が持参しました」

――その学会は、どこでおこなわれた、どういう学会でしょうか。

「ハッキリ記憶しません」

――新美医師は第十三回口頭弁論で、「北海道の学会へ行ったとき」と、証言していますが？

「そうかもしれません」

――その時期に、北海道でひらかれた学会は、私が調べたところ、札幌市の交通医学会のようですが？

「そういう名称の学会に出ていませんね」

――私の調べ方が、足りないのでしょうか。

「脊髄外科かなにか、そういう学会だったような気がしますが……」

新美医師は、「当時の手帳が手元にないので……」と、アイマイな言い方をしている。刑事裁判とちがって民事裁判では、これ以上は追及できない。

――学会の会場ロビーで、新美医師が持参したCTの写真から、どういうことがわかりましたか。

「トルコ鞍の上の腫瘍です。CTだけでは、頭蓋咽頭腫なのか、下垂体腺腫なのか、ハッキリわからないと思いました」

――そのときCTだけで、MRIの写真は？

「MRIの写真は、あとでみました。おそらく大学へ、新美君が持参したと思います。東京へ出張手術に行く、数日前だったようです」

――新美医師は、お宅へ伺ったと証言していますが？

「よく覚えません」

——ＭＲＩで、どういうことがわかりましたか。

「患者さんの腫瘍は、トルコ鞍上だけでなく、側方へも伸びており、古い出血とみられる部分もあるので、下垂体腺腫だと思いました」

——証人が「下垂体腺腫である」と、確定的に判断したのは、ＭＲＩをみたときですか。

「はい。手術の数日前でした」

——プロラクチンの数値については、手術の当日にはじめて知った？

「当日かどうか、記憶にありません」

——下垂体腺腫でプロラクチノーマであれば、治療法がちがってきますね？

「この場合は、ちがわないと思います。視力を助けることが、最大の目的でしたから……」

——腫瘍の性質はなんであれ、トルコ鞍上にあるのだから、開頭手術でやればいいと？

「やればいいんだというか、ハーディ法で下から腫瘍を取っても、上のものが落ちてくるかどうかわからない。視力を助けるためには、上から開頭手術でやるしかないと思います」

——視力を助けるというのは？

「腫瘍を取ることで、それ以上に視力の障害が進まないようにする。あるいは、視力の回復が期待できる、ということです」

——聡子さんの視力障害は、どの程度だと聞いていましたか。

「左はゼロに近いから、右のほうを助けなければならない。手術を急がなければならない、と」

——そんなに急ぐ必要はなかったのでは？

「いいえ。非常に急がなければならない、と」

――手術の当日のことですが、一月七日、病院に着いた時刻は？

「午前十時ころだったと思います」

――手術室に入る前、どういうことをしましたか。

「患者さんのカルテや、ＣＴやＭＲＩの写真を、もういちど見直しました」

――手術室へ入ったのは？

「時間はわかりませんが、開頭が終わったころだと思います」

――部長の新美医師と、主治医の成田医師が、二人で頭の骨をはずしたころですか。

「はい。それから顕微鏡手術に入ります」

――手術室に入って、いよいよ執刀するまで、どういうことをされましたか。

「手術に入る準備ですから、手洗いをして、ガウンを着るとかします」

――当日はじめて、手術室でわかったことは？

「とくに新しいものはありません」

――プロラクチンの数値は、当日はじめてわかったのではないですか。

「その日でしょうね」

――それ以外は、手術室に入る前からわかっていたわけですか。

「そういうことです」

――あなたが実際に関与した手術というのは、どこからどこまで？

「硬膜を開くところから、硬膜を閉じる直前まで、ということになります」

――新美医師らも、ある程度は分担しますか。

「私一人でやります」

――手術時間というのは？

「二時間……三時間……。ハッキリ覚えませんが、三時間くらいだったでしょうか」

――麻酔記録によると、全手術時間は、四時間四十分になっていますが？

「トルコ鞍の上にある腫瘍は、ふつう二時間半か三時間で取れますから、この場合も、それくらいだったと思います」

――平均的な時間であったと？

「はい。とくに長くも、短くもなかった」

――顕微鏡手術というのは、硬膜を開けてから閉じるまでの時間と、だいたい一致しますか。

「だいたい、そうだと思います」

野見山教授は、正面の裁判官に顔を向けて、左斜め前にいる杉谷弁護士の尋問に答える。しかし、テーブルの下で両手の指を、せわしなく閉じたり開いたりして、落ち着かない様子である。

――顕微鏡を使う手術は、すべてあなたがなされたわけですか。

「はい」

――手術の記録によれば、トルコ鞍の上と、内頸動脈と視神経のあいだと、二方向からアプローチしたとありますが？

「書いてあるとおりです」

――ビデオをみると、内頸動脈と視神経は、かなりくっついている。そのあいだからの操作は、奥にある腫瘍を切除することですか。

「内頸動脈と、視神経のあいだに、硬膜があります。それをひらいて操作するので、どちらかといえば、内頸動脈を押すことになります」

このとき杉谷弁護士は、カルテにある図面を、野見山教授に示した。

――図面にあるように、「Y」の字に二股に分かれたのが内頸動脈で、その左にある少し太いのが、視神経ですか。

「そうです」

――矢印が書いてあります。内頸動脈と視神経のあいだを、分け入るように操作して、その奥の腫瘍を切除したと？

「書いてあるとおりです」

――そうすると、視神経も内頸動脈も、押し広げることになりますか。

「押し広げるというか、綿を当てながら、後ろへ下げるわけです」

――腫瘍の切除は、皮膜の内側のものを、皮膜ごと摘出された？

「全体として皮膜は、四分の三くらい、残っていると思います」

――腫瘍の性状ですけど、硬かったですか、軟らかかったですか。

「一部は石灰化しており、少し硬かったといえるかもしれません」

――そうして切除した腫瘍を、病理の検査に出しましたか。

「それは当然でしょう」

――その結果は？

「プロラクチノーマだとは聞きましたが、どういう組織であったかまで、聞いていませんね」

細かいやりとりだが、ここが重要なところだ。Ｋ大医学部の会議室で、野見山教授への尋問が、細かくつづいている。

——切除した腫瘍の量なども、測っておられるでしょう？

「測っていないと思います」

——どれくらい切除したか、わからなければいけないでしょう？

「重量を測ることもあれば、表面の量を記録することもあります」

——あなたの感じで、どれくらいの量ですか。

「人差し指の先くらいですね」

——そうすると、一センチメートル立方くらいでしょうか。

「はい、そうです」

争点になっているのは、腫瘍が大きいから、開頭手術で切除しなければならなかったという病院側の主張と、鼻腔のほうからアプローチするハーディ法、または薬物療法もあったとする患者側の主張である。杉谷弁護士は、顕微鏡を使った手術のビデオ記録から、スチール写真にしたものを示して尋問する。

——トルコ鞍の上にある腫瘍は、ほとんど取られたわけですね？

「はい。視力を助けるために、そうすべきだったからです」

——その「視力を助けるため」ですが、ムリして切除すると、よくないのではないですか。

「人差し指の先くらいの腫瘍を、何回かに分けてどれだけ取るかは、一概にいえない。やはり視神経への圧力が、減じたとわかるところまで取る。そうしなければ、手術をする意味がありません」

――開頭手術に自信があるから、一度に取ったほうがいいと？

「自信は関係ないと思いますが、手術の目的は、視力を助けることにある。その目的を達成せずに、途中でやめてしまったのでは、目が悪くなってしまう。その責任をどうするかということです」

――ハーディ法で下からやっていれば、多くを切除できなくても、視力の悪化をふせげたのでは？

「それは意見の相違です」

野見山教授は、自信たっぷりに突っぱねた。このとき沢井は「娘の視力を助けるどころか、命を奪ったではないか」と、叫びたい衝動にかられた。

――本件の手術は、ビデオ撮影されています。そのことは知っていますか。

「どこの脳神経外科の手術でも、顕微鏡を使うときには、ビデオ撮影します」

――そうすると、硬膜を開いてから硬膜を閉じるまで、二時間半か三時間は、ビデオ録画されているでしょう？

「それはわかりません。なぜなら病院によってシステムがちがうので、どこを撮って、どこを撮らないかを、私が指示するわけではない」

――証拠保全したビデオをみると、録画されたものは、だいたい一時間二十分です。そのポイントとなるところを、五十六枚のスチール写真にしましたが、ご覧になっていただいて、沢井聡子さんの手術に間違いないですか。

「そのようですね。綿の当て方や、ピンセットの使い方から、私の手術のように思います」

――二時間半か三時間かけた手術で、一時間二十分しか録画されていないのはなぜでしょうか。

「ざっと眺めたところ、主な操作はぜんぶ写っているから、これでいいようです」

――切れ切れにして、一時間二十分ということになりますか。

「それは知りません。だれがスイッチを入れているのか、手術者としてはわからないです」

――私が聞いているのは、五十六枚の写真をみて、主な操作はぜんぶ写っていると、あなたが言い切れるかどうか？

「だから『これでいいようです』と」

――あなたは顕微鏡手術が終わったあと、頭を閉じる前に洋服に着替えて、手術室を出てから、聡子さんの母親に会いましたか。

「そうです。午後二時すぎくらいだと思います」

――話した内容は、覚えていますか。

「手術の目的は、視神経への圧力を下げることだから、減圧できたことを確かめた、と」

――手術はうまくいったと考えていましたか。

「そう考えていたから、そういう趣旨のことを、沢井静子さんに話しております」

――そのあと沢井聡子さんに、脳梗塞がおきたことは、知っておられますか。

「はい。症状が出た日に、電話がありました」

――「症状が出た日」ではなく、「病院のほうで気づいた日」でしょう？

「それは……私にはわかりません」

杉谷弁護士による、野見山教授への尋問は、脳梗塞へと移った。

原告側は、「脳梗塞がおきたのは、血管内壁の損傷や脳血管攣縮が考えられる。いずれも手術操作のしすぎ、内頸動脈にさわりすぎたことが原因である」と主張している。被告側は、「術後の三日目から、急に生じた脳梗塞は、まったく予想しなかったことで、原因も不明であった。内頸動脈にふれずに、腫瘍を摘出することは不可能である以上、血管にふれること自体は、当然のことである」と反論する。

――脳梗塞がおきた、原因については？

「十七歳の若さで、脳梗塞がおきるのは、非常にまれなことです。私はさきほど『患者さんの腫瘍は、トルコ鞍上だけでなく、側方へも伸びており、古い出血とみられる部分もある』と、申し上げました。この血腫をできるだけ抜いて、洗浄したつもりですが、トルコ鞍のなかにも、古い血腫がいくらか残り、それが脊髄液腔へ流れ出て、血管攣縮がおきたのだろうと思います」

――連絡してきた新美医師は、どういうふうに考えていましたか。

「血栓ができたのか、あるいは血管攣縮か、と。いずれにしても治療法はおなじで、循環をよくして、脳細胞を保護する。しっかりやっているというから、頑張ってくれと伝えました」

――脳梗塞をふせぐために、術後の管理として、注意しなければならないのは？

「脳梗塞がおきることは、かなり珍しいことで、前もって予防措置はしません」

――十分に酸素をやることは、脳梗塞の予防に、必要なことではないですか。

「必ずしも、プラスではありません。あまり酸素を与えすぎると、血管が細くなるともいわれる。いろんな意見があるから、一概にいえないでしょう」

――沢井聡子さんは、手術の翌朝に一般の病棟へ移されて、酸素吸入を受けていませんが？

「そういう呼吸管理でなく、脳へ血液を送って、少ない酸素のなかで脳を生き残らせる必要がある」

――患者さんに酸素を与えれば、血液のなかの酸素もふえ、脳へ行く酸素もふえるのでは？

「ただし、酸素を大量に吸わせると、血管が攣縮するという説もあり、必ずしもプラスではないのです」

あくまでも、病院側の措置に、ミスはなかったというのである。

――本件のあと、出張手術をしていますか。

「いいえ、しておりません。沢井聡子さんのときも、ここ（K大病院）へ来てもらおうと思いましたが、手術が一ヵ月遅れる。視力を守るために急がなければならず、例外的に出張したんです」

――本件のことがあって、出張手術をやめたのではないですか。

「もともと出張手術は、よほど緊急でなければ、許されないことです。私も国家公務員ですから、動かせば出血して危ないとか、視力を救うためとかいうとき、例外的に行っていました」

――本件において、被告の病院で、術後の管理が十分でなかったのでは？

「そのころ新美君が、病院の脳神経外科部長をしていました。いまK大に戻って、大学病院の患者についても、彼に任せるくらい信頼しています。したがって、私が行ったから新美君を超える手術ができたとは、思っていません。彼がベストを尽くしてくれたら、私以上ですから……」

――こういう結果になったことについて、いまの時点で、どうすればよかったと思いますか」

「やはり判断として、開頭をするでしょう」

――開頭手術をしたことが悪かったとは、絶対に思わないということですか。

「思いませんね。このケースで、視力の悪化をふせぐためなら、開頭手術をせざるをえない」

――開頭で上からでなく、ハーディ法で下からやれば、術後に脳梗塞をおこして、結果として死亡することはなかったのでは？

「まぁ、古い出血が、脊髄液腔へ流れ込むことは、なかったでしょうね」

——要するに、死亡することはなかったと？

「ハーディ法でやっていれば、視力は悪くなったかもしれません」

——そうしていれば、視力は保全されて、命も助かったわけでしょう？

「症例としては、あるでしょうね」

——プロラクチノーマについては、腫瘍がいくら大きくても、ハーディ法が良いのでは？

「それについては、いろいろ意見があるでしょう」

——病名はプロラクチノーマだから、クスリで治療しても、死ぬことはなかったですね？

「ただ、腫瘍だけではなく、古い血腫がありました。薬物による治療で、腫瘍が小さくなるとはいえない。血腫はなくならないですからね」

——良性の腫瘍だから、死ぬことはないのでは？

「うーん。それはそうですね」


この答えを引き出した直後に、沢井静子が、原告として尋問をはじめた。

——私たち夫婦は、五十八歳と五十六歳で、野見山先生と、おなじ世代を生きてきました。私は医師として、先生と共通の友人もいます。あえて伺いますが、娘の聡子の手術は、先生自身がなさいましたか。

「はい」

——ビデオをみると、途中でスピードが、変わっていますが？

「硬膜を開けたときから私がやっています」

——さきほど先生は、脳梗塞の原因について、血管攣縮ではないかといわれましたが、術後いつごろ出てくるものですか。

「むずかしいですけど、脊髄液腔という、もともと血液のないところへ、血液が流れ込み、それが分解されて、血管にさわると攣縮がおきる。やはり数日後だと思います」

——看護記録によれば、術後一時間四十五分から脳梗塞がはじまっています。血管攣縮ですか。

「患者は十七歳の方ですね。あまり動脈硬化のない血管で、広範にくるというのは、攣縮だと思います」

——いや、最初は広範といえないのでは？

「しかし、脳が広く腫れて、骨をはずさなければならないほどでしたね。段階的に広範にくるのは、攣縮の特徴だと考えますけど」

——手術の操作が、原因ではないですか。

「いいえ。腫瘍のなかから、古い黒い血が出てきて、脊髄液腔へ流れ込んでいます」

——その血液は、手術がなければ、流れ出ることはなかったのでは？

「それはそうですけど……」

——手術が原因ではないですか。

「そういう意味では、そうでしょうね。しかし、この血腫を抜かないと、失明する危険がありました」

——手術の目的を、聞かせてくれますか。

「視力を救うためです」

――もし先生が、おなじ患者と出会ったら、おなじ手術をなさいますか。

「おなじ所見なら、おなじ手術をやりますね」

――おなじ手術をすれば、おなじ結果になる恐れがあるのでは？

「こういう結果になることは、きわめて少ないです。おなじ手術をして、こういうことがおきるのは、私にとって初めての経験です」

――いま先生は、「こういうことがおきるのは、私にとって初めての経験です」と、証言されました。そうであっても、「おなじ所見なら、おなじ手術をやります」と、先ほどの証言でよいのですか。

「腫瘍のなかから、古い黒い血がでてきて、髄液腔へ流れ込んだため、血管攣縮がおきました。より徹底的に、血腫を洗浄すべきだったと、いまでは思っております」

――いつか先生は、週刊誌の記事のなかで、「私がお会いすれば、ご家族の気持ちにも、よい影響があったと思う」と、コメントなさいましたね？

「はい。私のほうから、避けた記憶はないです」

――会おうとなさらなかったのは？

「チャンスを作って、ご連絡をいただけるのだろうと、私は思っておりました」

これを聞いたとき、沢井は「なんという傲慢な男だ」と、驚いてしまった。妻の静子が、週刊誌の記事を持ちだしたのは、昨年四月に提訴したとき、取材に応じているからだ。

《あの件については、たいへん残念で、申し訳ないと思っています。私は出張手術を、いったん断ったのですが、ご家族の方から『ぜひ頼みたい』と、懇願がありました。手術そのものは、スムーズに終わって、麻酔が醒めてからも、なにごともなかった。しかし、数日後から梗塞が広がり、脳圧が高まったのです。下垂体腺腫のプロラクチノーマで、血管攣縮がくることは、いまだ経験したことがなく、大きな血栓ができたこともない。意外な展開で、不幸なことになって驚きました。私がお会いすれば、ご家族の気持ちにも、よい影響があったと思いますが、国家試験の試験委員をつとめ、脳神経学会の専門医試験があり、とても動けませんでした》

コメントにあるように、「申し訳ない」と思っていたのなら、手紙を書くなり、訪ねてくるなりすべきだろう。にもかかわらず、電話をかけてくるでもなく、一周忌に編んだ追悼文集『聡子へ』を送ったときも、ハガキを寄越すでもなかった。野見山教授としては、国家試験や専門医試験で、殺人的なスケジュールらしい。「私がお会いすれば」とあるのは、「患者の遺族が来れば会わないこともなかった」ということだ。あまりにも人を食った返答に、原告席の静子は、絶句してしまい、次の尋問がでない。

すると被告側の弁護士が、すっくと立ち上がり、野見山教授の経歴について尋問をはじめた。

――わが国の脳神経外科で、顕微鏡手術を導入したのは、野見山先生が初めてでしょうか。

「はい」

――ハーディ法も、顕微鏡手術ですね？

「私自身が、導入しております」

被告側の弁護士は、すこし遅れて到着したので、巻き返しをはかるために、証人の「権威づけ」をするようだ。

――開頭手術になったのは、腫瘍の状況や、大きさからでしたね？

「そうです。ハーディ法でやるのなら、私が出張することはありません。病院の新美部長は、ハーディ法の専門家の一人です」

——むしろ新美部長のほうがよい？

「最近の経験は、彼のほうが多いと思います」

——ハーディ法のデメリットは？

「開頭法とは反対で、頭蓋底から上へ、トルコ鞍にアプローチする。上へ伸びた腫瘍は、取れないことはないけれども、限界があるということです」

——出血の危険性がありますか。

「はい。ありますね」

——それを先生は、開頭手術によって、トルコ鞍の上に伸びたものを、八〇パーセントくらい取ったわけですね？

「そうです」

——先ほどの証言で、「出張手術は、よほど緊急でなければ、許されないことです」といわれた。本件の病院以外への出張手術は？

「K大には関連病院というのがあり、そこへ若い部長を就任させたとき、動かせば出血して危ない患者がいれば、現地で手術しなければなりません」

——本件の病院では、何回くらいでしたか。

「十回ほどでしょうか」

——沢井聡子さんの手術を引き受けたのは、先生の教えを受けた新美医師が、部長だからですか。

「そうですね」

――別の部長なら、引き受けない？

「やはり私は、K大へ来てもらおうと、申し上げたと思います」

――しかし、K大病院で手術するとなれば、一ヵ月ほど先になる？

「こちらで入院待ちがあります。それと私は、脳神経外科の専門医の試験で、副委員長をしていたから、問題の漏洩をふせぐために、一週間はカンヅメになる。その前に、出張手術をすることにしました」

――一ヵ月先の手術では遅いと？

「視力を守らねばならないから、緊急性が高いと、私が判断したわけです。下垂体腺腫は、腫瘍のなかでは出血しやすく、視力障害がおきます。手術所見からいうと、出血は新しいものでした」

ここで杉谷弁護士が、ふたたび野見山教授へ、原告側として尋問する。

――あなたは開頭手術で、トルコ鞍の上の腫瘍を、八〇パーセントくらい取りましたね？

「見えるものは取りました」

――トルコ鞍内の腫瘍はどうですか。

「あまり出血していないと、私は理解しました」

――血管攣縮の原因は、トルコ鞍のなかの古い血腫が、髄液腔（脳室とクモ膜下腔）へ流れたからと、証言なさいましたね？

「はい」

――そうすると、トルコ鞍内の腫瘍は、ハーディ法のほうが、取りやすいですね？

「鞍内に限局していれば、そうなります」

——ハーディ法であれば、トルコ鞍内のものが取れて、上に伸びた腫瘍が下りるでしょう?

「しかし、あれだけ大きな腫瘍を、ハーディ法でやると、正常の下垂体を傷つけるおそれがある」

——いずれにしても、下のものを取れば、上のものは自然に下りるのでは?

「上が大きければ、下りようがないんです」

——トルコ鞍の上に伸びた腫瘍と、鞍内にある腫瘍の比率は?

「上が一・五で、下が一・〇くらいでしょう」

——そうすると、ハーディ法で鞍内の腫瘍を取っていれば、血腫もなくなり、髄液腔へ流れることをふせげたのではないですか。

「たしかに、ふせげると思います」

——結果論になりますが、ハーディ法でやれば、残った血腫が原因で血管攣縮をおこすことを、ふせげたということですか。

「はい」

ずいぶん専門的なやりとりだが、野見山教授は、このとき初めて、ハーディ法でやっていれば、脳梗塞の原因になる血管攣縮をふせげたことを、ハッキリと認めたのである。沢井はK大医学部の会議室で、緊迫したやりとりを聞きながら、杉谷弁護士の緻密な尋問テクニックに、あらためて感心した。あのとき娘は、脳梗塞をおこして脳浮腫が大きくなり、脳内の圧力を下げるために、ふたたび頭の骨をはずし、ついに閉じることはなかった。その痛々しい姿を思い出すと、いまでも涙がにじんでくる。

沢井が目頭をおさえていると、静子が原告席で立ち上がった。先ほどの尋問では足りないから、この機会にたしかめておきたいことがあるようだ。二年四ヵ月前の無念をかみしめるように、野見山教授に最後の尋問をした。

——私は先生が、病名を「下垂体腺腫のプロラクチノーマ」として、手術に臨んだのではないと思っています。下垂体腺腫と疑っているのなら、血中プロラクチン値を聞いているはずですが？

「ホルモン検査の結果は、手術の直前にしか、判明していません」

——プロラクチン値の検査は、三日ないし四日でやれます。下垂体腺腫であっても、プロラクチノーマとはかぎらず、ほかのものを含んでいるかもしれない。手術方法をきめる前に、プロラクチンの数値は、是が非でも聞くのでは？

「私はそう思いません。病歴は無月経で、ときどき乳汁分泌がみられる。それで視力に障害をきたし、トルコ鞍上に腫瘍があれば、プロラクチノーマと考えるのが、脳神経外科医の常識です」

——それがあっても、また、複合的なものかもしれない。だから１８００という数値をみて、プロラクチノーマ単独と判断するのが妥当でしょう。先生が遠隔地におられて、一度も患者を診察しなくても、確実に診断するためには、プロラクチン値を知るべきだと思いますが？

「数値が出れば、すぐに連絡してくれるはずですが、それが前日になったから、到着して教えてくれたんだと思います」

——事前に連絡がないのは、プロラクチン値が正常で、頭蓋咽頭腫と思っていたからでは？

「そうは思いません」

——早く知るために、問い合わせなかったのは？

「私と新美医師は特別で、医者になって二年目くらいから、ずっと一緒にやって、わかり合っています。彼だけ知っている情報を、私に教えないはずはない。そういうことで、問い合わせなかったのです」

——それならなぜ、CTの写真などを、新美部長に何回も持参させたのですか。

「画像は言葉でいわれても、信用できません」

——CT以上に信じるべきは、プロラクチン値ではありませんか。

「プロラクチノーマかどうかは、数値で判断するのだから、電話で連絡できるわけです」

このときK大附属病院内に、正午を知らせるチャイムが鳴り、会議室を法廷にみたてた出張尋問は、これで終了である。

七月初め、沢井健二郎は、私立大学医学部の附属病院に入院した。無料の胃ガン検診のとき、異常をみつけた高橋医師の母校だから、なにかと便宜をはかってもらい、十二階の個室から東京湾が見える。

「港の見える部屋かぁ」

こんな贅沢をしてよいのかと、個室に入ることに、抵抗がないわけではなかった。しかし、静子に勧められた。

「そんなに私は見舞えないから、一人で過ごすことが多いでしょう。あなたは人見知りするので、同室の人とうまくいくと思えない」

「長期入院になれば、けっこう部屋代がかさむんじゃないか」

「あなたの退職金は手つかずよ。こういうときに、役立てるべきじゃないの？」

「それもそうだ。老後にそなえておいて、かんじんの老後がこなければ、なんの意味もない」

「その老後がきたときには、私が面倒をみてあげるわよ」

こうして入院してみると、次々に検査がおこなわれて、その目的や結果の説明など、いろいろとわずらわしい。

「せっかく説明してもらっても、馬の耳に念仏のようなものです。申し訳ありませんが、まとめて家内に、お願いできませんか」

「しかし、医師には説明して、同意をえる義務があるんですよ」

「先生はワインを飲みますか」

「飲まないことはありませんけど」

若い医師が、なにを言いだすのかと、怪訝そうな顔をするので、沢井は無駄口をたたいた。

「レストランでワインを注文すると、ソムリエが一通りの説明をして、栓を抜いて試飲させますね」

「ええ。よく見かけます」

「その試飲をしたとき、『いかがでしょう?』と問われて、『これは違う!』と首を振れない」

「そうしたとき、ソムリエはどうします?」

「失礼しました……とワインをドボドボッと、床にぶちまけるそうです」

「アハハハ。面白いエピソードですね」

医師は高笑いすると、ふと真顔になって、沢井に語りかけた。

「ワインの味覚とは違い、人間の体は、痛いとか熱いとか、敏感に反応するでしょう。検査とはそういうもので、患者さんは『こうしてくれ』『あれはやめてくれ』と、医者に注文をつけるべきなんです」

沢井は五十八歳になるまで、入院生活をしたことがない。体の丈夫なのが、唯一の取柄であるかのように、猛烈サラリーマンとして生き、社内の出世コースにいたが、聡子の一周忌をすぎたころに辞表を出した。そして昨年四月、聡子が入院していた病院（法人）と主治医（個人）を相手取り、七千三百万円の損害賠償を請求する訴訟をおこした。

日本の民事裁判は、いたずらに遅延するとして、とかく悪評がある。ところがこの裁判は、裁判長の訴訟指揮がハッキリして、順調に進んできた。そんなときに、原告の一人である沢井が、進行性の胃ガンと診断された。しかし、裁判は大きなヤマ場にさしかかり、執刀医の野見山教授に出張尋問をおこなった。その証言を聞いて、沢井は入院したのである。

「オレが生きているあいだに、判決が出るといいのだが……」

「そんな弱気でどうするつもりなの。たかが胃ガンだというのに！」

静子は、沢井が弱音を吐くたびに怒る。「沢井内科クリニック」の院長が、多忙な日常のなかで、一時間以上かけて病室へきて、愚痴めいたことを言われると、腹が立つのも当然であろう。

「杉谷弁護士の話だと、年内に判決が出るかもしれない。裁判長は迅速な審理がモットーで、法廷に出された証拠（証人）で十分だから、鑑定申請は認めない方針だそうよ」

「そういう判例をつくった人だと、木曾良一さんも話していた」

「やっぱり私たちは、訴訟をおこしてよかった。医療訴訟の原告が、あまりにも裁判が長引いて、家庭崩壊するケースさえあるでしょう」

「迅速な裁判のケースになれば、提訴した意味も大きい。勝訴ともなれば、なおさらのことだ」

「だから気力をもって、手術を受けるのよ」

その手術が、いよいよ明日である。手術の前夜は、やはり落ち着かない。麻酔科の女医は、なんども病室に顔をみせ、「眠っているあいだに終わるんですよ」と、やさしく励ましてくれた。

若い主治医は、「教授の執刀だから、まったく心配は要りません」と、恩師に絶大な信頼を寄せている。それはわかっていても、深夜になっても寝つけず、締めつけるように胃が痛む。ずっと点滴を受けて、輸液のなかに鎮痛薬も入っているはずだが、キューン、キューンと痛みが襲ってくる。枕元のボタンを、おずおずと押して、あらわれた看護婦に訴えた。

「胃が痛くて、なかなか眠れません」

「どうしたんでしょうね。手術のことが、心配なんですか」

「そうでもないんですが、痛くて眠れない。鎮痛剤か睡眠剤をください」

「ちょっと相談してみます」

若い看護婦は、困ったような表情で、病室から出て行った。こういうのをストレスというのか、これまでの鈍痛とは異なる。精神的緊張とは、どちらかといえば無縁な人間と思っていたが、初めて経験する痛みなのである。

(やはり死ぬのが怖いのか?)

しかし、麻酔科医のいうように、「眠っているあいだに終わる」のだから、もし手術に失敗しても、本人にはわからない。いまさらジタバタして、どうなるものでもなかろう。看護婦が戻ってきて、笑顔で差し出した。

「よく効くクスリだから、これを飲むと、ぐっすり眠れます」

小さな錠剤を二粒、さっそく飲み下して、なにも考えないようにした。キューンキューンと、相変わらず締めつけるような痛みだが、精神的緊張だとすれば、われながら情けない。十七歳だった聡子は、主治医や執刀医を信じ込み、開頭手術のために頭をツルツルに剃られても、ニコニコしながらピースサインを出して、手術室に入って行った。

(まぁ、なるようになる。あの世の聡子に、早く会えるか、後で会うかの違いだ)

あの世がどこにあるのかは知らないが、娘が旅立ったところへ、いずれ自分も向かうのである。どんな世界なのかは、行ってみなければわからない。そのうちクスリが効いたらしく、痛みは少しずつ遠ざかり、頭もボーッとしてきた。こうして今夜をしのげば、明日はいよいよ腑分けだから、残る寿命もわかるだろう。

手術を受ける日は、朝から快晴だった。点滴ラインの器具をつけて、窓辺に立っていたが、病室からは東京湾の一部しか見えない。しかし、ロビーへ出ると、なかなか見晴らしがよい。がらがらと器具を引っ張り、ロビーへ行くと、先客が港を眺めていた。六十年配の男で、やはり点滴の器具をつけている。

「おはようございます」

向こうからあいさつして、なにやら調子がよさそうである。

「本日いよいよ、割腹なさるそうですな」

「よくご存じで……」

沢井が苦笑したのは、この患者がアルコール依存症で、膵臓病であることを知っているからだ。まったく懲りない性格というか、退院すると酒場へ直行し、たちまちアルコール浸りになる。

「自慢じゃないが、私は自分の体に、メスを入れられたことはない。割腹される立場として、どんな心境ですか」

「マナ板のうえの鯉というか、なるようにしかならない。そういう次第で、これが見収めかとも思って、港を眺めに来ました」

「立派な覚悟ですな」

白髪の男は、出版社の顧問とかで、業界では有名らしい。文芸編集者として、なかなかの目利きで、今をときめく流行作家を、名伯楽として育てたとか。

「今生の名残に、イッパイやるというのは？」

驚いたことに、まるで魔術師のような早業で、ポケットウイスキーの瓶を取り出した。

「このスコッチは、なかなかいけますぞ」

「せっかくですが遠慮します。手術が終わったあとで、頂戴できれば幸いです」

「しおらしい物言いですな」

相手はニッコリ笑って、まるで見せびらかすように、ラッパ飲みをしてみせた。プーンと漂ってくる匂いから、上質のウイスキーであることがわかる。

「こんなことをしていると、看護婦さんに叱られるのでは？」

「なあに、私なんかは、飲んでも飲まなくても、アルコール臭がプンプンしている。隠れて飲む酒の味が、なんといっても最高じゃないですか」

「その気持ちはわかります」

「わかるなら、イッパイやりなさい」

「いや、後の楽しみにとっておきましょう。手術が終わったら、ぜひ飲ませてください」

「その意気、その意気。やはり人間稼業というものは、希望があるからやっていける。このイッパイを後の楽しみに、しっかり割腹していらっしゃい」

聞いて沢井は、勇気がわいてきた。

アルコール依存症の男からポケットウイスキーを勧められ、辛うじてことわった沢井は、病室へ帰って体を横たえた。妻の静子は、「本日休診」の札をかけて、きょうは付き添ってくれる。そろそろ家を出て、電車に乗る時刻だろうか。待ち遠しいというか、恋しいというか、静子のことを考えると、体が火照ってくる。


初めて会ったのは、三浦半島から八丈島へむかうヨットだった。大学時代の友人が、弁護士になって早々、ヨットを購入した。贅沢をしない男だが、エコロジストとして、海と親しんでいる。

「人間社会のドロドロとした谷間にいると、生きていることが虚しくなる。しかし、海にでて荒波と格闘していると、ふしぎにファイトがわいてくる」

そんな話を聞かされ、ロマンチストでもあるのだなと、羨ましくなった。沢井自身は、一部上場企業のサラリーマンで、二十四時間を会社に捧げていた。ある日曜日、弁護士の友人が、ヨットで忘年会をするという。

「一人欠員ができたから、お前が来るなら乗せてやってもいい」

「ヨットで忘年会を？」

「舟出してすぐのむビールは、格別の味がするぞ」

「オレは乗り物に弱いんだ」

「なあに、先にアルコールに酔えば、どうってことはない」

「わかった。行かせてもらおう」

猛烈サラリーマンとして、日曜も返上して働いていたが、なんとかやりくりしてヨットハーバーへ行くと、友人は波止場でゴムホースを使い、ヨットを洗っていた。

十二月下旬だというのに、暖かい日射しだった。

カモメが群れ飛んで、間近を滑空する。絵に描いたような光景で心がはずみ、ヨットのオーナーを友人に持ったことを、誇らしく思った。海を眺めてぼんやりしていると、一台のタクシーが到着し、三人の女が降りた。あらかじめ友人から、メンバーについて聞かされている。

「女子大の事務員、電気屋、詩人、法律事務所のＯＬ、小児科医、銀行員……」

タクシーから降りた三人は、それぞれ紙袋などを抱えて、食料を持参しているらしい。沢井はうっかりして、手ぶらで来た。内心しまったと思っていると、毛糸の帽子をかぶった女が、大きな声をあげた。

「ちょっとそこの人、ぼんやりしていないで、手伝ってちょうだい」

いきなり命令口調で、生意気な女だという印象だったが、優しい目つきをして、とても美しい。それが小児科医の静子だった。すらりと長身で、優しい目つきの彼女は、ポンポンと激しい口調だった。

「トイレに行くのなら、今のうちですよ。男だからって、船べりでみっともないことしてはダメ」

要するに、立小便をしてはいけない、ということなのである。その口ぶりからして、ヨットには慣れているらしく、船酔いを心配している沢井には、たのもしい存在だった。

「しがないサラリーマンで、ヨットなんて贅沢な乗り物は、初めて経験します」

乗り込む前に、正直に自己紹介すると、目の前で静子が、パチパチと拍手した。

「わたしがヨットに乗るのは三回目で、前の二回は見事にダウンしました。今回は初めての方がおられるので、先輩としてしっかりしたいと思います」

ほかの二人の女が、どんなあいさつをしたかは、まったく記憶していない。沢井にとって、静子との出逢いは、なによりも印象的だった。

ヨットハーバーを出ると、エンジンを停止して、帆をかかげた。その途端に、舟は大きく傾き、沢井は驚かされた。ヨットという乗り物は、とても乱暴な動物で、やわな人間など蹴落としかねない。

しかし、大きく傾いた甲板のテーブルに、錫製のコップが置かれ、それぞれ手に持ったところでビールが注がれて、オーナーの弁護士が、乾杯の音頭をとった。

「今年も終わろうとしています。来年はどうなるでしょうか。とにかく乾杯しましょう」

一斉に「乾杯」と唱和し、なるほど彼が誘ったとおり、船出してすぐ飲むビールは、格別の味がする。沖へ出るにつれて、風はどんどん強くなり、ヨットは左舷へ傾いた。沢井の席は右舷で、左舷にいる静子は、まるで真下にいるかのように見えた。青い海に立つ白波が、いまにも静子を呑み込みそうで、沢井は気が気でない。しかし、当人はニコニコして、帽子が風に飛ばされるのを、気にしているだけのようだ。

オーナーの弁護士は、この日のために、北海道からカニを取り寄せている。ビールで乾杯した錫製のコップに、一升瓶の日本酒が注がれ、甲板で酒盛りがはじまった。こんなに大胆で豪勢な忘年会は、沢井にとって初めての経験である。帆にいっぱいの風を受けて、相変わらずヨットは、左舷を下に傾いており、スピードも上がってきた。三浦半島を船出して、八丈島へ着くのは、いつのことなのかは知らなかった。オーナーは八丈島に滞在し、裁判資料の山と取り組むらしい。沢井は飛行機を利用して、出社するつもりでいる。

「そこの野蛮人、自分だけ食べていないで、少しはサービスしなさい」

「はい、わかりました」

沢井は素直に答えて、右舷の席から、静子のいる席へ移った。隣り合ってすわると、生意気な小児科医は、人を吸い込むような、優しい目をしている。

「お酒を召し上がっている割りには、食が進まないようですね」

「カニなんて面倒なものを、レディに食べさせるのが間違いです」

「それではサービスします」

心配していた船酔いはなく、アルコールが回って上機嫌の沢井は、ナイフを使ってカニの殻を割り、テーブルの皿に取り出した。日頃から不精で、自分の食べるものを作ったこともないくせに、初対面の小児科医には、サービスせずにはいられない。どれくらい酒を飲み、何をしゃべったのかわからない。ふと気づいたら、甲板にいるのは二人きりで、海は夕陽で真っ赤に燃えていた。

「ヨットというのは、舵をとる人がいなくても、勝手に走るんだなぁ」

「そんなこと、ヨットの勝手でしょう」

「わかった。ぼくも勝手にするよ」

沢井は強引に、静子にキスをした。初めは驚いたように、少し抵抗をしたが、やがて大胆に応じて、長い長いキスだった。

「あなた、独身なの？」

「もちろん」

「私もそうなのよ」

「じゃあ、結婚しようか」

「そんな……。プロポーズをするなら、もっとマシなセリフがあるでしょう」

「弱ったな。ぼくは詩人じゃない」

そういえばヨットに、詩人が乗り込んでいる。生命保険会社に勤めながら、詩を発表して評価が高いという。その詩人は、早々に酔っ払って、キャビンで高イビキである。

「じゃあ、こうしようか」

沢井は静子を抱き寄せ、キスをしながらジーパンに指を這わせてささやいた。

「君の蜜の味を知りたい。甘い甘い日々をすごしたい」

その静子が、五十六歳になっている。


これから手術というのに、静子はまだ病室にあらわれない。沢井は不安になってきた。

(思わぬトラブルでも、生じたのだろうか？)

さっきの看護婦は、体温と血圧を測ると、そそくさと出て行った。なんだか冷淡で、これから手術を受ける患者を、まるで丸太のように扱った。ひょっとすると病院側の態度が、土壇場になって変わったのかもしれない。

（よく考えてみると、オレは医療訴訟の原告なのだ。そんな面倒な患者はイヤだと、キャンセルすることもありうる）

一人で病室にいると、不安材料ばかりで、なんでも悪いほうへ考える。明るい材料などあるはずもなく、仕方ないのだろう。昨春のこと、まだサラリーマンだった沢井に、医師である静子が、わざわざ手紙を書いた。

《こんどの提訴は、私の本意とするところではありません。できることなら、このような提訴など、したくはないのです。このまま何もせずにいれば、時間の流れによって、忘れることはできないまでも、心の平安を取り戻せるかもしれない。提訴することで、あのときの地獄の苦しみを、あらためて味わわねばならないのですから、ためらう気持ちが強いことは、申し上げるまでもありません。しかも本来的に、医師と患者、あるいは医師と患者の家族は、相対して争うものではないのです。闘う相手は共通して、病気そのものでしょう。現役の医師である私が、病院と医師を相手取って提訴することは、計り知れないデメリットがあると思われます》

その医師の夫が、進行性の胃ガンで入院したのである。どこまで転移しているかは、メスを入れなければわからない。若い主治医も、執刀にあたる教授も、これまで親切にしてくれた。しかし、いまごろようやく、聞かされたのかもしれない。

「一人娘に死なれて、ショックを受けた夫婦が、取り乱して病院を訴えた。病院側になんの落ち度もないのに、巨額の損害賠償を請求している。ヤクザみたいな理不尽な言い分だから、そんな患者の手術など、止めておいたほうがいい」

それを真に受けて、病院側が手術を取り止めるのかもしれない。まさに「ドタキャン」で、オレはどうなるのか……。沢井がおびえていると、病室のドアが開いて、執刀する教授と主治医、それに静子の三人が、明るい表情で入ってきた。

「おはようございます」

五十年配の教授は、現役のテニス選手として、シニアの部で入賞したとか。日焼けした顔をほころばせると、穏やかに問いかけた。

「昨夜はあまり、眠れなかったようですが？」

「そうでもありません。看護婦さんに甘えて、クスリをおねだりしたのです」

「胃が痛くて、眠れなかったのでは？」

「お恥ずかしい……。ちょっとオーバーに、言ってみただけです」

たったいま沢井は、「病院側が手術を取り止めるのかもしれない」と、おびえていたのである。われながら情けなく、強がりを口にするしかない。

「どうせ麻酔をかけられ、眠っているあいだに、すべて終わるんでしょう？」

「まぁ、そういうことです」

「私としては、なにも心配していません」

「なるほど……」

教授はニッコリ笑うと、まったく意外なことを口にした。

「奥さんが立ち会いを希望しておられるので、手術室に入っていただきます」

「えっ、そんな！」

沢井が驚いたのは、娘の聡子が手術を受けるとき、静子が立ち会いを希望したら、あっさり拒絶されたからだ。

「家内は外科のシロウトで、なにもわからないんですよ」

「あなたのことを、心配しておられるから、妻として立ち会われるんです」

「病室で付き添ってくれるという、私との約束でしたけどね」

「われわれは以前から、ご家族の希望があれば、立ち会っていただきます。医師だからといって、特別扱いするわけではありません」

「ああ、そうなんですか」

思わぬ成り行きになったが、沢井としては、反対する理由もない。

「そいじゃ奥さん、よろしくお願いします」

「なにが、よろしくなの?」

「先生から聞いたことは、あとで正直に、ぜんぶ話してください」

「はい、わかりました」

このとき静子は、教授と主治医に、深々とお辞儀をした。

「本人も申しておりますし、手術の結果については、すべて告知してくださいませ」

沢井は手術室に入る三十分くらい前に、看護婦からクスリを渡された。精神安定剤のようなものらしい。

「もうじき麻酔をかけられるのに、飲まなくちゃならんのか」

「いいから、言われたとおりにしなさい」

静子は先ほどからの強がりを見抜き、苦笑してコップを差し出す。

「手術に立ち会うことは、私から言いだしたんじゃないのよ」

「じゃあ、どうして?」

「教授のほうから、『立ち会いを希望なさいますか』と聞かれたの」

「ふーん、そういうことか」

あらためて沢井は、娘の手術に立ち会うことを希望し、拒まれた静子の無念さを思った。静子は、いつかの手紙に書いた。

《医療とは、きわめて厳粛で、素晴らしい行為だと思います。なぜなら、身体的、精神的に病み、救いを求める人々に、手を差し伸べることができるからです。私自身も医師として、長年にわたり、誇りをもって、医療に従事して参りました。しかし、厳しくも素晴らしい行為であるはずの医療が、土足で踏みにじられるのを、医師である私が、身をもって体験しなければならなかったのです。医療の名のもとに、隔絶された密室で、犠牲となった娘。そして私のような、地獄の思いを味わう母親。このような家族を、二度とつくってはなりません。私が提訴に踏み切ったのは、真に心のこもった医療の発展を、切に望むからです》

この病院の医師たちが、沢井が医療訴訟の原告であると、どこまで知っているかはわからない。しかし、そんなこととは関係なしに、医療に尽くしてくれている。さっきまで沢井は、疑心暗鬼にかられていたが、いまは落ち着いている。そこへ「まるで丸太ん棒のように扱った」と、不満に思っていた看護婦が、ストレッチを押して入ってきた。

「さあ、行きましょうか」

クールな声の主は、テキパキと指示して、沢井を台の上に乗せると、力強くスタートさせた。これこそ白衣の天使だ……と、うっとりして見上げたら、かたわらの静子が、沢井の足を思いきりつねり、叱っているようだった。

（若い人でなく、私のほうを見なさい）

（いいじゃないか、両手に花なんだから）

目で言い返しながら、とても幸せに思えた。

胃ガンの手術を受け、すでに半年たった。沢井健二郎は、三ヵ月間の入院生活をへて、今はリハビリに励んでいる。一九九九年が明けて、沢井夫婦を原告とする訴訟の判決も、一月中旬に期日が指定された。このような医療訴訟で、二年足らずで判決にいたるのは、きわめて異例らしい。

「オレが病気になり、進行性の胃ガンと聞き、生きているうちに判決を……と、裁判長が気をきかせて、期日指定をしたのかな」

「あなたという人は、なんでも自分に都合よく、解釈できる人なのね」

朝食のとき静子が、あきれたように言った。

「日本の裁判官は、一人で何百件もの訴訟をかかえ、てんてこ舞いをしている。原告の事情なんかを、考えるヒマはありません」

「そんなものかなぁ。裁判官はコンピューターと違って、あくまでも人間だろう」

「だからなんなの？」

「わが国は、証拠裁判主義をモットーとして、『事実の認定は証拠による』と」

「それで？」

「すなわち、『証拠の証明力は、裁判官の自由な判断に委ねる』と、自由心証主義なんだよ」

「はい、はい。わかりました」

そっぽを向いた静子は、せわしくハシを使い、先に食べ終えた。

「ベッドで民事訴訟法や、刑事訴訟法を読んだばかりに、にわか仕込みの知識で、私をたぶらかそうというのね」

「そんなことよりも、ゴハンの食べ方が、ちょっと早すぎる」

「今ごろになって、なにを言いたいの？」

「医者ともあろう者が、よく嚙みもしないで、ゴハンを流し込むのはよくない」

「なにを言っているのよ。サラリーマン時代のあなたは、私より早かったでしょう」

「そういえば聡子が、『お父さんとお母さんは、運動会のパン食い競争みたい』と、目を丸くしたなぁ」

猛烈サラリーマンと、たくさんの患者をかかえる開業医が、時間を節約しようとすれば、スピーディな食事しかない。そんな両親と、朝食をともにしながら、一人娘はマイペースだった。

「あの子の話を、そんなふうに持ち出さないで！」

プンプン怒って、静子は診察室へ向かい、いつもの平和な光景に戻った。

沢井は進行性のガンで、胃全体を摘出した。〝全摘〟というそうだが、ほかの臓器に転移しておらず、手術は成功したらしい。ガンと闘った……と、本人は思っているわけではない。無料胃ガン検診がきっかけで、異常が発見されたから、医師の指示にしたがって、素直に手術を受けただけだ。

いや、そんな素直な患者ではなく、手術なんか受けることはないと、酒びたりの日々をすごして、このまま死ねばよいとさえ思った。しかし、生き抜かないことには、医療訴訟をおこした意味がない。沢井が会社をやめたのは、「聡子を殺された」として、病院の責任を追及するためだった。あるときは、「主治医を生かしておけない」と、総会屋を通じてピストルを入手し、射殺することまで考えた。

実弾入りの22口径ピストルを、実際に握りしめたとき、綱島左衛門に言われた。

「沢井さんは、このピストルを使うことを、たったいま本気で考えたね」

「………」

「考えるのは勝手だが、実行してはいけない」

そう言うと総会屋は、都心の高層ホテルの二十八階の客室から、窓の外へ向かって実弾を撃ち尽くし、ピストルを中庭の池へ投じた。

「小生の言い値の五十万円を、もし払う気があるのなら、いつもの口座に振り込んでください」

「とはいえ、かんじんの物を捨てられた」

「いいじゃないの。そのうち小生に、感謝するときがくるからさ」

ニヤリと笑った総会屋は、飄々と去って行ったが、機転をきかせてくれなかったら、どうなっていたかわからない。

（今まさに、感謝している）

自宅の食堂で、ゆっくりゴハンを嚙みながら、沢井は思った。分別をわきまえたはずの年齢で、どうしてピストルのようなものを入手したのか、自分の気持ちがわからない。

もっと感謝しなければならない相手は、こんどの病気を発見した医師と、ガン細胞を切除してくれた医療チームである。

（このオレが、医療訴訟の原告と知りながら……）

あらためて思うことは、自分一人の力で生きているのではなく、人々に支えられて、生かされていることである。このような言葉に、よく書物などで出会うけれども、みずから実感したとき、その言葉の重みがわかるのだ。


土曜日の午前中、ふと思い立ってサラリーマン時代の同僚に、電話をかけてみた。入院中に見舞いにきてくれ、自分の病気のことも話したから、安否をたしかめておきたい。

「河上俊作君は、ご在宅でしょうか」

「いいえ。留守にしています」

電話に出たのは女性で、沢井はとまどった。河上は四年前に妻を亡くし、二人の息子と暮らしているはずだ。

「どちらさまでしょう？」

「沢井という者で、河上君とは、会社で机をならべた間柄です」

「お名前は、伺っております。じつは兄も、数日前から入院しました」

「ああ、妹さんですか」

「お元気の様子でなによりです。入院なさっていたことは、兄から聞いております」

「そうすると、入れ替わりですなぁ」

七つ年下の河上は、沢井の部下という時期もあったが、いつも沈着冷静で頭が切れ、オッチョコチヨイ気味の上司を、よくサポートしてくれた。

「入院先を教えてくれますか。今から伺いたいと思います」

「きょうは土曜日なので、面会時間は、午後一時からです」

「わかりました」

教えられた国立の総合病院は、沢井の家から電車とバスを乗り継いで、一時間半ほどで行ける。さっそく身支度をして、「沢井内科クリニック」を覗いてみると、静子は女児をベッドに寝かせ、注射をするところだった。

「河上君が、再入院したそうだ。気になるから、見舞いに行ってくるよ」

「すると白血病が悪化したの？」

「病気の本体は、完治したはずなので、よく事情がわからない」

「じゃあ、行ってらっしゃい。くれぐれもムリをしないでね」

「はい、はい」

沢井が診察室を出ると、ギャーッと悲鳴が上がり、ベッドの子が注射におびえている。

「オレも泣きたい気分だよ。あの河上が、再入院だなんて……」

明日はわが身ということもあり、まさに他人事ではない。白血病は、「血液のガン」といわれ、その昔は不治の病だった。しかし、河上は最新の治療法で、骨髄移植に成功した。

ターミナル駅から、バスに乗り換えて、国立の総合病院へ行く。沢井はバスに乗る前に、花束を買うことにした。

「たしか河上は、バラの花を持ってきた」

入院してわかったのは、病室で花を眺めていると、心が洗われることだ。幸せな気分にはなれないが、少なくとも素直になれる。バス乗場に近い花屋へ行くと、松の内の華やいだムードで、たくさんの客がいた。店内を見渡すと、ガラスケースの棚に、盛り花が乗っている。

「あれは売り物ですか」

沢井が女店員に尋ねると、相手はあきれたように答えた。

「もちろんです。お値段も付いていますよ」

「じゃあ、一万円のをください」

「お届けでしょうか」

「いや、自分で持って行きます」

大きな紙袋に入れてもらい、ついでにチョコレートも買って、バスに乗り込んだ。会社勤めのころ、総務部長の仕事に、病気見舞いというのもあった。若い社員に花を用意させ、必要に応じて現金を添えて、ハイヤーで出かけた。しかし、いまは年金生活者だから、めったにタクシーも利用しない。花の代金は、小遣いから出すのであり、会社の経費で落としたころと、ずいぶん違いがある。バスの車窓から、街の風景をみるのも悪くない。ゴチャゴチャした商店街を抜けると、高級マンションの一群があり、その先は神社の鳥居で、こんどは古びた住宅街だ。

(こんな町並みに、隣国からのミサイルが落下したときは、阿鼻叫喚の巷になるだろう)

なんの脈絡もなく、ふと不安がよぎったのは、ガンの手術を受けて、生命の尊さというものに、ようやく気づいたからだ。

（大病を患うと、物事をみる目が変わるというのは、やはり本当なんだな）

そんなことを思いながら、国立病院前でバスを降りて、病棟の受付に氏名を記入し、もらった番号札を胸に付け、エレベーターで病室へ向かった。沢井が入院した大学病院は、病室は十二階で「港の見える部屋」だった。河上俊作の病室は十階にあって、ドアを押して入ると、目の下にゴルフ練習場が広がっている。

「やあ、先輩じゃないですか」

部屋の奥のベッドで、テレビを見ていた河上が、むっくり起き上がった。

五十一歳の河上は、二年前に骨髄移植の手術を受け、白血病を克服している。いわゆるガンは、臓器や組織のなかの細胞が、ガン化したことをいう。ガン細胞は、組織に埋もれて、正常な細胞とはちがう固まり（固形ガン）になる。しかし、血液の細胞が腫瘍化すると、血管のなかを流れて、身体中をまわる（全身的な腫瘍）。この血液のガンを、白血病という。

赤血球は、血液のなかでいちばん数が多く、赤い色をしているから、血は赤くみえる。白血球は、灰色のような白い色をしており、これが異常にふえると、血は白くみえる。白血病は、白血球が腫瘍化して、その細胞がガンとおなじように、どんどん増殖する。腫瘍化した細胞がふえるから、正常でない白血球が、とめどもなくふえていく。白血球は、おもに骨髄でつくられ、体内に侵入する細菌に立ち向かい、感染をふせぐ役目をする。その白血球の機能がおとろえると、感染をふせぐことができなくなる。

「私が白血病にかかっていることが判明したのは、乳ガンの手術を受けた妻が、再発したころと前後していたんです」

「それは知らなかった」

「四年前に妻が死んで、こんどは私が、白血病と闘わねばならない。正直いって、どん底の気分になり、生きる気力を失いました」

「キミはなにも言わなかった」

「血液のガンですからね。それこそ不治の病で、サラリーマン生命を失う。いくら先輩でも、告白することはできません」

「そんなものかなぁ」

「化学療法の進歩で、多剤併用療法といって、いろんなクスリを大量に投与する。しかし、私の場合は、効用がありませんでした」

「オレを見舞ってくれたとき、骨髄移植の手術に成功したと言ったろう？」

「ええ。アメリカで開発された治療法で、白血病患者の骨髄を、放射線や抗ガン剤によって、はたきをゼロにする。そのあと、白血球表面抗原というものが合う人の骨髄を移植して、必要な白血球をつくらせる。これは命がけの手術でしたよ」

「その話は、見舞ってくれたとき、一通り聞かせてくれたね」

「医療というものを、先輩に信じてほしかった。血液のガンを克服した、私の体験を聞いて、元気を出してくれましたね。こんどの入院は、血液のガンが、再発したわけではないんです」

「五十歳をすぎた患者は、移植手術を受けられないそうだね？」

「二年前はそうでしたが、年齢制限はなくなるはずですよ」

「いずれにしても、大手術だとわかる」

「だから私は、受ける気はなかった。しかし、妹に説得され、気持ちが変わったんです」

「キミの家へ、午前中に電話をかけたら、妹さんが出られたよ」

「あの妹が、私と白血球表面抗原が合うから、骨髄を提供してくれました」

沢井は胃ガンの手術を受ける前に、見舞いにきた河上から、血液のガンの白血病を克服したことを聞いた。しかし、骨髄の提供者が、河上の妹とは知らなかった。

「じつは妹は、亡くなった妻の親友でした」

「そのことなら、キミの結婚披露宴に出て、よく覚えている。二人とも美人で印象的だった」

「いやぁ、覚えてくれていましたか」

このとき河上は、嬉しそうに笑うと、ベッド脇の沢井に問いかけた。

「愛する者に死なれたとき、人の悲しみというのは、二種類あるそうです。時間の経過とともに、悲しみが薄れていくタイプ。それとは逆に、悲しみが深くなるタイプ」

「ああ、そういうことか」

「どうやら私は、後者のタイプで、妻に死なれた悲しみが、深まるばかりでした。厭世的というか、希死願望というか……」

「そんなキミを、病気に立ち向かわせたのが、妹さんだったんだな」

「考えてみると、大学生と高校生の息子がいる。二人の子のためにも、生き抜かねばならない。そう励ましてくれたのが妹で、骨髄を提供してくれました」

「なかなか立派な妹さんだよ」

「その妹の骨髄が、抗体も持ち込んだから、私の体が拒否反応をおこして、ときどき入院するんです。

そういうわけで、ちっとも心配していません」

河上俊作は、屈託のない明るい表情だった。


サラリーマン時代の後輩を見舞ったあと、まっすぐ帰宅して、妻に報告した。

「べつに白血病が、再発したわけではない」

「なるほど、そういうことね」

医師らしく、たちまち納得して、沢井のために緑茶を入れてくれた。

「私が医学生のころ、白血病といえば、不治の病だったけど、いまの骨髄移植は、成功率が高いらしい。河上さんは、人柄がよいこともあって、救われたんだと思うわ」

「そういう言い方は、ちょっと引っかかる。なんだかオレは、人柄に問題があるみたいだな」

「ほらほら、すぐ突っかかる」

静子は苦笑して、そっぽを向いてしまったから、沢井は言葉を次いだ。

「河上君が言ったことだけど、愛する者に死なれたとき、人の悲しみというのは二種類ある。時間の経過とともに、悲しみが薄れていくタイプ。逆に悲しみが深くなるタイプ。どうやら彼は、後者のようだ」

「あなたたちは、そんなセンチメンタルな話を、病室でしていたの？」

「いけないことかな」

「そうじゃなく、意外だから……」

ここで真顔になると、静子が湯飲みに視線を落として、しんみり問いかけた。

「あなた自身は、どっちのタイプだと、河上さんに答えたの？」

「あいにく彼は、そんなストレートな質問はしない。オレが会社をやめたころ、命がけの骨髄移植をしていた。その手術体験を聞かせるために、見舞いに来てくれたんだが、そのとき『勝訴するためにも、必ず生還してください』と言った」

「訴訟のことは、知っていたのね」

「それはそうだよ。オレが会社をやめたのは、裁判のためなんだから、彼が知らないはずはない」

「さっきの質問だけど、それであなたは、どっちのタイプなの？」

「そんなことは、妻といえども、聞くべきではない。必要なときは、問わず語りに打ち明ける」

「だったら私は、勿体ぶらないわ」

にわかに感情が、高ぶってきたらしく、静子は涙声になった。

「判決が近づくにつれて、私の悲しみは増すばかり。もし勝訴しても、聡子は戻ってこない！」


判決期日が近づくにつれ、マスコミからの電話が、ひっきりなしである。

「ズバリうかがいますが、原告としては、勝訴の見込みがありますか？」

「神のみぞ知るで、わかるはずはありません。判決の当日に、裁判長が言い渡します」

「しかし、異例のスピード審理で、医療訴訟でありながら、専門家の鑑定もない。そこから見えてくるものは、あるんじゃないですかね」

「あなた方が、そういうことについては、詳しいはずでしょう」

取材する側としては、「勝訴する自信がある」と、沢井夫婦に言わせたいようだ。しかし、静子は「判決が近づくにつれて、私の悲しみは増すばかり」と、マスコミからの電話に応じない。

「申し訳ありませんが、判決が出るまで、そっとしておいてください」

「そうすると当日は、コメントいただけますね。ぜひ記者会見に、出てもらいたいんです」

「杉谷新平先生が、きちんと対応してくれます。こういうことは、専門家でないとわからない」

「杉谷弁護士は、あくまでも代理人です。原告である沢井さん、とりわけ医師の静子先生に、コメントいただきたいのです」

「わかりました。本人に伝えます」

この訴訟は、一人娘を亡くした両親が、病院と主治医に、損害賠償を求めた。そのこと自体は、よくあるケースだが、母親が医師というので、全国的に注目されている。沢井は妻に告げた。

「やはり静子は、記者会見に応じるべきだ」

「そのことなら、杉谷先生にも言われているわ」

「だったら記者に、そう伝えていいね？」

「今はそっとしてほしいのよ」

「とはいえ、記者クラブには幹事社がある。その担当記者に、きちんと約束しておけば、こんなにあちこちから、電話はかかってこない」

「わかりました。あなたに任せます」

そう静子が答えて、マスコミからの問い合わせは、ようやく収まった。ところが沢井自身は、キューン、キューンと、胸を締めつける痛みで、夜も眠れない。手術前夜とおなじように、精神的な緊張がもたらすらしい。

そうして、判決の日を迎えた。

判決の日は、朝から快晴だった。真冬の関東地方で、このような天気だと、冷え込みがきびしい。午前十時の開廷で、判決の言い渡しに一時間半くらいかかるという。開廷してすぐ、裁判長が「主文」を宣言し、「判決理由の要旨」を朗読するのである。

民事裁判、刑事裁判を問わず、判決のポイントは、「主文」に尽きる。これが刑事裁判で、無罪を争っているのなら、「被告人は無罪」となるか、「被告人を懲役×年に処する」となる。無罪であれば、その理由について、きちんとした説明がなければならない。

民事裁判は、原告が訴えを起こして始まり、裁判所がその請求を認めるか、認めないかをきめる。あるいは「和解」を勧告して、あえて「判決」しない。この医療訴訟では、双方の言い分が、まっこうから対立した。裁判所としては、途中で和解を勧告することをせず、判決に持ち込んだ。こういうケースは、そんなに多くないという。

「とかく裁判官は、和解をさせたがるが、今回はきちっと、判断を示したいんです。その姿勢自体を、評価すべきだと思う」

ルポライターの木曾良一は、開廷する前の廊下で、何人かの司法記者に、そんなコメントをしていた。沢井健二郎は、訴訟の当事者だから、静かに開廷を待った。きびしい表情で、人を寄せつけたくない。さすがに木曾も、向こうから話しかけなかった。

午前九時五十五分、法廷の入口で、事務職員が声をあげた。

「これから入廷していただきますが、本日は開廷する前に、二分間の法廷撮影があります。さしつかえのない人は入廷して、そうでない人は、撮影が終了してから、中に入ってください」
社会的に注目される裁判は、マスコミの要請にもとづいて、撮影がなされる。各社が入ると、騒々しいことになるから、代表取材としてテレビカメラと、スチール写真のカメラが入る。沢井が法廷に入ると、静子は杉谷新平弁護士と二人で、原告席にすわっていた。威風堂々というのか、自分の妻でありながら、じつに頼もしい。おなじ原告だが、沢井のほうは、いつも傍聴席にいる。

裁判官三人が入廷して、撮影がはじまった。テレビカメラは音もなく回り、スチール写真のほうは、カシャッ、カシャッと乾いた音を立てる。なんともいえない緊張感で、沢井は体を硬くした。

午前十時、裁判長が宣言した。

「それでは開廷し、これから判決を言い渡します」

猪熊彦太郎裁判長は、法廷内を見渡して、一呼吸を入れたあと、張りのある声を上げた。

「主文」

ここで再び、一呼吸入れたのは、①から④まであるからだ。

①被告の病院は、原告両名に対して、各千五百万円および、提訴の時点から支払い済みまで、年五分の割合による金員を支払え。

②被告の成田博正は、原告両者に対して、被告の病院と連帯し、各五百万円および、提訴の時点から、支払い済みまで、年五分の割合による金員を支払え。

③訴訟費用は、被告らの負担とする。

④この判決は、主文①②にかぎり、仮に執行することができる。

この「主文」を聞いて、傍聴席の最前列にいた司法記者たちが、いっせいに立ち上がり、ドドドッ……と、法廷を飛び出した。新聞であれば、夕刊でどのくらいの大きさにするか、テレビであれば、昼のニュースでどれくらいか、「主文」によってきまる。

あわただしく記者が立ち去り、ようやく静かになった法廷で、猪熊裁判長は、用意していた水差しから、コップに注いで飲んだ。裁判長としても、かなり緊張しているらしい。

「これから判決理由の要旨を述べます。まず、過失について」

ああ、病院側の過失を、ハッキリ認めてくれた……と、沢井は胸が熱くなった。

一九九七年四月、原告を両名（沢井健二郎、沢井静子）として、被告を病院および主治医とする「訴状」を、裁判所に提出した。この損害賠償請求で、「訴訟物の価額」を、七千三百万円としている。
①逸失利益　四千万円
②慰藉料　二千五百万円
③葬祭費　百万円
④弁護士費用　七百万円
これについて、判決の「主文」は、次のように明記した。

「被告の病院は、原告両名に対して、各千五百万円を支払え。被告の成田博正は、原告両名に対して、被告の病院と連帯し、各五百万円を支払え」

つまり裁判所は、七千三百万円の請求につき、四千万円を支払うべきだとした。被告の病院は、そのうちの三千万円、被告の主治医は、一千万円を負担せよ、ということになる。傍聴席で沢井は、胸を熱くしながら、冷静に考えてみた。

（この金額では、満額回答とはいえない。しかし、われわれ夫婦は、カネが欲しくて、訴訟をおこし

たのとは違う。病院と主治医に、過失を認めさせて、謝罪させるためである）

したがって、損害賠償の金額よりも、どれくらい過失を認めたか、それが問題なのだ。裁判長は、「判決理由の要旨」のなかで、過失を五つに分けた。

①手術法の決定が拙速であった過失（医療契約上の注意義務違反）。

②治療法の得失・長短について、十分に比較し検討しなかった過失（医療契約上の注意義務違反）。

③説明義務の違反。

④手術上の過失（医療契約上の注意義務違反）。

⑤術後管理。

「まず、①についていうと、主治医である成田博正医師が、沢井聡子が入院した当日に、病名を頭蓋咽頭腫と即断して、ただちに開頭手術することを決定している。このような場合は、プロラクチノーマと頭蓋咽頭腫を鑑別するために、もっとも重要なプロラクチン値の検査を、きちんと実施すべきであった。しかしながら、本件においては、この鑑別に必要な検査が、重ねられているとは認められない。被告の病院および主治医は、病名を慎重に診断したうえで、治療法を決定すべきであった」

ほぼ全面的に、原告側の主張を認めたもので、被告側の弁明は退けられた。

被告側は、第一回口頭弁論で、「当事者間の損害賠償請求事件につき、左記のとおり答弁する」と、書面を提出した。その答弁書で、「請求の趣旨」について、次のように述べている。

「原告らの請求をいずれも棄却し、訴訟費用は原告らの負担とする、との判決を求める」

しかし、裁判所は「原告らの請求」を棄却することなく、「四千万円を支払え」と、明快に判決したのだ。

被告側は、「入院した当日に、頭蓋咽頭腫を第一に考えた主治医が、一般的には開頭手術となることなど、病状や治療計画の説明をしたことは認めるが、その余は争う」と主張した。このとき主治医は、「CT所見などから、頭蓋咽頭腫を考えるが、下垂体腺腫（プロラクチノーマ）も考えうるとの説明をおこない、原告の静子から、『頭蓋咽頭腫であればどうなるのか？』と質問されたので、『一般的には開頭手術と放射線治療です』と答えた」という。

これについて判決は、「プロラクチノーマと頭蓋咽頭腫を鑑別するために、もっとも重要なプロラクチン値の検査を、きちんと実施すべきであった」と、きびしく指摘している。

②治療上の得失・長短について、十分に比較し検討しなかった過失（医療契約上の注意義務違反）は、次のように認定された。

「プロラクチノーマの治療法は、プロモクリプチンによる薬物治療、手術療法、放射線治療などがあって、いずれを第一次選択とするかは、医師のあいだで意見が分かれている。手術療法にも、ハーディ法と開頭手術の二つの術式がある。しかし、本件についての治療法を、薬物にするか、手術にするか、放射線にするかについて、十分な比較・検討がなされないまま、開頭手術が決定されている。いずれの治療法が最善であるかについては、術前の検討も不十分であったと、認めざるをえない」

被告側は、「入院した翌日に、家族に『頭蓋咽頭腫より下垂体腺腫の可能性が、かなり高くなった』と説明し、その三日後に『総合的に判断するとプロラクチノーマで、なるべく早く、視神経を減圧するために、開頭手術を要する』と説明した」と、第二回口頭弁論における「準備書面」で弁明した。そのとき説明を受けた「家族」は、患者の母親ということだが、静子は法廷証言で、「手術前にプロラクチノーマとは、いちども聞いておりません」と否定しており、それを判決で認めた。

③説明義務（インフォームド・コンセント）違反について、判決は指摘している。
「プロラクチノーマの治療法に、ブロモクリプチンによる薬物治療が、まったく説明されていない。患者は十七歳の女性で、将来の妊娠出産のために、生理を再開させることも、治療の目的になる。これらの薬物療法が、正しく説明されていれば、こちらを選択した可能性がある。プロラクチノーマは、良性の腫瘍で、死亡することもなかった。被告による説明義務違反と、患者の死亡という結果とのあいだにも、かなり因果関係があると認められる」

このくだりを聞いたとき、沢井はポロポロと大粒の涙をこぼした。脳下垂体の前葉に発生する、プロラクチン産生腺腫（プロラクチノーマ）は、ほとんどが女性の病気とされ、性機能障害を中心とする症状があらわれる。十七歳の聡子が無月経なのに、ブラウスが濡れるなど乳汁分泌がみられたのは、プロラクチン（乳腺刺激ペプチドホルモン）が異常に上昇していたからだと、後になってわかった。

そうであるなら、将来の妊娠・出産を可能にするために、性機能の障害を、取り除いておくべきだった。プロラクチノーマは、何年もかかってできた病気で、一日を争うような、生命にかかわるものではない。しかし、なぜか病院側は、外来で診察をしたときから、「やっぱり一日も早く、手術を受けたほうがいいでしょう」と、せきたてるようにした。

血中のプロラクチン値を、病名を鑑定するために測定しなかったことについては、病院の主任部長だった新美医師が、「乳汁の分泌をきたすのは、プロラクチノーマが多いわけで、一〇〇パーセントではないまでも、ある程度の予測がつきます」と、あえて証言している。腫瘍が大きかったから、プロラクチノーマであっても、開頭手術が必要だったと、言い張るためなのだ。

判決理由に、次のくだりもある。

「手術方法には、開頭手術のほかに、ハーディ法があり、プロラクチノーマの場合は、ハーディ法が、第一次選択とされている。したがって、ハーディ法のほうが一般的であることを、十分に説明し、それぞれの治療法の長短、得失について正しく説明したうえで、治療法を選択・決定すべきであった。ハーディ法を選択した場合にも、死亡の危険性は、少なかったと考えられる」

いずれにしても、「まず開頭手術ありき」で、高校二年生で十七歳の聡子は、病院で死ななければならなかったのではないかと、判決は言及している。

とかく裁判は、わかりにくいとされる。むずかしい法律用語や、独特の言い回しのせいで、とくに医療訴訟では、さらに専門的になる。しかし、猪熊裁判長は、なるべく嚙み砕いて伝えようと努力している。

「④の争点は、手術上の過失で、医療契約上の注意義務違反と、いえるかどうかである。本件で、脳梗塞を引きおこしたのは、トルコ鞍上の腫瘍を削り取る手術操作が原因で、血管攣縮が生じたためとみられる。執刀した野見山証人は、『内頸動脈にふれずに、腫瘍を摘出することは不可能である以上、血管にふれること自体は、当然のことである』と述べている。そうであるなら、できるだけ多く、腫瘍を摘出しようとしたことに、とくに悪意でもないかぎり、医師を非難するのは、相当とはいえない」

K大の野見山弘一教授は、聡子の手術を終えた直後に、「すべてを摘出するのはムリなので、視神経と接するところは残さざるをえなかった。あとは薬物と放射線などによって、腫瘍が小さくなれば良いのです」と、母親の静子に説明している。

たしかに判決がいうように、野見山教授に、悪意があろうはずはない。むしろ出張手術をしたということで、腫瘍摘出度を高めようとの〝善意〟が、裏目に出たともいえる。

裁判長がつづける。

「なお、原告側は『手術中のビデオは、実際の手術操作の大切な部分に、不明朗な操作が加えられており、なんらかの不手際があったことが推認される』と主張する。しかし、この点について、合理的な疑いが残るとまで、当裁判所は言い切ることはできない。むしろ被告側は、広い意味で想定しうる、手術の危険性を考えて、なお一層の不利益を引き受ける、患者家族の了解をえたうえで、手術に踏み切るべきであった」

つまり判決は、医療行為のシロウトでしかない裁判官が、執刀に過失があったと、行為そのものを非難するよりも、野見山教授が、出張手術をするにあたり、事前に十分に検討しなかったことを、率直に批判している。K大医学部における出張尋問で、原告の静子は、証言台の野見山教授に、「あえて伺いますが、娘の聡子の手術は、先生がなさいましたか？」と尋ねた。「はい」と答えたので、「ビデオテープをみると、途中でスピードが変わっていますが？」と追及したが、「硬膜を開けたときから私がやっています」といわれて、あとは藪のなかである。

沢井はビデオの内容について判断できないだけに、判決に説得力を感じた。

判決の「主文」は、病院側に過失があったとして、合計四千万円の損害賠償を認めた。猪熊裁判長による、「判決理由の要旨」は、「⑤術後管理」にさしかかっている。

「気管内チューブの交換に時間を要し、脳内に低酸素症の損傷が生じたり、MRSA（メチシリン耐性黄色ブドウ球菌）に感染したことなどは、いずれも血管攣縮や脳梗塞が生じたあとである。したがって、それが患者の症状をどれだけ悪化させ、死亡するに至るにどの程度に寄与したかは、不明といわざるをえない。もしこれらが、病院側の唯一の不手際であるのならば、くわしく検討しなければならない。しかし、本件で非難されるべきは、なによりも診断ミスで、それにもとづく手術方法の決定である」

ここまで明快に、判決で言い切るとは思わなかったので、沢井は体が震えるような感動をおぼえた。

「被告の成田博正は、沢井聡子の病名について、頭蓋咽頭腫であるのか、プロラクチノーマであるのか、鑑別がしっかりしないままで、開頭手術を決定した過失がある」

この日の法廷に、被告側として出廷しているのは、代理人である二人の弁護士だけだ。民事裁判においては、むしろ普通のことで、原告席に杉谷弁護士と並び、静子がすわっているのが、むしろ珍しいといえる。その静子はといえば、すっかり落ち着き払って、手元の「判決文」を目で追っている。「主文」を言い渡したあと、訴訟の当事者にたいして、裁判所側がコピーを配るからだ。傍聴席の沢井にまでは、むろん配られない。大粒の涙を流したり、感動に震える胸をおさえたり、先ほどから落ち着かないが、まぎれもない勝訴である。

ようやく朗読が、終わろうとしている。

「被告の成田博正は、次の過失が認められる。①手術法の決定が、拙速であった過失。②治療法の得失・長短について、十分に比較し検討しなかった過失。③説明義務（インフォームド・コンセント）の違反。したがって、被告の病院と連帯して責任が認められるものである」

あのとき主治医が、もっとフランクに説明し、患者の家族の疑問に答えていたら、このような医療ミスはおきなかった。いや、仮にミスが生じたとしても、人間らしく率直に過失を認めて、「申し訳ありません」と、詫びてくれていたなら、訴訟沙汰になることもなかった……。ふと沢井は、そんなことを思った。

午前十一時十五分、判決の言い渡しを終えて、猪熊裁判長は、最後につけ加えた。

「なお、この判決に不服があるときは、控訴することができます。十四日以内に、高等裁判所宛ての控訴申立書を、当裁判所に提出してください」

控訴するかどうかの期間は、言い渡しの翌日から、十四日以内である。申立書の宛て名は、高等裁判所であっても、差し出すのは、地方裁判所でなければならない。もし控訴がなければ、判決が確定する。ギリギリになって、当事者がきめることが多いから、第一審の裁判所が、いちはやく知る必要がある。

「それでは閉廷します」

その言葉を待って沢井は、傍聴席で立ち上がり、原告席にいる静子に、大きく頷いてみせた。すると妻は、ニッコリと笑顔で応じ、白いハンカチを目頭に当てた。そこへ司法記者が近づき、杉谷弁護士と、静子をうながした。約束したとおり、記者会見場に来てほしいと、案内するのだろう。

沢井は廊下で、いろんな人たちに、お辞儀をくりかえした。欠かさず傍聴して、熱心にメモを取ったり、この裁判への関心は、ずいぶん高かった。しかし、いまは言葉で、いちいち挨拶することができない。万感こもごも至って、思いを声にすれば、涙も溢れることだろう。

「イッパイやりたいところですな」

ルポライターの木曾良一が、さり気なく近づき、沢井にささやいた。裁判所を出たところの公園で、オデン屋は開いているが、今すぐは行けない。むろん相手も、オデン屋でビールを飲もうと、誘ったわけではない。「勝訴おめでとう」と祝福してくれたのだ。

「全体的に、目配りのよい判決で、被告側としては、グーの音もないでしょう」

「そうでしょうか？」

「外来の初診から、病名がクルクル変わった。例えはよくないけど、これが刑事事件なら、初動捜査のミスで、犯人を取り逃がした。それが重大な結果をもたらしたわけだから、病院の責任者と、主治医の責任は大きい」

「ちょっと例えが、わかりにくいですね」

「いや、失礼しました。犯人イコール病院と言おうとしたんですが、ボクも興奮して……」

木曾は苦笑したが、沢井としては、もっと話を聞いてみたい。法廷の横には、「公衆控室」があるので、二人でそこへ入った。

「今回の裁判で、なによりも良かったのは、提訴から二年以内に、判決にこぎつけたことです」

木曾は裁判所の「公衆控室」に入り、かなり興奮した口ぶりで、沢井に語りかけた。

「とかく日本の裁判は、長期化する傾向がある。医事紛争などは、裁判官にとって苦手だから、専門家に鑑定を委嘱して、ゲタを預けるからです」

「それが今回は、鑑定抜きでした」

「立派なもんです。猪熊裁判長は、なかなか先見の明がある。もしかしたら、日本の民事裁判の流れが、これで変わるかもしれない」

「ほんとうですか？」

思わず沢井は、大声を発してしまった。裁判所に近い公園のオデン屋で、木曾とはビールを飲んだ。しかし、今は法廷の隣りだから、首をすくめた。

「この裁判に、そういう意味があるなら、とても嬉しいですね」

「いま法務省が、近くもうけられる予定の司法制度審議会に、陪審・参審制の導入の可否を、提案しているでしょう」

「ええ。新聞で読みました」

「陪審裁判というのは、クジ引きで選ばれた市民が、争いごとを解決する。参審裁判というのは、職業裁判官でない者が、審理に参加することです。そうすることによって、ダラダラと長引く裁判はなくなる」

「法務省の提案は、スピーディな裁判を、めざしているのですか」

「陪審・参審制を導入することは、市民の司法参加をうながす点でも、大きな意味があります。もしそうなれば、医療訴訟なども、ダイナミックに展開するでしょうな」

「陪審というのは、刑事裁判でしょう？」

「いいえ。民事裁判も、陪審でやりますよ。アメリカのタバコ会社が、健康に害があったということで、莫大な損害賠償金を支払わされる。こういう判決は、なかなか職業裁判官では出せない。市民感覚であるからこそ、できることなんです」

「なるほど……」

そういえば、新聞記事の解説に、「欧米にくらべて低額といわれる損害賠償額が、市民が判断することによって、高額になる可能性があり、企業など反発するとみられる」とあった。

「きょうの判決で、四千万円という金額を、沢井さんはどう思いますか？」

「良い意味の日本的で、私は納得できます」

このとき沢井は、素直に答えた。夫婦で提訴するにあたり、なによりも心配したのは、「娘の命と引き換えに、病院からカネを取るのか」と、誤解されることだった。ある新聞は、「女医、医療ミスで病院を提訴／十七歳の愛娘が死亡／七千三百万円を請求」と見出しをつけ、静子の友人の女医から電話があった。

「昔から、イヌがヒトに噛みついても、ニュースにはならない。しかし、ヒトがイヌに噛みつくと、ニュースになるというわね。医師が病院を訴えたから、マスコミが飛びついたんでしょう」

この女医は、医科大で静子と同期で、K大系の病院に勤務し、野見山教授と知り合った。そのコネクションで、出張手術をしてもらうことになった。それなりに怒る理由はあるが、沢井夫婦は、野見山教授を訴えていない。

第十回口頭弁論で、主治医だった成田博正医師に、被告側の弁護士が尋問した。

――この訴訟では、病院だけではなく、あなた個人も訴えられている。脳神経外科の新美部長や、執刀した野見山教授が訴えられなかった理由を、どう考えていますか？

「ある意味では、仕方ないと思います。家族としての怒りをぶつけやすいのは、私のように若い主治医ですからね。それともう一つは、K大の野見山教授が、あまりにも偉大すぎるから、訴える心情になれなかったんでしょうね。今回の訴訟について、私はそのように推察しています」

高校二年生で十七歳の聡子が入院した当日、いきなり「頭蓋咽頭腫だから、開頭手術になります」と主治医にいわれ、ショックを受けた静子が、友人の女医に相談して、出張手術になった。病院側と野見山教授が、いよいよ手術というときまで、どれだけ打ち合わせていたのか、それを明らかにするのも、提訴の目的である。「偉大すぎるから、訴える心情になれなかった」のではなく、裁判で権威へのメスを入れてほしかった。

判決は、執刀に過失があったと、行為そのものを非難するのではなく、事前に十分に検討しなかったことを、率直に批判している。

「被告側は、広い意味で想定しうる、手術の危険性を考えて、なお一層の不利益を引き受ける、患者家族の了解を得たうえで、手術に踏み切るべきであった」


台風一過とは、このような状態をいうのか。判決から一週間たって、ようやく沢井夫婦に、平穏な日常が戻った。妻の静子は、連日の取材攻勢で、テレビ各社のスタジオへも行き、生出演をして、インタビューを受けている。

——判決は過失を認めたから、原告の勝訴ですが、率直なご感想は？

「私たちの訴えが、正当に評価されたことは、ありがたいと思っています」

——被告である病院と主治医に、なにか言いたいことは？

「こんどの提訴は、私たちの本意とするところではありません。できることなら、このような提訴など、したくはなかったのです」

——しかし、実際に訴訟をおこして、その主張を裁判所が認めましたね？

「あえて提訴したのは、娘の聡子が、死ななくてもよかったのに、死亡させられたという事実。このような医療過誤が、二度とおきてはならず、医師にたいする信頼が揺らいでいるのを、放置できないと思ったからでした」

——沢井さんは、医師でもあり、患者の母親でもある。その立場から、いま言いたいことは？

「原告としての訴えが、正当に評価されたことを、ありがたいと思っています」

——そうであれば、被告側に言いたいことがあるのでは？

「判決文をよく読んで、その意味するところを、汲み取っていただきたい」

——どういう点を、強調したいですか？

「判決文を、正しく理解していただきたい」

——それは要するに、「判決を受け入れて、控訴しないでほしい」と？

「被告側が、お決めになることです。私の口から、申し上げることではありません」

——七千三百万円の損害賠償請求にたいして、判決が認めた金額は、低すぎるのではないですか？

「裁判所の認定に、不服はありません。おわかりいただきたいのは、日本の裁判システムで、損害を金額に見積もらなければならず、そのようにしただけなのです」

——カネ目当てではない？

「もちろんそうです。被告側として、過ちを認めたうえで、そこから学んでくださることを、私たちは望んでいます」

あくまでも控え目に、静子は淡々と答えた。

沢井健二郎は、判決当日に、裁判所からまっすぐ帰宅し、一人で霊園へ行った。享年十七歳の聡子は、霊園の一角で眠っている。

「お母さんは、原告としての社会的責任で、マスコミのインタビューに、応じなければならない。お父さんが一足先に、報告に来たんだよ」

こんなふうに、墓前にぬかずいて語りかけるのは、初めてのことである。なんとはなしに、芝居がかっているようで、心のなかでは思っていても、声に出せなかった。しかし、とても素直になれた。

「勝訴したからといって、お前が戻ってくるわけではない。しかし、裁判所としては、病院側に過失があったことを、ハッキリと認めてくれた。そのことを、真っ先に知らせたかった」

墓碑に語りかけると、地下から娘が、問いかけてくる。

「そうすると、誤診だったのかしら。それとも、術後の失敗だったの？」

「お父さんが、法廷で聞いたところでは、誤診にウエイトをおいた判決だった。やはり主治医が、病名を間違えている」

「いきなり開頭手術だなんて、あの人が決めつけたから、こんなことになったのね」

「お前には、申し訳ないことをした」

「なんでお父さんが、私に謝らなきゃならないのかしら？」

「もっと病院を選んで、良い医師に巡り合えば、こんなことにならなかった」

「そういうお父さんは、このあいだ胃ガンの手術を受けたとき、病院や医師を選んだの？」

「いや、胃ガンの無料検診を担当した先生が、お母さんの知り合いということもあって、自分の母校の大学病院に入院させてくれた」

「それなら私と一緒で、ことさら病院や医師を、選んだことにならないわよ」

明るい声で、聡子はコロコロと笑い、さらに問いかけてきた。

「お母さんは、判決を聞いたあと、主治医について、どんなふうに言っていた？」

「テレビのインタビューで、『過ちを認めたうえで、そこから学んでくださることを、私たちは望んでいます』と」

「さすがに、お母さんだけあって、とても立派だと思うわ。じつは私も、同じことを考えていたのよ」

このとき沢井は、熱いものがこみあげて、嗚咽を抑えきれずに、墓前で泣きくずれた。


被告の病院側が、地方裁判所の判決に、どのような態度をとるか、まだわかっていない。判決直後に弁護士は、「判決文をよく読んで検討したい」と、コメントしている。

「おそらく、控訴期限ぎりぎりまで、迷うんじゃないかな」

沢井は夜のテレビニュースを見ながら、妻の静子に言った。

「どんなにツジツマを合わせても、プロラクチン値の検査を後回しに、頭蓋咽頭腫と決めてかかり、はじめに開頭手術ありきとしたミスを、覆い隠すことはできない。それでもメンツにかけ、控訴しようとするかどうか……」

すると静子が、「アッ！」と声を上げて、テレビ画面を、食い入るようにみつめた。とっさに沢井は、病院側が控訴するかしないか、ニュースで報じているのかと思った。しかし、テレビに映っているのは、茶髪にピアスをした青年の顔写真である。

「この文学賞を、学生が受賞するのは、戦後四人目だそうです」

先ほどの選考会で、Ｋ大在学中の学生が、文壇の登竜門といわれる文学賞に、受賞が決定したばかりという。

「聡子と中学が同じで、学年は違うけど、クラブ活動は一緒だったのよ」

「へーぇ。彼がそうなのか？」

にわかに信じられない思いだが、沢井もテレビ画面に、釘付けになった。一人娘の聡子は、中高一貫教育のミッションスクールに入り、高校二年の十七歳で、死亡しなければならなかった。文学賞を受賞した青年は、中学を卒業すると、公立の高校へ入り、国立の名門のK大に進学したのである。

それで沢井は、思い出した。

「入院先の病院が、K大の系列というので、聡子もK大を受験すると、張り切っていたなぁ」

「もしかしたら、彼がK大に入ったことを、意識していたのかもしれないわ」

「これで一躍、スター作家になる」

「茶髪にピアスで、自由に可能性を、謳歌できる時代なのね。ほんとうに良かったわ」

静子は嬉しそうに笑ったあと、急に黙り込んで、顔を伏せてしまった。

「どうかしたのか？」

「彼の受賞が嬉しいだけに、聡子の不存在が、くやしくてならないのよ」

沢井は胃ガンの手術を受けたあと、酒を飲まなくなった。退院するとき医師は、「どうしても飲みたい人に飲むなと言っても、意味のないことです」と、苦笑していた。しかし、今のところは、「どうしても飲みたい」と、思うこともないのだ。アルコールの助けを借りて熟睡していたから、飲まなくなって眠りが浅い。初めは心配だったが、眠れないとき本でも読めば、そのうちに眠くなる。馴れてしまうと、どうということもない。

なるべく早起きし、台所に立って、朝食の支度をする。カツオブシを削って、味噌汁のダシを取り、メザシを焼きながら、ダイコンおろしを作る。そのうち妻が、起きだしてくるから、自分から声をかける。

「奥さま、おはようございます」

「きょうもコックさんは、感心だこと」

妻は新聞を取りに行き、沢井が入れた茶を飲みながら、記事に目を通す。

「ちょっと、ひどい話もあるものね。大学病院で、患者を取り違えて、手術をしたというのよ」

「どういうことなんだ？」

「患者は高齢の男性で、一人は心臓を、一人は肺臓を手術する。その二人を取り違えて、執刀医がメスを入れたという」

「信じられないミスだな」

ナットウをかき混ぜながら、沢井が問いかけると、妻が解説してくれる。

「一人の看護婦が、ストレッチャーを片手で押し、もう一台を引っ張り、二人の患者を手術室へ運び、そこで取り違えた。執刀医らは途中で、カルテとの違いに気づきながら、続けたらしいのね」

「どうぞ奥さま、召し上がってください」

食卓で向かい合ったとき、電話が鳴って、ラジオ局の報道センターからだ。

「静子先生に、患者の取り違え事件で、コメントいただきたいのですが？」

「朝食のあと、診療をはじめますよ」

「いま電話口で、ご意見をうかがえれば……」

電話出演ということで、沢井が取り次いだら、妻は了解して、さっそくコメントした。

「信じられないミスですが、ただちに調査委員会をもうけて、取り違えの原因をハッキリさせ、情報を公開してほしい。過ちは過ちとして、責任の所在を明らかにし、そこから学ぶことが、なによりも大切です」

沢井は聞きながら、自分たちの訴訟の被告側は、どうするつもりなんだろう……と思った。

いつものように、「沢井内科クリニック」の診療が始まると、沢井は散歩に出かける。判決の日から、片道十キロメートルのコースで、霊園に通うことにした。五十八歳の男がガン手術のリハビリで、毎朝二十キロメートル歩くのは、悪くないはずである。なによりも墓前で、娘と対話できるのが嬉しい。

「おはよう聡子。きょうはお前に、寒椿を持ってきたよ」

「真っ赤で、きれいな花だこと。お家の庭に、植えてあったかしら？」

「いや、途中の生け垣から、失敬してきた」

「お父さん、いけない人なのね」

「だいじょうぶ。花ドロボウは、罪にならない」

「そんなこと言って、背中のナップザックは、いったい何なのよ」

「ああ、これはだな……」

沢井はナップザックを、墓碑の前でひろげて、享年十七歳の娘に語りかけた。

「川べりの遊歩道から、この霊園へ来るまで、いろんな物が落ちている。イヌの糞から、鼻をかんだちり紙まで、ほったらかしにしてあるんだ。お父さんは、気持ちよく散歩させてもらっているから、感謝の気持ちをこめて、拾うことにした」

「信じられない。私の知っているお父さんは、タテのものをヨコにもしない、不精者だったわ」

「それは猛烈サラリーマン時代のことで、いまは毎朝の食事は、お父さんが作る。散歩から帰ったら、なるべく昼ゴハンも作る」

「お手伝いのマキさんは？」

「あの人のお母さんが、具合が悪くなってね。手伝ってもらえなくなったので、お父さんが後釜というわけだよ」

「ご苦労さまだこと」

「これで本人は、楽しんでいるのさ」

「それもいいけど、あんまり爺さんくさくならないでね」

「そのうちお父さんも、ゲートボールを始めるつもりで、どこかのお婆さんと、老いらくの恋をするかもしれんぞ」

沢井は軽口をたたいて、墓碑に手を振ると、霊園を後にした。まったく、ゴミ拾いをしながらの散歩なんて、爺さんくさいことではあるけど、これでなかなか気持ちがよい。そうして家に帰ると、妻の静子が、緊張した顔つきで待っていた。

「病院側が、午後に記者会見するそうよ」

控訴期間は、判決の翌日から十四日以内だから、たいていギリギリになって、訴訟の当事者が、態度を明らかにする。

「あと二日間あるのに、病院側が記者会見するのは、どういう意味かしら？」

妻の静子は、新聞記者からの電話で、そのことを知らされたという。沢井としても、どう解釈すべきかわからない。

「杉谷弁護士の読みでは、相手方が控訴するかしないか、五分五分ということだった。判決は、①手術法の決定が拙速であった過失、②治療法の得失・長短について十分に比較し検討しなかった過失、③説明義務（インフォームド・コンセント）の違反は認めた。しかし、④手術上の過失、⑤術後管理の過失については、認めていない。ツボを心得た判決で、病院側として悩ましいところだという」

「こちら側に、まったく控訴する意思がないことは、わかっているでしょう？」

「お前が記者会見で、『私たちの訴えが、正当に評価されたことは、ありがたいと思っています』と、ハッキリ述べている」

「だからといって、病院側が控訴すれば、こちらも対抗上、そうせざるをえない」

「④の手術上の過失、⑤の術後管理の過失についても、踏み込んだ判断を求めることになるが、最高裁までもつれこむのは、意地と意地のぶつかりあいで、果てしない争いになるだろう」

「もう私は、法廷に出るのはイヤだわ。こちらは個人だけど、相手方は法人だから、組織防衛という大義名分のために、偽証をも辞さない」

「いま二人で、あれこれ考えても仕方ない。病院側の記者会見を待って、ゆっくり考えよう」

「あなたの言うとおりだわ。なんだか私が、せっかちになっている」

「そんなことはないさ。静子先生はテレビインタビューで、『被告側として、過ちを認めたうえで、そこから学んでくださることを、私たちは望んでいます』と、名セリフを残したじゃないか。もしかすると、相手方が重く受け止めて、過ちを認めるかもしれない」

なによりも、あの世にいる聡子が、「じつは私も、同じことを考えていたのよ」と、沢井に語りかけてくれたのである。

夫婦でしんみりしていると、電話が鳴って、ルポライターの木曾良一からだった。

「私がキャッチした情報だと、病院側としては、控訴断念を発表します。一審判決が、落とし所を心得ていたからでしょう」

やはり被告（病院）側は、「判決を受け入れ、控訴をしない」と、記者会見で発表した。その理由について、とくに付言していない。原告としては、被告側が控訴すれば、対抗上そうせざるをえなかった。しかし、相手方が過失を認め、控訴しないのだから、終止符を打つべきである。

マスコミの問い合わせに、沢井が電話口でコメントした。

「これ以上の争いにならないことを、亡き聡子も望んでいると思います。原告としては、これでホッとしました」

妻の静子は、午後の診療で忙しい。沢井はじっとしておられず、留守番電話をセットすると、ふたたび散歩に出た。川べりの遊歩道から、丘陵にある霊園まで、片道十キロメートルである。朝方に往復して、午後また出かけるのでは、合計四十キロメートルで、ちょっとハードかもしれない。それでも沢井は、病院側が控訴を断念したことを、娘に報告したかった。

（これ以上の争いにならないことを、亡き聡子も望んでいると思います……と、先走ったコメントをしたのだから、事後承諾してもらわねばならない）

なにはともあれ、娘のところへ行きたい。墓前にぬかずいて、二人で対話するとき、とても気持ちが落ち着くのである。ナップザックを背負って、ゴミ拾いをするつもりでいるが、朝の散歩できれいにしたせいで、イヌの糞も、鼻をかんだちり紙も見当たらない。やはり人間は、明るいうちは人目が気になって、散らかしたりしないものらしい。

つい足取りが軽くなり、いつもより速いペースで歩いて、霊園にたどり着いた。

「聡子、よかったなぁ。病院側は過失を認めて、控訴をしないそうだ」

「これ以上の争いにならないことを、私も望んでいたのよ」

「そう言うと思った。お前はとっくに、主治医の成田医師を許していた」

「いつまでも憎んでも、仕方ないでしょう。過ちに気づいて、立派な先生になってくれたら嬉しい」

「お前がこうして、見守ってくれたおかげだよ」

「お父さん、涙を流さないで……。お爺さんくさくて、私は恥ずかしい」

ああ、そうだった。こんなとき、泣いてはいけない。沢井が立ち上がり、墓前から小走りに離れたとき、天地がさかさまになって、宙に舞うようだった。

どれくらい霊園で、寝ころがっていたのか。大地が激しく揺れ、大地震が起きたと思ったが、目まいに襲われて、ひっくり返ったのだ。

「ちょっと、おっさんよ。酔っぱらってるんじゃないだろうな」

「カネはあるのか。サイフを出してみな。助けてやらないこともない」

茶髪の女の子が二人、突っ立ってタバコをふかし、見おろしている。高校生くらいの年齢で、派手な化粧である。沢井は寒気がして体が震え、自分で起き上がれない。胃ガンの手術で、体力が衰えているのに、片道十キロメートルを二往復しようとしたのが、やはり無謀だった。

「おじさんは、散歩の途中で、カネを持っていないんだよ」

「背中の袋に、金目のものは？」

「イヌの糞とかを拾う道具がある」

「ふざけんな！」

罵声を浴びせて、それでも一人が、ナップザックの中を改めた。

「ひぇーっ。ショベルにビニール袋で、イヌの糞の道具だよ」

「イヌに逃げられた？」

そこで沢井は、素直に答えた。

「イヌは飼わないが、気になるので糞を拾う。そんなわけで、謝礼は払えないけど、通りでタクシーを拾ってくれないか」

「甘ったれるんじゃねぇ」

ドスのきいた声で、ひょろりと背の高い娘がわめいたが、携帯電話を取りだすと、沢井の顔に突きつけるようにした。

「タクシーに乗って、どうするのさ？」

「家へ帰ると、妻が開業医なんだ」

「カーコ、表通りでタクシーを停めな。アタシは、おっさんちへ電話してやっから」

連れに命じて、沢井に番号をたしかめ、ピッピッとダイヤルしながら、助け起こしてくれた。

「おやじ狩りを、知ってるだろ。怖い目に遇いたくなかったら、ムリするんじゃないよ」

「ありがとう。これから気をつけよう」

なんとか支えられて、霊園の入口へ歩き始めたら、女の子が電話で告げている。

「おたくの亭主が、ぶっ倒れてたから、タクシーに乗っける。しょぼくれて可哀相だから、あまり叱るんじゃないよ」

聞いて沢井健二郎は、情けないやら、可笑しいやらで顔をくしゃくしゃにして、晴れた空を仰いだ。

あとがき

この作品の原題は『神の裁き』で、一九九八年三月から文芸事務所三友社によって配信され、「東奥日報」「北日本新聞」「南日本新聞」「山形新聞」「徳島新聞」「山陰中央新報」「長崎新聞」など十四社に、三百十三回にわたって連載したものである。

新聞小説を書くにあたり「作者のことば」として、次のように書いた。

《医療過誤は古くて新しいテーマで、「地下鉄サリン事件」の実行犯となったエリート医師が、恐るべきカルト集団にはまり込んだ背景には、心臓外科医としての苦悩があった。今回わたしは、医師が病院と医師を訴えるという民事裁判を舞台に、医療過誤というタブーに挑みたい。そこで展開されるのは、むろん人間のドラマである》

ノンフィクションノベル『復讐するは我にあり』(一九七五年十一月・講談社刊)いらい、わたしは刑事裁判を取材した作品を、ひたすら書きつづけてきた。したがって、民事裁判は初めての試みで、不安がなかったわけではないが、現実の医療過誤訴訟を傍聴しているうちに、「なんとしても書かねばならない」と、使命感のようなものが生じた。

その民事裁判は、一九九四年一月から、福岡地裁小倉支部でおこなわれていた。九二年六月、高校二年生の久能紹子さん(当時十七歳)が、脳腫瘍で小倉記念病院に入院して、開頭手術を受けて脳梗塞を起こし、まもなく死亡した。そして九三年十月、両親が「病院側に過失があった」と、病院を経営する朝日新聞厚生文化事業団と主治医に、七千三百万円の損害賠償を求めたのである。

注目されたのは、訴訟の原告が医師という点だった。紹子さんの両親は、福岡県宗像市で開業し、久能義也さん（外科医）が院長、久能恒子さん（内科・小児科医）が副院長だから、「医師夫妻が病院と医師を訴えた」と話題になったのである。こういうケースは前例がないらしく、わたしは東京・杉並で暮らしていたが、出身地の北九州市で起きた事件でもあり、裁判の傍聴に通いはじめた。

ほどなく地下鉄サリン事件が発生し、オウム真理教の組織犯罪が明らかになってきた。わたしは東京地裁の「オウム法廷」に通い、なによりも驚かされたのは、出家していた医師十一人が起訴され、林郁夫（心臓外科医）や中川智正（消化器内科医）が、凶悪事件の実行犯だったことだ。しかし、地下鉄の千代田線でサリンを発散させた林郁夫は、出家するまでの心情を赤裸々に語り、「人の生命と健康を守るべき医師が、無差別テロを起こしてしまった」と懺悔し、法廷で慟哭した。

ところが、民事法廷の被告である脳神経外科医は、その人間性をベールに包み、肉声を発しようともせず、コンピューター合成音のような声で、「病院側に過失はなかった」と弁明する。そのうえで、執刀した教授が訴えられなかったのは、「家族としての怒りをぶつけやすいのは、私のような若い医師ですからね。それと教授は、あまりにも偉大すぎるから、訴える心情になれなかったんでしょう。今回の訴訟について、私はそのように推察しています」と、うそぶく始末だった。

わたしは主治医が、殺人罪に問われなかったことを、むしろ不思議に思いながら、「なんとしても書かねばならない」と、使命感のようなものが生じた。現実の医療過誤訴訟が、遅々として捗らないことでもあり、いっそ自分のフィールドで、フィクション化したくなった。初めはノンフィクション作品にするつもりでいたが、このような経緯で、新聞小説にしたのである。

とはいえ、小説のなかの「訴状」や「答弁書」や「準備書面」は、久能訴訟が原型であり、「原告本人尋問」や「被告側尋問」も、法廷メモにもとづく。いうまでもなく、主人公の沢井健二郎、その妻の静子は、まったく架空の人物であっても、モデルの裁判が実在することを、おわかりいただきたい。

こんな作者の我が儘を、久能義也、恒子さんは許してくださった。お二人とも同世代だから、わたしの取材に応じていただけたのだと思う。義也先生は連載の途中で、「沢井健二郎が胃ガンになるとはねぇ」と苦笑しておられたけれども、連載が終わってしばらくして、わたし自身が胃ガンと診断され、手術を受ける羽目になった。こういうのを、因果は巡るというのだろうか。

小説のなかで、損害賠償請求訴訟は、原告の勝訴で終わっている。この判決文を書くために、ずいぶん苦労したけれども、「こうあってほしい」との願いをこめた。念のために断っておけば、この本の内容は、新聞連載の当時そのままである。

二〇〇三年六月二十六日、福岡地裁小倉支部で、久能訴訟の判決があった。提訴から十年目で、四代目の杉本正樹裁判長は、「これまで迅速な審理を目指しながら、一審判決まで十年もの歳月を要した。これを是とするものではなく、謹んで遺憾の意を表します」と異例の発言をして、主文を言い渡した。

「被告らは原告に、連帯して七千二百七十万円を支払え」

これは請求の九九・六パーセントにあたる賠償金で、まぎれもない全面勝訴である。

この判決で、「診断に過ちがあった」とはいわなかったけれども、「プロラクチノーマとの確定診断をしないまま、開頭手術を選択した過失がある」と、明解に認定している。そうして、「主治医および病院のほかの医師が、開頭手術以外の治療方法に関する説明をしなかった」と、説明義務違反を問題にしている。

被告側は、「インフォームド・コンセント（十分な説明と同意）が厳格に求められる現時点と、一九九二年当時とのあいだでは隔たりがあり、同一に考えられない」と主張したが、「医師の説明義務の範囲と程度は、国民の意識の変化などに応じて、時代による変容を受ける性質のものではなく、普遍的なものであるべきである」と、判決は切り捨てた。

さらに判決は、「主治医および病院のほかの医師が、術後の脳梗塞に対する診断や治療を怠った」と、術後管理の過失を認めた。

以上の三点が、判決の柱になっており、たいへんわかりやすい。わたしが書いた小説の判決は、「こうあってほしい」との願いをこめたもので、大胆すぎるかなとためらったけれども、実際の判決は「これほど争点が明白であるのに、なんで十年もかけなければならなかったのか！」と、原告側に全面勝訴をもたらした。

判決のあと、久能恒子さんが「小説よりも勝ったわよ」と笑顔を向けられ、わたしは恐縮して祝杯を上げ、久しぶりに美味しい酒を飲んだ。職業柄いろんな世界の人と付き合ってきたが、今回の取材のように多くを教えられたことはない。心から感謝を申し上げて、亡き久能紹子さんに本書を捧げます。

出版にあたっては、弦書房の三原浩良社長に一方ならぬお世話になりました。

二〇〇四年四月十五日

佐木　隆三

証言台の母
小説医療過誤裁判

二〇〇四年七月二〇日初版第二刷発行

著者　佐木隆三

発行者　三原浩良
発行所　弦書房
〒810-0041
福岡市中央区大名二-二-四三-三〇一
電話　〇九二-七二六-九八八五
FAX　〇九二-七二六-九八八六

印刷製本　大村印刷株式会社

ISBN4-902116-15-4
URL　http://genshobo.com/
E-mail　books@genshobo.com